O bolo fofo e outros contos

HEBE UHART

tradução **Josely Vianna Baptista**

GUIANDO A HERA [1997]

DO CÉU À CASA [2003]

NOTA DA EDIÇÃO

Considerada escritora proeminente de seu tempo, a argentina Hebe Uhart (1936–2018) construiu uma obra verdadeiramente profícua, que compreende contos e microcontos, novelas e crônicas de viagem. Docente que jamais largou a profissão, a autora se destacou também no domínio da crítica, com textos dedicados à filosofia e à estética. Dona de um estilo inconfundível, dedicado à investigação incessante da vida cotidiana, incluindo as pessoas, os objetos e as atividades que as cercam, Uhart passou rapidamente de uma autora celebrada apenas por um círculo restrito de intelectuais para uma personalidade reconhecida dentro e fora da Argentina, com muitos de seus títulos traduzidos e premiados.

Ainda inédita no Brasil, Hebe Uhart ganha agora a sua primeira publicação em português, intitulada *O bolo fofo e outros contos*. A escolha do título, aliás, corresponde ao segundo livro de contos da autora, lançado originalmente no ano de 1977. São justamente os doze contos de *O bolo fofo* que inauguram a presente edição brasileira. Seguem-se ainda outros dois títulos, *A luz de um novo dia* (1983) e *Guiando a hera* (1997), reproduzidos integralmente neste volume. Por fim, uma seleção de cinco dos dezessete contos que compõem o livro *Do céu à casa*, de 2003. Ao todo, são trinta e seis textos reunidos, cujo intuito é o de introduzir o leitor brasileiro à obra desta grande autora latino-americana.

Para esta tradução, assinada por Josely Vianna Baptista, nos baseamos na coletânea de contos completos da autora publicada em 2019 pela casa portenha Adriana Hidalgo.

PREFÁCIO

Para que lado pesa a folha nas costas de uma formiga?

Nara Vidal

Às vezes me vejo ressentida com a limitação que a língua portuguesa me coloca como latino-americana. Penso em como minha vida teria sido diferente se, durante a adolescência, a língua espanhola tivesse tido o mesmo destaque que a inglesa. Talvez hoje eu fosse uma escritora com leituras muito mais interessantes. Decerto alcançaria ainda mais territórios. Justo eu, que gosto tanto de ler e escrever contos, teria tido outra experiência se pudesse ter lido com propriedade linguística e idiomática meus *hermanos* e *hermanas* de continente — especialmente os/as argentinos/as, tão célebres contistas. Mas a boa tradução é uma espécie de segunda chance, uma forma de abrir os olhos e apontar direções antes encobertas pela névoa. A tradução dos contos de Hebe Uhart por Josely Vianna Baptista nos proporciona esse novo mapa. Este é, portanto, um livro precioso para mim e para muitos leitores que ouviram falar pouco ou nada da escritora argentina, nascida em 1936, na cidade de Moreno, e falecida em Buenos Aires em 2018.

Em *O bolo fofo e outros contos*, nos espera uma coleção de trinta e seis contos pinçados de quatro livros da autora: *O bolo fofo* (1977), *A luz de um novo dia* (1983), *Guiando a hera* (1997) e *Do céu à casa* (2003). Dona de uma ampla produção literária, sobretudo de contos e novelas, Uhart publicou mais de vinte livros e foi reconhecida, ao longo da vida e postumamente, com várias premiações.

Neste volume belíssimo e urgente, encontramos a riqueza da escrita de Hebe Uhart por meio de uma narrativa envolta pela simplicidade, algo tão almejado por autores. A dificuldade em escrever de forma simples é reconhecida por quem faz ou tenta fazer literatura. E a escritora parece dominar esse caminho com tamanha desenvoltura que fica difícil imaginar outra característica estilística e estética para seus contos.

A maior parte das narrativas tem uma temática familiar, trivial, de um cotidiano atravessado pela descomplicação dos dias. Porém, como fazem os grandes contistas, há necessariamente um espanto pronto para acontecer e, no caso de Uhart, basta uma palavra para que o texto, bruscamente delicado, nos envolva em nossas próprias perplexidades, reflexões.

A simplicidade, porém, não exclui o drama e a complexidade dos temas da vida. Um exemplo disso é "Conto chinês". "Conheço bem os homens porque sou prostituta na casa da sra. Liú" — quando uma menina descreve os homens que passam pelo seu corpo e a lacuna que nela fica impregnada. Quanto mais homens, mais vazia ela está. A objetividade à qual me refiro é essa. Uhart parece jogar as frases mais duras e complexas como se escrevesse "Bom dia, como vai?". Tal naturalidade da linguagem pode soar descomplicada como técnica, mas o que ocorre é o oposto. O trabalho é árduo e laborioso, este de dar nome às coisas sem se enrolar com as possibilidades, dar voltas e nunca acertar na mosca. O que sobra num texto é exatamente o que Uhart sabe identificar, jamais se seduzindo pelo que não serve.

A autora também se utiliza, em grande parte dos seus contos, da voz narrativa infantil. O resultado é uma ambivalência poética, mas ao mesmo tempo seca. A honestidade dessa voz é completa. Ouve-se a criança, que faz uso de uma linguagem sem subterfúgios, mas dotada de um lirismo também atrelado à proposta. Esse recurso é muito nítido no conto que abre a edição, "O tio Pipotto", assim como em "Meu tio de Lima", que também tem como personagem um tal tio Pipotto.

> Por fim minha mãe saiu, já com cara de receber visita. A cara de visita era igual para todos: afável, cortês, quase sempre desenvolta, como se deduzisse de antemão que receberia com grande prazer. Recebia com

essa mesma cara uma amiga íntima e também a sra. Bastión, que tinha um filho mongoloide de quarenta anos e explicava minuciosamente como cortava a carne em pedacinhos para que ele não se engasgasse.

Aqui, a observação da criança é o foco. Muitas vezes temos a impressão de que ouvimos a história contada através do sussurro de alguém de uma estatura mais baixa, como se nos contasse um segredo. São textos íntimos. Os detalhes, o que vemos, o que importa às vozes são esses mundos dos que observam com a pequena brecha à qual têm direito; a pequena greta cedida às crianças pelos adultos. O conto "O sr. Bellone" apresenta essas fagulhas de peso com uma história sobre o luto notado por uma menina. A menina que acredita sentir o cheiro do viúvo, ou da viuvez, através do mau hálito que o sr. Bellone exala por tanto chorar a ausência da mulher. A casa do velho viúvo, onde a menina se sentia como se tivesse permissão para qualquer coisa porque era uma casa já sem dona, uma referência ao abandono do homem, do lugar, da família. A morte que vai, mas volta.

"O bolo fofo", conto que dá título a um dos livros de Uhart, traz essa sensibilidade. O que a autora faz com maestria é precisamente a trivialidade atravessada por riscos, frases aparentemente soltas que nos cortam o dedo, trazem aquele lampejo inesperado aos olhos, nos acordam para percebermos que não, sua escrita não é singela. É, sim, inteligente e refinada ao extremo.

> Se o braseiro era tão perigoso como diziam, não sei como minha mãe se arriscava a avivar o fogo com aquele fole: a cada bombeada, minha mãe se arriscava a ser queimada por um estouro; talvez não ligasse para a morte.

Tal passagem é a perfeita ilustração desse recurso da falsa delicadeza. À espreita, está sempre pronta para nos assaltar uma frase cortante. São cristais, mas são cortantes. É sempre fascinante pensar sobre como as crianças veem os pais. Por costume, o foco está sempre limitado à vida adulta. Mas há vezes em que o ponto de vista se transforma com uma única frase. É quando uma criança fura o plástico que reveste a rotina e a imagem de uma mãe e encontra ali, "talvez não ligasse para a morte", a carne crua da mulher machucada pelo hábito da vida. A morte não assusta porque a vida não surpreende.

Outro conto de grande destaque é "A luz de um novo dia", que também dá título a mais um livro de contos da autora. O texto é dedicado à mãe de quem narra e é de uma beleza sublime. A mãe que caía da escada porque comia o último degrau. Sempre o último degrau a faltar nos passos da mãe e o ensaio para a velhice, a demência, a crueldade dos que cercam, a vulnerabilidade de quem já era.

> Foi estender uma colcha no terraço e quando desceu a escada comeu o último degrau. Estava tudo escuro e, embora tenha tido a sensação de dar um passo em falso no ar, foi como se algo, o espírito dessa escuridão, a forçasse a isso. Depois caiu e não conseguia se levantar. Mas já fazia vários anos que alguma coisa lhe acontecia com o último degrau da escada, sobretudo quando o corredor estava às escuras, pisava no penúltimo degrau e uma espécie de vertigem a levava a comer o último.

Do livro *Guiando a hera*, o conto "Meu novo amor". Um texto tão delicado quanto melancólico, no qual a narradora traz ecos drummondianos de um amor que é privilégio dos maduros, amor que começa tarde, aquele do ganho não previsto.

> Com ele me surgiu uma feminilidade insuspeita, porque diante da sua simplicidade — tem hábitos regulares e deseja coisas simples — depus qualquer rivalidade ou competição. Compartilhamos essa qualidade neutra que o tempo tem depois de certa idade, em que não há dias terríveis nem festas luminosas, pois os dias se enlaçam no comer, dormir, trabalhar e ver um pouco de tevê.

A sofisticação de Hebe Uhart é admirável. Há um conto chamado "Querida mamãe", em que a narradora escreve uma carta à mãe morta. Sob a caneta de qualquer autor tal recurso seria facilmente um risco de sentimentalismo. No caso de Uhart, é um aperto nos nervos, uma tristeza aguda, a falta da mãe exposta como uma fratura.

> Já é a terceira vez que lhe escrevo esta carta; da primeira carta não gostei e a segunda perdi. Agora, quando não gosto de uma coisa, eu não a jogo fora, eu a perco. [...] Como eu gostaria, mamãe, que você viesse se sentar debaixo da parreira com sua bengala. Eu jamais brigaria com você por nada, como quando você recebia e comprava um vinho do Porto e um pacote de balas. Eu a acompanhava, impaciente e entediada, e dizia: "Por que você quer ter se não vai comer?". E você me dizia, hesitante: "Só pra ter, caso alguém apareça".

Curiosamente, o foco narrativo infantil se estende ao outro polo. Há narradoras que falam de anciãs, de vidas habituadas ao tempo. No último conto, "A visita do domingo à tarde", Uhart nos deixa entrar nas horas longas, ainda que apertadas, da sra. Emma. É um texto delicado e paradoxal sobre a velhice. A velhice narrada é a única forma possível de ver o futuro e aqui estamos dentro desse silêncio, da solidão das horas que vão se encurtando cada vez mais e que permanecem cheias de tempo, como aquele dia que é sempre a véspera de uma segunda-feira.

> A sra. Emma tinha muitos pequenos hábitos e, em geral, estava muito contente com eles, mas não sabia o que fazer quando era cedo para ser tarde e tarde para ser cedo. Eram tempos mortos e, ultimamente, tinha a impressão de que havia muito e pouco tempo simultaneamente: quando queria iniciar uma atividade, organizar as estantes, por exemplo, dizia para si: "Mas não vai dar tempo".

O que a escrita de Hebe Uhart faz é trazer para os leitores um detalhe. Não é observar a formiga no jardim. É acompanhar para que lado da formiga pesa mais a folha que ela leva. Este é o triunfo de Uhart: o olhar ao que não importa, ao que ninguém vê. No detalhe da escritora se desvela um universo. Ela parte do pequeno, do fragmento e do insignificante para dar sentido ao que só se toca a partir do minúsculo. Em uma entrevista a um canal argentino, a autora explica a razão de recusar a grandiosidade. Uma paixão, por exemplo. Quem nunca se apaixonou? Estar apaixonado é comum, em algum momento da vida, a todos nós. O que interessa a Uhart são as peculiaridades da paixão, são os pontilhados, as pinceladas, e nunca o quadro inteiro. O que a autora faz é as pazes com a incompletude, com a lacuna. Seus contos são os cacos de um vaso raro que foi espatifado. O que faz a história são os pedaços quebrados, nunca o vaso inteiro. A perfeição, nos contos de Uhart, como na literatura, é inútil e deve ser evitada. O sublime, sim, é possível, mas não é provável. A não ser que se escreva como Hebe Uhart.

O BOLO FOFO

[1977]

O tio Pipotto

— *Bersaglieri, corpo a terra!* — dizia meu avô.

E todos os meninos se jogavam no chão da cozinha. Minha avó olhava com desdém.

— *La testa a sinistra* — dizia meu avô.

E os meninos viravam a cabeça para a esquerda.

— Já passou um trem — dizia minha avó com voz ameaçadora.

Meu avô era cocheiro e devia correr atrás de cada trem para aguardar os viajantes. Os trens passavam de duas em duas horas; se ele não se apressasse, outro cocheiro os levava. Minha avó via o trem chegando a uns dois quilômetros de distância; passava esse tempo todo apressando-o para que fosse aguardar os viajantes. Mas esse trem foi perdido e meu avô dizia para os meninos:

— Eu era *bersagliero* alpino, *soldado d'il re*.

Minha avó, cada vez mais exaltada, interrompia a instrução militar caseira disparando:

— *Ma que re ni re. Te da de mangiare el re? Mangiale el morro al re.*

Meu avô, profundamente incomodado com essa falta de respeito para com o rei da Itália, lhe dizia:

— Apátrida!

Agora ele estava decepcionado; agora todo o seu entusiasmo pelos exercícios militares tinha ido por água abaixo por causa dela. Agora já podia ir para o povoado em busca do outro trem ou para o inferno.

Minha avó não dava a mínima que ele a chamasse de "apátrida".

Ou melhor, ela não dava a mínima que ele a chamasse de coisa alguma. Agora que ele estava saindo, ela já podia ir tratar da cabra, do porco e da vaca Matilde.

O porco e a cabra estavam perto da cozinha, mas afastados um do outro, como se cada um tivesse sua jurisdição. Mas dessa vez meu avô não conseguiu ir ao povoado para buscar os viajantes: viram, a umas dez quadras, uma charrete com um viajante que se dirigia para a casa deles. Quem seria? De longe, dava para ver que a charrete andava num bom passo, cuidadoso, que o cocheiro se preocupava em chegar logo e bem.

— Quem será? — disse minha avó.

Fez algumas conjecturas com meu avô — portanto se reconciliaram temporariamente —, depois tomou as providências necessárias: María estava sem vestido e tinha que se esconder no quarto; vai ser preciso afastar a cabra e o porco um pouco mais da casa.

Ainda teve tempo de dizer com desdém a meu avô, à medida que ia avaliando o viajante:

— Você perdeu uma gorjeta.

Meu avô não respondeu porque estava imaginando quem seria.

Quando a figura começou a se aproximar, viram que era um homem de uns cinquenta anos, gordo, com relógio de bolso, um rosto bonito, e muito bem-vestido. Desceu e disse:

— Teresa!

Minha avó o olhou, o olhou, e disse:

— Ah, sim.

Mas não sabia quem era. Aquele era seu tio de Lima, que tinha vindo passear em Buenos Aires. Minha avó estava um pouco aflita.

Pensava: María tinha ordem de ficar lá dentro por causa do vestido, e se saísse? O porco deve ter sido levado embora, mas ainda havia sabugos de milho jogados por ali, ela teria que matar uma galinha porque esse tio ia querer comer. Além do mais, era como se o tio soubesse que nessa casa brincavam de coisas idiotas, de *corpo a terra!*, como se as coisas idiotas que aconteciam sempre se tornassem mais idiotas.

Era como se tivesse chegado um inspetor que por um lado incomodava, porque era preciso tratá-lo com amabilidade, dar-lhe de comer etc., mas, por outro, minha avó sentia vontade de fofocar algumas coisas com ele.

O tio Pipotto examinou o panorama: o porco, a cabra.

O porco havia se aproximado e o tio o espantou para mais longe. Quando tinha vinte anos, ele cuidava de porcos na Itália, mas agora era industrial. Enxotou-o com um gesto de aborrecimento, como se um porco fosse uma barata, mas também tinha outra sensação: como quando a gente sonha que volta para o ginásio e precisa fazer uma prova que no sonho a gente sabe que já fez, ou como um adulto que começa a jogar bola de gude, sabe jogar perfeitamente, emboca etc., mas não tem o menor entusiasmo pelo jogo. Dirigiu um olhar crítico ao porco; nem chegava a lhe causar muita repulsa. Um menino estava quieto, sentado, tímido; não se aproximou para cumprimentar seu tio Pipotto. O tio Pipotto disse:

— *E questo qui, cuse ga, o fa il morto per non esse amasao?* (E esse aí, tem alguma coisa ou se faz de morto para não ficar de castigo?)

O menino não respondeu e minha avó lhe mostrou a menina menorzinha.

— *Eh...* — dizia o tio Pipotto, balançando a cabeça com ar de desaprovação. — *Eh... questa qui a poco fin en sa ruca.*

Que quer dizer: "Essa aí tem pouca vida na cabeça".

— *Si te ge scampitegarregi.* (Se você viver, pode ser que dê em alguma coisa.)

Mas balançava a cabeça.

Então minha avó matou a galinha mais gorda para fazer recheada.

O recheio era uma erva picada bem fininha, tão fininha que quase parecia um líquido. O tio Pipotto opinou que a galinha estava realmente deliciosa e comeu bastante. Na hora de comer, María saiu, tinha feito um vestido com uma espécie de cortina. Era um vestido esquisito, mas não causou uma impressão muito ruim no tio porque ele já tinha comido e bebido vinho. Estavam discutindo com meu avô (meu avô acalorava os ânimos) sobre qual regimento tinha dado no pé primeiro na guerra: se o dos genoveses ou o dos toscanos. Meu avô era toscano e dizia que os genoveses tinham dado no pé primeiro. Minha avó ouvia com desdém enquanto tirava a mesa e disse:

— *Ma* e que te importa. *Tute muse.* (Tudo bobagem.)

— *Eco* — disse meu tio Pipotto. — *Musaie.* (Que quer dizer: "Sem tirar nem pôr. Superbobagens".)

— *M'importa* — disse meu avô. — *Anduve a fare il serviço militar a Italia.*

Ele tinha pagado a passagem para fazer o serviço militar na Itália. O tio Pipotto o olhou com indiferença; ter feito o serviço militar não tirava nem acrescentava nada a seus olhos.

Meu avô disse:

— *Anotte he sonhato qui staba in Italia.*

Minha avó disse:

— Os sonhos são como puns.

O tio Pipotto, rindo com grande aprovação, disse:

— *Eco.*

Minha avó reafirmou:

— *Tute muse, muse, musaie.*

"Apátrida", pensou meu avô. "A família toda apátrida."

Além do mais, meu avô achava que todos os ricos tinham coração de pedra.

Quando foi embora, a primeira impressão do tio Pipotto havia melhorado: a comida era muito boa, sua sobrinha ainda era jovem e, pelo que tinha ouvido, estava muito bem.

Meu tio de Lima

— Você vive aí com quem?

— Com minha mãe, meu pai e a vovó — falei.

— Vá chamar sua mãe, se quiser. Diga que o José Mazzini, de Lima, está aqui.

Observei que a fórmula peruana para pedir uma coisa era diferente: o que ele queria dizer não era se eu queria ir chamar minha mãe, era como se dissesse: "Quero que você vá chamar sua mãe com seu consentimento", mas era impossível discordar.

A voz era bonita, cheia, suave. Não era uma voz de argentino. Era como se brotasse de algum lugar profundo dentro dele e como se vibrasse um pouquinho em seu corpo.

— O José Mazzini, de Lima, está aqui!

— Abra a porta da sala de jantar — disse minha mãe.

Ela ajeitou o cabelo e ajeitou uma cadeira. Estava nervosa: quarenta anos antes, o tio Pipotto chegara de Lima bem no dia em que os porcos escaparam. Agora esse tio, e a sala de jantar estava desarrumada.

— Tire esses panos daí! Você não presta pra nada!

Quase sempre essa observação me irritava, mas dessa vez não me afetou; tinha vindo um parente de Lima e justamente por isso eu ia esconder os panos num lugar insólito: atrás de um vaso de porcelana; tomara que apareçam um pouco.

Por fim minha mãe saiu, já com cara de receber visita. A cara de visita era igual para todos: afável, cortês, quase sempre desenvolta, como se deduzisse de antemão que receberia com grande prazer. Recebia com essa mesma cara uma amiga íntima e também a sra. Bastión, que tinha um filho mongoloide de quarenta anos e explicava minuciosamente como cortava a carne em pedacinhos para que ele não se engasgasse. Foi até a rua e disse:

— Como vai? — como se o tivesse visto um ano antes. Meu tio de Lima, com a voz um pouco emocionada, com um leve matiz de dúvida para que depois a emoção fosse mais plena e o encontro mais histórico, disse-lhe:

— Tu és a Emilia, não é?

— E tu o José — disse minha mãe, falando "tu" certamente por contágio. Nunca a ouvira falar "tu" e pensei que talvez o fizesse em outras ocasiões que eu desconhecia.

Os dois se abraçaram, e José tinha os olhos brilhantes. Então minha mãe disse:

— Vamos ver. Você é filho do Cayetano.

— Não — disse ele —, do Juanito. O Cayetano teve dois filhos: um voltou para a Itália e o segundo, o Marcos...

— Mas é verdade — disse minha mãe, um pouco aborrecida por ter se enganado. — Que boba eu! Pois se você é irmão do...

Quando a filiação foi bem estabelecida, ela o convidou a entrar na sala de jantar para se sentarem numas cadeiras duras, altas e desconfortáveis. Meu tio de Lima se sentou sem reparar nelas, como se uma cadeira fosse um estorvo útil para sentar-se, e continuou muito emocionado.

— E a tia Teresa? — disse.

Não disse "a tia"; disse algo parecido com "a tzia". Claro, é que ele era sobrinho da minha avó. Mas minha avó estava no seu quarto, sentada na cama rezando, arrumando todos os santinhos como se fosse um jogo de paciência, e não sabia que tinha chegado um sobrinho. Ela arrumava todos os santinhos em cima da cama, rezava para eles e os mudava de lugar de acordo com alguma ordem própria.

Ela rezava para todos, mas sabe-se lá se iria se lembrar desse sobrinho.

Minha mãe disse:

— Um momentinho, vou avisá-la. Fique aqui com o tio José.

O tio José sorriu para mim e me contou como tinha vindo.

Minha mãe não foi toda animada contar para minha avó que José tinha vindo; foi para ver se a avó estava com os santinhos em ordem sobre o cobertor e para penteá-la. Com a pressa, o penteado e a precipitação, minha avó não entendia do que se tratava. Só que era alguém de Lima. Minha avó fez um gesto como quem diz: "Logo agora". Estava procurando a oração de São Francisco. Estava atrasada nas rezas; desde o dia anterior já estava atrasada. Além disso, queria estar na cama com certa majestade e sentia que nesse momento não tinha majestade nenhuma, sentia-se um pouco fraca. Minha mãe lhe passou uma água de colônia e minha avó reviveu. Pediu que minha mãe saísse e a deixasse sozinha por um minuto para se preparar para a visita. Minha avó era imperiosa; tinha o nariz longo e fino e a mandíbula sobressalente; sua boca sempre estava franzida e era fina. Ela sempre dizia:

— *Bota cua. Bota la. Pega cuesto. Porta vía. Mete cuesto in la. Guarda cua. Tapa il solé. Vai in casa. Prego, tira la stampa. Sta in calma.*

Depois meu tio de Lima entrou no quarto da minha avó, e outra vez a filiação. Com minha avó o assunto foi mais demorado; ela disse que sim, que estava entendendo, mas acho que só disse isso porque a coisa estava indo longe. A verdade é que minha avó, sendo ela, fez um estardalhaço daqueles. Ela também tinha uma voz para as visitas e uma amabilidade distinta, mas sempre como se o centro fosse ela. Sabia que era uma venerável anciã que já vivera e trabalhara arduamente: não esperava nada além de louros e sempre colhia louros e rosas das visitas. Mas dessa vez foi diferente: pediu a minha mãe que a deixasse a sós com seu sobrinho de Lima e minha mãe viu o lado prático da questão, que era fazer comida, me mandar ao armazém etc. Tudo isso era normal. O que não era normal era o que se ouvia do quarto da minha avó. Minha avó chorava com a voz alquebrada, com uma voz fininha, de velhinha feminina, com agudos estridentes que eu nunca ouvira dela.

Estava fazendo confidências. Era uma voz de vítima e de *prima donna*, às vezes de passarinho. José a chamava de "tia" como se a tivesse visto a vida inteira e lhe perguntava coisas em italiano com aquela voz agradável e peruana. Na Argentina, minha avó esqueceu o italiano e sempre disse que a Itália não lhe importava lhufas. O italiano que ela falava era um idioma próprio, uma mistura, e quando tinha que falar com umas amigas italianas, dizia sim a tudo para encurtar a conversa, mas não entendia a metade. Só que agora com o sobrinho ela queria se fazer entender, e ele lhe falava com um italiano perfeito e ela o entendia. Não se ouviam ordens nem asseverações, como de costume. Às vezes pareciam lamentos, lembranças. A voz dele era serena, um pouco grave. Ouvi minha avó perguntar:

— *Il tuo padre vive ancora?*

Perguntou com uma voz humilde e temerosa, mas já mais em confiança, não com voz amável de visita, e sim como se ele fosse um sobrinho que ela volta e meia visse.

— Não — disse ele —, o papai faleceu em 1950. Não é? Espere. Sim, falei certo, em 1950, porque...

Disse isso em tom neutro, objetivo, como se lembrasse a data da morte de um presidente.

— Ah — disse minha avó, meio desconcertada. — E o Caetán?

— O Caetán faleceu jovem, na época da febre amarela; espere, talvez eu esteja errado. Mas não, foi em 1918 mesmo — surpreendido. — Não ficou sabendo, então?

— Emilia, Emilia! — disse minha avó, chamando minha mãe aos gritos. — *Ha morto Caetán!*

Caiu no choro, cobrindo o rosto com as mãos. Eu nunca tinha visto minha avó chorar. Minha mãe cozinhava talharim, e o molho estava a ponto de queimar.

— Mas claro, mamãe — disse minha mãe. — Não lembra que já tinham avisado? Na minha cabeça, já tinham avisado.

E falou baixinho com José, dizendo que às vezes a memória da minha avó falhava um pouco. Minha avó pegou o santinho de São Caetano; como não enxergava quase nada, fez um esforço para olhar bem e ver se era ele e, enquanto isso, chorava, não mais com aqueles soluços impactantes, mas chorava por ele.

Depois meu tio de Lima veio jantar na minha casa outra vez. Nesse dia puseram uma toalha de festa superelegante que eu nunca tinha visto ser usada e a melhor louça. Eu nunca tinha visto todo aquele aparato junto. Minha avó se mostrou amável o suficiente e corretamente carinhosa.

Depois que meu tio foi embora, minha avó, mais imperiosa que de costume, começou a dizer:

— *Mete cuesto cua. Guarda cuesto la. Súbito il pano, vai.*

O recital de piano

— E vai tocar a *Mazurka nº 2* de Chopin — disse sua mãe para a vizinha, olhando o programa.

— Que bom! — respondeu a vizinha com certa benevolência, como se quisesse agradá-la, mas como se quem tocasse piano fosse sua mãe.

— E agora, ela já devia estar no piano, mas não chega. Não estou dizendo que não seja capaz, mas é tão desleixada!

Hebe não duvidava do que sua mãe dizia, mas ficava com uma sensação estranha, de que algo não ia bem.

Além disso, sabia o que ela queria dizer com desleixada: deixar a roupa jogada, não tomar banho com frequência e pôr o pé nas poltronas; quanto à capacidade, não sabia no que poderia aplicá-la. Se sua mãe estava dizendo que ela não chegava, não ia chegar a tempo para se preparar. Ela adivinhava tudo: havia pouco tinha adivinhado que o velhinho do lado ia morrer em dois ou três dias, e dito e feito: o velhinho morreu.

Portanto, agora iria até o piano, em silêncio, sem dizer nada. Ela não podia dizer:

— Mamãe, não vou tocar piano.

Porque a mãe lhe dizia:

— Que eu saiba, não tem trombone nesta casa.

Naquela casa havia piano, e sua mãe o comprara num leilão. Ela o comprara porque era um piano velho de teclas amareladas, igual ao que o tio Abel tinha.

O tio Abel tocava piano e muitas vezes a polícia o perseguia pelos telhados. Quando foi comprar o piano no leilão, sua mãe discutiu tanto que ela pensou que sua mãe parecia uma cigana e ficou com vergonha.

Outras vezes, pensava que ela era de fato uma cigana gorda, que a roubara, mas não sabia muito bem por quê. Alguns anos antes, tinha pensado que sua mãe era outra e que esta, por ser uma cigana, não era tão ruim.

Às vezes a cigana chorava e ela sentia um pouco de pena, mas não podia se aproximar para consolá-la ou para lhe dizer algo carinhoso, sempre que chorava logo dava um fora que revelava que, enquanto chorava, estava pensando em outra coisa. Interrompia o choro para perguntar, por exemplo:

— Deu comida pro gato?

Então já não parecia mais uma cigana. Parecia um ser fraco e ao mesmo tempo onipotente. Pensava em como um imperador romano pode ter momentos de fraqueza. Como imperador romano, era imponente. Seu corpo gordo estava numa cadeira — sua cadeira — perto da luz para ela ler o jornal. Levantava o jornal bem alto, um pouco longe, como se fosse examinar algo absolutamente questionável, ia examinando as notícias com espírito crítico, seletivo, e passava com rapidez de uma folha para a outra para ler o que lhe interessava. Onde punha o olho, punha o entendimento.

Quando ela lia o jornal, Hebe fazia um grande rodeio ao redor da cadeira, era como uma zona espinhosa.

Mas também era uma dama com grande presença de espírito.

Presença de espírito queria dizer que a pessoa devia estar à altura de qualquer circunstância: fosse para comprar um par de sapatos, ou diante de uma doença, a pessoa sempre deveria se sair bem.

Talvez mais que a cigana ou o imperador romano, a dama com grande presença de espírito é o que mais intimidava Hebe. Quando era cigana, era uma estranha, e de algum modo ela podia descansar; como imperador romano, era terrível, mas a questão era só sair da linha de fogo. A presença de espírito era incompreensível para Hebe. De onde surgiam aquelas respostas oportunas, aquela facilidade de pôr o dedo na ferida?

A presença de espírito era misteriosa porque ela parecia ter um plano de ação, uma estratégia com as pessoas. Quanto ao plano que pudesse ter a seu respeito, ela o ignorava.

Agora ela precisava de um vestido novo para o festival. Os vestidos que tinha eram para se cobrir, mas não para brilhar ou causar impacto. E todas iam fazer vestidos para brilhar. Quando disse para sua mãe que precisava de um vestido, ela estava evocando sua infância no campo. Antes tudo parecia mais nítido. Os invernos eram como devem ser, bem rigorosos, e no verão o sol, logicamente, rachava a terra. Os animais eram mais ferozes; a geada, como nunca mais se viu igual. Nessa época Hebe tinha, se é que isso é possível, ainda mais presença de espírito do que agora, porque era uma época de pessoas fortes, que lutavam, que não ficavam pensando em bobagens. Além disso, antes as pessoas não ficavam sempre trocando de vestido, no campo a gente identificava de longe uma pessoa pela roupa, e isso era uma vantagem, a gente nunca se enganava. Por isso na sua casa não se falava da roupa, falava-se da Segunda Guerra Mundial, que já havia passado, e da Linha Maginot.

Quando voltou a repetir que precisava de um vestido, sua mãe disse:

— Sim, já falei com Carmen.

Carmen era sua prima e ela herdava os vestidos de Carmen. Ficavam grandes nos ombros e pequenos nos quadris. Hebe não disse nada. Sabia que não haveria vestido novo e pensou: "Eles vão ver só".

Quando dizia "eles vão ver só", não era para ninguém concretamente. Eram multidões. Quando dizia "eles vão ver só", logo em seguida pensava no seu próprio velório. Porque aquilo era uma ameaça enorme, mas sem conteúdo, o sentimento a sufocava e nem ela mesma sabia o que é que eles iriam ver. Mas seu velório, sim, era concreto. Ela estava no caixão, morta, e ao lado a mãe e às vezes a vizinha. A mãe dizia quão arrependida estava por tê-la tratado daquele modo, como é que havia tratado assim uma menina tão boa como a Hebe, como ela tinha errado, e lhe pedia perdão. Hebe morta a perdoava e depois vinha uma espécie de paz. Ia pôr o vestido da prima, claro.

Riu sozinha e um prazer novo e amargo a invadiu, sentia uma surda obstinação. Ela estava na sombra mais sombria: não tinha um lugar ao sol, mas tinha uma grande obstinação.

O vestido de Carmen não era fresco nem agradável ao corpo; era de um tecido muito caro, mas que se empelotava todo em pontinhos bem pequenos. Era uma seda compacta, coberta de pequenas bolinhas brilhantes, como para cobrir uma grande superfície. Parecia feito para uma senhora grande e sábia que soubesse combinar o quase imperceptível odor que emanava daquele tecido com algum perfume adequado e difuso, como se dissesse: "Aqui estou eu, bem alinhada, um pouco gorda e com um toque de melancolia, claro".

Mas Hebe era uma garota e o brilho daquelas bolinhas a fazia parecer aflita e zangada.

Para ir ao concerto, sua mãe pôs o broche. O broche era um retangulozinho um pouco maior que uma lâmina de barbear, coberto de falsos brilhantezinhos, que se usava no peito. O broche era muito miudinho para aquele peito tão grande; mas se destacava da mesma forma, porque ela o usava como um escudo, como se dissesse: "Usar este escudo é incômodo, faz calor, mas pelo menos sabem que tenho escudo e sabem a que devem se ater".

Quando entrou no palco, Hebe pensou que ia fazer uma breve inclinação de cabeça, muito digna, a título de cumprimento; mas antes de entrar no palco, antes que a vissem, esbarrou numa viga que estava nos bastidores e isso a chateou tanto que não fez nenhum cumprimento.

Avançou direto até o piano e sentou-se. Sabia, embora não pudesse vê-las, que sua mãe, a prima Carmen e a vizinha estavam lá.

E não começou a amansar o piano como na sua casa, a experimentá-lo. Começou a tocar sobressaltada, como se fosse duas pessoas: uma aterrorizada, olhando para a outra, um animal domesticado mas imprevisível, que tocava por conta própria.

Depois da primeira peça — de modo absurdo, pensou ela —, vieram aplausos. Então não estão percebendo nada, pensou. Portanto, podia tocar mais tranquila. Já mais calma, conseguiu fingir que se conectava com Chopin, como realmente fazia na sua casa, e vieram mais aplausos. Esses aplausos permitiram que ela desse uma rapidíssima olhada na plateia, de soslaio: o que viu primeiro, na primeira fila, foi o brilho do broche; eram os brilhantezinhos que brilhavam.

Ela odiava aquele broche, nunca gostou dele; aquele brilho lhe deu uma raiva surda e ela pensou: "Eles vão ver só".

Começou a tocar com toda precisão e maldade e quando já sabia que tinha tocado bem, no final da peça, martelou o piano duas ou três vezes com as mãos abertas, produzindo um desastre. Levantou-se e saiu sem cumprimentar. Não lhe deram nenhum prêmio, mas pôde pensar tranquila na ideia do seu velório, que era a que mais paz lhe trazia, a que mais a reconciliava com o gênero humano.

Conto chinês

Conheço bem os homens porque sou prostituta na casa da sra. Liú. Meus pais me botaram lá quando eu era jovem porque acharam que seria uma boa ocupação para mim. O primeiro homem que conheci, quando tinha uns dezesseis anos, era atormentado por fantasmas que pensava ver no quarto. Eu já estava quase vendo grandes sombras vermelhas ali dentro e tinha medo, mas não me dava conta. Só pensava: "Vou fugir daqui". Tentei fugir quando ele estava dormindo, mas o homem percebeu e me segurou. Era bom e carinhoso, já tinha esquecido de amaldiçoar aqueles fantasmas e disse para eu pedir alguma coisa de presente. Falei que não aceitava nenhum presente e ele ficou surpreso. No fim, quando o vi compungido, aceitei.

Os presentes eram muito importantes naquela casa e eram assunto todos os dias. Certa vez, um homem muito bom levou um macaquinho para nos divertir; todas nós brincávamos com o macaquinho, mas Anita, uma garota que sempre chorava, botou o macaco no colo e começou a chorar. Então a sra. Liú disse para o homem que o levasse embora, que não queria mais ver o macaquinho porque ele causava estragos ali. Mas o motivo era outro; quando viu Anita chorando, repreendeu-a e disse:

— Quem fica triste perde cinquenta por cento do valor. Não se deve ficar triste.

Ela sempre estava de olho para que não ficássemos tristes. Quando uma de nós andava meio despenteada ou parecia ausente, a sra. Liú lhe comprava lindos vestidos e fazia um jantar especial.

— Achei que fossem gostar — disse o homem e foi embora com o macaco.

Nem bem ele saiu, todas começaram a caçoar dele; chamavam-no de Macaco, diziam que tinha o traseiro igual ao dos macacos, e, como ele nunca mais apareceu, de vez em quando alguma de nós perguntava:

— Por onde andará o Macaco?

Depois não me lembro de ninguém ter trazido um bichinho ou uma planta para alegrar a casa. Lembro-me de um que todas amavam; era jovem, muito lindo, conversava e fazia graça com todas; todas o admiravam. Eu tinha ódio dele, porque quando estava comigo ele relaxava como um gato e só ligava para seu prazer; eu tinha que fazer cócegas nele com uma pena, ele queria que eu coçasse suas costas e, depois de eu lhe fazer mil massagens por toda parte, ele me dava uma palmada e ia embora.

Outro não falava uma só palavra: tirava a roupa em silêncio e se vestia em silêncio.

Uma vez encontrei esse homem na rua, e nós dois fingimos não nos conhecer. Ele nem sequer olhou para o outro lado; eu o fitei e ele passou na maior caradura, imperturbável. Mas dele eu não sentia raiva, não sentia nada. Eu, não sei por quê, contava para alguns homens histórias da minha infância desvalida; eram todas inventadas, e quando as contava eu acreditava nelas. Achava que mostravam o mais sincero de mim mesma, e era como o prazer de lamber uma ferida. Mas minha infância não foi tão desvalida assim; meus pais, posso ver agora, fizeram tudo que podiam por mim. Havia um que também me contava sua infância desvalida, dizia que ele também era como um menino desvalido. E então ficávamos deitados na cama por um bom tempo, sozinhos no escuro, dividindo calor e companhia. Éramos como dois irmãos.

Depois houve outro que me insultou, que me disse os piores insultos deste mundo. Na casa da sra. Liú era proibido insultar, e quem insultava não entrava mais lá. Mas eu o perdoei porque compreendi que ele estava insultando sua própria maldição, seu próprio desespero; via a miséria de todos e não conseguia superá-la; insultava a miséria e se espojava nela cada vez mais. Ele me comoveu porque se jogou a meus pés e me pediu perdão; mas endureci com os insultos. Eu, antes desses insultos, achava que eles eram como a morte;

achava que a ira causava a morte. Mas os insultos são graves de uma forma diferente do que a gente pensa; os insultos são como um lugar onde um dia houve um terremoto: momentaneamente pode-se ficar tranquilo, a gente se distrai, mas a ameaça está sempre latente.

Nessa época, eu já tinha me adaptado a todas as normas da casa da sra. Liú, aceitava os presentes, distinguia um ruim de um bom, distraidamente jogava fora os ruins e ficava com os bonitos. Estava mais bonita, estava na minha plenitude. Mas quando queria me lembrar de algo que tinham dito para mim, confundia as pessoas e as coisas. Quem tinha dito que o azul me caía melhor que o vermelho? Este? Não. Quem disse que relógios se limpavam com detergente? E não conseguia me lembrar de quem era quem.

Confundia o que um deles dissera com outra coisa e repetia isso para minhas colegas, às vezes, dizendo algo que tinha ouvido como se eu tivesse dito, sem perceber nada naquele momento. Achava que estava perdendo a memória e me dizia: "Meu Deus, não deixe que eu perca a memória". Não contei isso a ninguém, nem à sra. Liú, que não notou nada. Eu ria, como sempre.

Certo dia, apareceu um homem que parecia carregar um peso muito grande nas costas, mas não me disse o que estava acontecendo; e eu também não perguntei. Esse homem me dava presentes bonitos, mas eu não ligava muito para eles. Os presentes pareciam coisas dispostas ali, não pareciam dele nem de ninguém. Cuidei bastante para não lhe dizer como seus presentes eram bonitos, já que ele não lhes dava a menor importância. E comecei a pensar nessa característica dele, de ser independente de tudo, de não dar importância a nada. Quando comecei a pensar nisso, deu para ver na minha cara e a sra. Liú ficou me olhando. Certo dia, eu disse a ele:

— Não quero mais presentes seus, quero...

Eu não sabia como dizer o que queria. Talvez tivesse esquecido o que queria. Ele me disse:

— O que você quer? Eu dou o que você quiser.

E eu queria outra coisa e não sabia o que queria. Desanimado, ele disse:

— As mulheres são assim. Não sei por que nunca sabem o que querem.

Eu não disse nada. A sra. Liú o mandou ficar com outra. Ele foi só uma vez e não apareceu mais por lá. Eu não esquento nem um pouco com a partida dele. Se não for nesta vida, acho que na outra vou encontrá-lo.

Impressões de uma diretora de escola

Sou diretora de uma escola num bairro afastado. O quitandeiro passa pelo bairro e anuncia a mercadoria com uma corneta. Como lá é quase campo, ouve-se de longe uma voz anunciando algo que parece emocionante: uma festa, um baile. À medida que ele se aproxima, ouve--se: "Batata, quatro mil pesos; abóbora, cinco mil pesos". Tudo isso dito com uma entonação emocionada. Fizemos um festival na escola e o quitandeiro o anunciou; uma senhora nos deu a ideia, pois, como ela dizia, o quitandeiro tem todo o equipamento para anunciar. Ao fundo de tudo, perto do campo, vivem os japoneses que cultivam flores. Passam de carro pela estrada, sempre de carro, e pela escola nunca vi nenhum deles passar.

Do outro lado fica o campinho para as brincadeiras, lá tem uma lagoa que usamos para estudar uma coisa moderna, o ecossistema. O ecossistema é como os seres vivos se relacionam entre si, como comem uns aos outros, por que as aranhas são úteis embora pareçam inúteis etc.

As professoras me dizem:

— Vamos até a lagoa pra pesquisar os bichinhos que existem dentro dela.

Eu sei que na verdade vão é brincar no campinho que fica ali do lado, mas vão bem contentes. Além disso, conhecem os seres vivos que há dentro da lagoa como se os tivessem parido; são rãs, minhocas e, quando chove mais, peixinhos pequenos. Quando voltam, corados por terem corrido, eu pergunto:

— Estudaram o ecossistema?

— Sim — dizem, entusiasmados. — Aqui está a menhoca.

— A minhoca — diz a professora. — Como é que você diz "menhoca"?

Notei que, quando a professora corrige, ninguém gosta de repetir o correto: ficam em silêncio. E se a professora diz:

— Vamos lá, diga "minhoca".

Dizem "minhoca" com uma voz apagada e triste. Eu também gosto mais de "menhoca" que de "minhoca"; parece mais humilde, sombrio, íntimo; minhoca é um pouco mais seco.

Os meninos do primeiro, do segundo e do terceiro dizem:

— Atrasso o risco, fessora?

A professora corrige:

— Traço a linha, professora?

A verdade é que dá para entender o que querem perguntar. A expressão "traçar o risco" também me parece mais adequada para essa idade. Mais tarde aprendem sozinhos a dizer linha quando sabem o que linha significa num sentido amplo: como se aprendessem a não sair da linha, como se tivessem aprendido a se adaptar à escola. Antes de certa idade, para as crianças, uma linha é um risquinho. Agora, essa história de "fessora"...

Eles leem o livro *Platero* e depois escrevem frases.

Um menino escreveu: "Platero cheira as flores".

Eles sempre atiram pedras nos cachorros, pois muitos podem estar raivosos e não querem que se aproximem, mas também por esporte. Não há quadras de esporte aqui.

Também vi frases com as palavras "construir" e "destruir".

Um menino escreveu: "Minha tia construiu um apartamento". "Meu padrinho destruiu um apartamento."

A professora, é claro, lhe deu um muito bem. Tem uma professora que gosta muito deles, é parecida com a Branca de Neve. Ela estuda arquitetura e, quando falta, pergunto aos meninos:

— A professora disse a vocês que ia faltar hoje?

Eles me dizem:

— Ela faltou hoje porque teve que fazer prova.

E enfatizam "prova". "Prova" para eles é uma palavra ligada a Branca de Neve, de quem gostam muito. Eles calculam que vão fazer poucas provas escolares na vida, mas Branca de Neve com certeza lhes contou que estudava, que aplicavam provas na faculdade e estou certa de que muitos deles querem que ela vá bem na prova.

A sra. Betty mora na frente da escola e tem um olho de vidro. Seu cachorro se chama Topo; ele entrava na diretoria e xeretava no cesto de papéis para ver se havia restos de comida. Eu não me incomodava: se não encontrava nada, ele se deitava quieto e eu nem notava que estava ali. A sra. Betty gostava muito de mim, me atendia com tanta bondade que eu, que tenho um olhar deploravelmente obsessivo, esquecera por completo que ela tinha um olho de vidro. Mas certa vez Topo comeu vinte sanduíches de salame; comeu os de salame e deixou os de queijo. Talvez, se tivesse comido os de queijo, a professora o tivesse perdoado; mas o expulsou com violência, enxotando-o até a porta.

Quando isso aconteceu, apelei para a lógica, para meu bom senso, para meus sentimentos adultos e disse:

— Que barbaridade!

Por outro lado, eu achava divertido.

A professora me disse, irritada:

— Não é possível que ele entre todo dia como se aqui fosse a casa da mãe Joana e leve alguma coisa!

Uma voz me dizia: "Eu não me importo". Mas a voz da razão prevaleceu e eu disse:

— É, não é possível. Não vamos deixá-lo entrar.

Desde então, a sra. Betty não o manda mais lá, como esses meninos que vão brincar na casa dos outros e lhes fazem alguma desfeita e depois os pais não os mandam mais lá.

Betty continua sendo cordial e amável, só que mais retraída. Houve uma mudança. Antes, quando ela falava comigo, sempre sorria feliz e o olho sadio também sorria; agora, às vezes um lampejo de raiva passa pelo olho sadio quando ela fala comigo. Agora ela diz: "Claro, claro" em tom reticente quando fala. Agora, sempre que a vejo, penso que ela tem um olho de vidro. Não sei como consertar isso. Não posso dizer: "Pode mandar o Topo, sentimos tanta falta dele..."; não seria natural. Além disso, muitas professoras não querem que o cachorro fique lá.

— Esse lápis é pro meu ermão?

— Não, não tenho lápis hoje.

Mas ele não vai embora. É o Monzón.

— Vá pra sala de aula.

— Não, ela que me mandou aqui.

A professora o mandou porque não aguentava mais. Ele entra só à uma, mas às vezes desde as dez fica espiando pela janela o turno da manhã. Então a professora da manhã o vê e o manda fazer uma tarefa fácil; depois ele entra na sua série, mas num turno que não é o dele, e diz para a professora:

— Fico?

— Tudo bem — diz ela —, mas calado.

Então ele fica um pouco no turno da manhã até que a professora se cansa e o manda embora. À uma, quando seus colegas estão na classe, ele espia pela janela. A professora faz que não vê.

Os meninos dizem:

— Professora, o Monzón está na janela, ele não veio!

A professora abre a janela e pergunta:

— Por que não veio hoje?

— Porque não tenho sapato.

— E esses que você está calçando são o quê, pode me dizer?

— São do meu ermão. Não tem um sapato aí?

— Não, não tenho, e você tem que entrar.

A professora agora fala com voz fraca, meio que por obrigação, porque ele entra e sai.

— Bom — diz Monzón —, vou lá em casa e já volto.

Meia hora depois está na diretoria, porque a professora não o aguentou. Não parece preocupado porque não lhe aconteceu nada, não posso repreendê-lo porque não está bravo, nem assustado, nem com um pingo de raiva.

Escrevo e faço de conta que ele não está ali. Ele insiste:

— Tem um lápis aí pro meu ermão?

— Já disse que não. O que fez com o lápis que dei pra você ontem?

— Era pro meu ermão.

Não posso repreendê-lo. Vou falar com ele com certa amabilidade.

— Vamos lá, escreva as vogais.

— Qual, o "a"?

Faz o "a" contente, triunfante.

— Agora o "e".

Ele o confunde com o "i". Depois me diz:

— O cachinho?

— Sim, o cachinho.

Ele faz um cachinho.

— Agora o "o".

Ele não se lembra e me pergunta:

— Tem papel pra escrevê?

— Sim — e vou buscar papel para ele.

— Me conte — digo —, o que você estava vendendo outro dia, que vi você vendendo?

— Eu vendo pentes. Aqui tem um, me compra um pro meu ermão? Pro pequenininho.

— Mas ele nem tem cabelo.

— Tem, sim, tem, sim, tem bastante cabelo!

— Não, não vou comprar. Você tem que vender outra coisa, isso você não vai vender.

— Vou lá em casa e já volto?

— Tudo bem — digo.

Pensei que não voltaria. Dez minutos depois, estava de volta e trazia chicletes para vender. Vendeu todos e conseguiu cinco mil pesos.

— Cuida do meu dinheiro?

— Tudo bem.

Dois minutos depois:

— Me dá o dinheiro pra comprar um sorvete?

— Tudo bem.

Tomou o sorvete, deu umas voltas pelo pátio e, como a professora não o queria mais lá, foi sozinho para casa. Depois voltou para olhar, da porta, a saída dos meninos. Chamei a mãe dele, que é uma senhora inteligente e esperta, e perguntei por que não o mandava para outra escola para que aprendesse sem pressa. Ela me olhou com cara de pena, como quem diz: "Dá pra ver que você não sabe o que está acontecendo", e me explicou:

— Não, senhorita, sabe o que acontece? É de família. Meu irmão agora é executivo de uma empresa. Tem casa, carro e vive muito bem. Quando era menino, demorou tanto pra aprender na escola! E meu primo pianista também, demorou muito pra aprender na escola.

Eu, não sei por quê, acreditava nela. Tinha tanta convicção no que dizia, parecia saber muito bem o que estava acontecendo... Além disso, pensei, por que não? Quando ela disse aquilo, fiquei mais contente.

As professoras estão reunidas no pátio e conto a elas o que a sra. Monzón falou a respeito do menino. Conto de um modo neutro. Nem aprovando nem desaprovando, para ver o que dizem.

Alicia, a gorda, diz, um pouco aborrecida:

— Mas não, se até fizeram um teste com ele e deu não sei que QI.

Outra professora me olha com uma cara difícil, com cara de incompreensão.

— Vai saber — digo, e vou para outro lado.

Às vezes tenho dificuldade de apelar para a lógica e para o bom senso; às vezes eles me abandonam. E a lógica e o bom senso nunca devem abandonar um diretor. Para um diretor, esse é o pior dos pecados. O tempo todo tenho que demonstrar que sei muitas coisas e, sobretudo, que uso a lógica. Às vezes tenho vontade de trabalhar e com astúcia logo resolvo a situação. Às vezes não tenho vontade, e, se me dizem "A fossa entupiu", não tenho nenhuma resposta. Me dá vontade de dizer: "E vem dizer isso pra mim? O que é que me importa?! Não pretendo desentupi-la".

Ou então: "Acho que o Lima está com sarna. O que faço? Mando ele pra casa?".

Eu não sei o que fazer. Além do mais, não acredito que a sarna seja contagiosa, não acredito que a fossa entupa a não ser que a merda chegue a ficar visível e já esteja para fora; não vejo o bicho da sarna passando de um para outro.

Mas, como a pressão para que eu o mande é grande, digo:

— Sim, mande.

E o Lima vai embora muito triste e sarnento para casa.

Às vezes, cuido das turmas e também não tenho respostas. Por exemplo, da última vez estive na primeira série e um menino me disse:

— Perdi o lápis.

De repente, aquilo também me pareceu uma perda tão definitiva que não havia como remediar.

Ou então:

— Roubaram minha borracha.

Nunca consigo descobrir quem rouba as coisas.

Mas pergunto:

— Vamos lá, quem roubou a borracha dele?

— Ele — diz o lesado.

— Mas ele pegou minhas tintas — diz o outro.

Essa história pode continuar por mais meia hora que eu não descubro nada. A mesma coisa quando dois meninos brigam, e pergunto:

— Quem começou a briga?

— Ele — diz o golpeado.

— Mas ele começou a me chatear e ontem bateu no meu irmão.

Em raríssimas ocasiões descobri um verdadeiro culpado, talvez porque tolamente eu pense que um culpado deve ter cara de culpado ou algum sinal especial. A mesma coisa quando sobem nas carteiras, às vezes eu deixo e às vezes acho que não é certo. Então digo a eles, com voz neutra, levemente imperiosa:

— Não subam nas carteiras.

Um professor que se preze deve saber fingir aborrecimento e espanto. Diria algo como:

— O que é isso?! Subindo nas carteiras?

Mas o aborrecimento deve ser genuíno de alguma forma, porque os meninos sempre detectam o que o professor quer e, se o aborrecimento não for real, sobem nas carteiras do mesmo jeito.

A mesma coisa quando uma professora me diz:

— Eu não vim ontem porque a verdade é que fiquei dormindo.

Não é bom, afinal, ser sincero? Como se ensina a não ficar dormindo quem está com muito sono?

Para o Dia das Mães os meninos preparam presentes, vou lá ver o que prepararam. Numa das séries, eles tiraram o papel das latas que são usadas como vasilhame (são latas que os meninos também usam para guardar a "menhoca") e a rodearam com cordões de lã. "Bem parelha a lã, pra lata não aparecer", me diz a professora. "É uma espécie de caixinha pra guardar alguma coisa."

— Que coisa? — pergunto.

— E eu sei lá? — me diz ela —. O que a pessoa quiser.

O detalhe caprichado é um laço no meio da lata. A lata parece uma velha gorda e louca que estivesse com um vestido de lã e pusesse um laço de menina na cintura.

— Está bem — eu digo.

Em outra série, fizeram a fosforeira. A fosforeira são quatro caixas de fósforos vazias (os fósforos são caros) coladas com goma-arábica. Cada caixa tem uma tachinha no meio, simulando ser uma gavetinha com uma maçanetazinha. Tento pensar que é uma gavetinha em miniatura, e me digo: "Que bonita". Mas é uma maçada.

— Muito bom — eu digo.

Veio-me um grande desânimo e tristeza. Eles estavam contentes fabricando esses presentes, e as professoras também. Uma professora dizia com toda a paciência:

— Agora, meninos, vamos pôr uma tachinhazinha...

Todos estavam entusiasmados fabricando coisas. Eu não conseguia me contagiar com aquele entusiasmo. Era um dia de chuva e estava tudo inundado. Eu estava com a sensação de que a vida era triste, mas não tinha o direito de entristecer ninguém.

No recreio, levaram muita bronca porque se molharam. Fazia tempo que eu negligenciava os recreios e não andava pelos pátios. Fazia um tempo que estava negligenciando tudo. Só percebia que gritavam com eles, e era como se gritassem comigo, mas eu não conseguia tomar nenhuma atitude — para que aquela que mais gritava deixasse de gritar, eu teria que gritar com ela. Nos últimos tempos, muitas professoras pegaram o costume de gritar com eles, de humilhá-los por suas roupas ou por seu cabelo. Quando acontece isso, eu me enfio na diretoria e não saio de lá. Mas é como se gritassem comigo, fico quieta e, enquanto não se calam, não consigo fazer nada.

Outro dia Alicia, a professora gorda, que é a que mais grita, não parava. Eu queria pensar em outra coisa e não conseguia. De repente, me dei conta de que a única coisa que queria era comer uma bolachinha. Se eu não comesse aquela bolachinha, ia morrer.

Comecei a comer, ou melhor, a roer a bolachinha. Os gritos lá de fora eram cada vez mais fortes. Fechei a porta da diretoria, mas dava para ouvir do mesmo jeito. Enquanto roía, me assustei com meu próprio barulho. Então mastiguei devagar, tentando não fazer barulho.

Estava absolutamente sozinha naquele lugar.

O centro de pesquisas

Em um prédio cinza, simples, em frente à feira, lia-se Centro de Pesquisa Educativa. Às dezessete horas e trinta minutos, quando o último grupo de alunos entrava para pesquisar, lá da feira se ouvia: "Vamos, vamos, que está acabando", e a sra. Ruberto, secretária do centro, ia comprar carne. Comprava carne todo dia, e todo dia o grito do açougueiro a pegava de surpresa. "Será possível, cinco e meia já? E eu com tudo isso por fazer! Vou logo, antes que feche", dizia para a bibliotecária. Saía com sua cesta para dar uma voltinha e retornava mais contente e um pouco atrevida. Por exemplo, nesse dia ela tinha que preparar convites para uma palestra sobre o tema "Educação e desenvolvimento econômico".

Tinha que mandá-los para o prefeito, para a inspetora escolar, para o diretor de cultura e para um velhinho que vivia sozinho e que uma vez pediu que o convidassem se houvesse uma palestra ou qualquer coisa cultural, porque a vida toda ele tinha se interessado por essas coisas.

O papel era pouco para os convites e além disso estava chovendo, e parecia que no dia seguinte também iria chover. Então a sra. Ruberto disse:

— Para o prefeito eu não vou mandar nada, que ele virá.

Depois se lembrou do velhinho, surpresa, como quando lembrava que precisava comprar carne, e disse:

— Pra ele vou mandar meia folha, assim economizo metade pra uma outra vez.

Quando estava fazendo os convites, não conseguiu ler direito o nome do professor que ia dar a palestra e disse para a bibliotecária:

— Ai! Como se chama esse homem? Kourek?

— Koukvrek — disse a bibliotecária, que era jovem e prendia o cabelo com uma fivelinha.

A bibliotecária fazia fichas e entregava livros o tempo todo, adorava entregar livros, tentava fazer com que ninguém fosse embora sem um, mas para procurar nas prateleiras de cima lhe fazia falta uma escadinha ou um banquinho. A sra. Ruberto percebeu isso e um dia chegou triunfante com um banquinho velho; tinha encontrado o banquinho jogado num monte de lixo e disse:

— Que travessura!

Limpou-o e levou-o para a bibliotecária para que ela alcançasse as prateleiras altas. Num outro dia, inspecionou o escritório contíguo, que estava meio abandonado, e encontrou papel. Pegou um monte de papel, bem contente, e disse:

— Quem vai lembrar que esse papel está aí?

A bibliotecária, quando não conseguia entregar um livro porque o que pediam não estava lá, exasperava-se como se a culpa fosse dela; então dizia para a cliente:

— Você está pálida hoje, reparei que você está pálida.

Daí a cliente dizia:

— Sim, nem me fale, é que ontem minha pressão baixou.

E depois contava por que sua pressão tinha baixado e qual era o melhor remédio para isso. As que vinham estudar também iam à feira e às vezes vinham buscar um livro meio perdidas, como quando alguém vai à farmácia buscar um remédio estranho que não conhece muito bem, que alguém lhe recomendou, mas não acredita muito em sua eficácia. Já com o livro na mão, punham-no no fundo da bolsa e às vezes, papeando, deixavam-no em cima da mesa porque tinham de ir à feira e o açougue já ia fechar.

Mas quem tentava de todo jeito dar impulso a esse centro, promovê-lo, era a assessora. Ela vinha da capital e ministrava os cursos. Trabalhava em folhas avulsas, com anotações que diziam "Ver página 56", e logo tinha à mão a página 56 do seu resumo para associar ou dar mais corpo a seu tema. Ela não estava de acordo com o modo como tudo estava andando; gostaria de maiores avanços, maiores voos. A assessora dizia para a sra. Ruberto:

— Já fez os convites?

A sra. Ruberto fazia uma voz entre eficiente e tranquilizadora, como a de alguém que está satisfeito por ter se portado bem.

— Sim, e já pus no envelope e também já enviei.

A assessora sabia fazer pacotes que pareciam de Natal. Chegava, abria um livro com entusiasmo e se deliciava com os temas; era como se visse um botão de rosa. Quando chegava e sentia cheiro de fechado, arejava a sala dos cursos e se movia com tanta determinação que era como se Deus tivesse vindo arejá-la.

Depois espalhava harmoniosamente seus papéis e pastas aqui e ali e trazia de casa ora um tapetinho para enfeitar a mesa, ora uma flor para pôr num vaso. Então aquela sala escura parecia mudar completamente e se transformava num local onde fazer pesquisas.

Os livros da biblioteca eram de várias épocas. Da primeira, havia um chamado *Meu pensamento pedagógico*, do professor Alcides Ponzo. Na primeira página do livro havia uma fotografia de Alcides Ponzo quando bebê, sobre uma mesinha oval, com um vestido de lã, apoiado na mesa em posição de nadar.

Esse livro fora dedicado e doado por outra pedagoga e a tinta tinha ficado meio apagada e de um azul-claro. A dedicatória dizia algo sobre o caminho para os astros. Era um livro de pensamentos, máximas, aforismos, que na verdade já estava ultrapassado; muito tempo se passara; mas a própria assessora, que era adepta das correntes mais atuais da educação, quando era preciso mandar um convite especial, por exemplo, quando as alunas se formavam e era preciso fazer convites como manda o figurino, como ela dizia, punha no alto uma frase de Alcides Ponzo. Por exemplo: "Semeia uma dúvida e colherás um ser livre". Ou então: "Discernir o joio do trigo, eis a tarefa e o problema da educação".

Quando a sra. Ruberto tinha de datilografá-los, perguntava à bibliotecária:

— O que diz aqui? Discernir?

— Sim — dizia a bibliotecária.

A sra. Ruberto fazia uma voz como quem diz: "Os livros têm cada ideia e se metem em cada complicação...".

Depois o livro de Alcides Ponzo ficava enterrado às vezes até por um ano, até o próximo encontro. Às vezes a própria assessora lia uma máxima para pôr no cabeçalho de um convite e dizia:

— Mas isto aqui não cola nem com grude.

E procurava e procurava algo mais adequado para o cabeçalho do convite. Uma vez, estava na hora de a sra. Ruberto ir ao açougue. Por isso ela estava inquieta, queria sair um pouco e se atreveu a dizer:

— Mas, Elisa, vou pôr isso mesmo. Afinal quem é que vai ler?

A assessora a olhou com uma cara de profunda reprovação e disse:

— Temos que fazer as coisas direito, não podemos relaxar. Um centro de pesquisa deve ter certo nível.

Desde então, muitas vezes a assessora supervisionava a confecção dos convites: faziam juntas e cuidavam da diagramação, dos envelopes etc.

Depois havia uns livros, todos de autores franceses, cujos títulos eram *A criança delinquente*, *A criança perversa*, *A criança anormal*, *A criança rebelde* etc. Os autores franceses argumentavam assim: "Quem é culpado pela perversidade da criança? A hereditariedade ou o ambiente? Embora não possamos ignorar o papel da hereditariedade, tampouco podemos subestimar o papel do ambiente. Mas a que devemos atribuir a perversidade? Devemos sopesar ambos os fatores e chegaremos à conclusão de que cada fator desempenha seu papel, e precisamos considerá-los em sua inter-relação para a determinação de cada caso em particular".

Depois vinha toda uma série de casos de crianças perversas, muitas das quais torturavam animais, e um grande número dessas crianças costumava bater na avó, amarrá-la, dar-lhe ordens etc.

Alguns dos livros mais modernos se intitulavam *Educação e desenvolvimento econômico*, *Educação e fome no mundo*. Nesses livros, dizia-se que as pessoas que comiam melhor tinham uma educação melhor. O problema era com as pessoas que comiam menos. As pessoas que comiam menos não aprendiam. Por que não comiam? Porque não tinham alimento suficiente. Por que não tinham alimento suficiente? Porque a produção era baixa. Por que a produção era baixa? Porque como estavam mal alimentadas não conseguiam produzir nem estudar. Qual era a causa disso tudo? Muito complexa.

A causa, diziam esses livros, era muito complexa.

Mas depois esse problema deixou de interessar; depois o interesse passou a ser o planejamento. O planejamento era o seguinte:

Por exemplo, um professor devia ensinar "O tatupeba, seus hábitos e sua idiossincrasia".

A assessora ensinava a interpretar esses livros de planejamento que diziam como se deve planejar o ensino do tatupeba. Era assim:

Objetivos intelectuais: conhecer o tatupeba e sua circunstância.

Objetivos afetivos: aprender a amar o tatupeba.

Objetivos para habilidades e destrezas: aprender a fabricar um violão com um tatupeba e preencher o desenho de um tatupeba com papeizinhos brilhantes.

Como dizia a assessora, todos esses objetivos tinham níveis hierárquicos, que não deviam ser confundidos. E ela se entusiasmava quando via um bom planejamento e depois o mostrava para as outras alunas, elas copiavam e, quando trabalhavam na escola, sempre cobriam tatupebas com brilhantinhos colados.

Um dia ia vir um professor especialmente convidado para dar uma palestra sobre o tema "A arte e a educação". Ele vinha de longe e era uma pessoa de prestígio. Sua palestra era às dezoito horas. Era um dia de chuva, não tinha parado de chover a tarde toda. Às três da tarde, a sra. Ruberto bateu na testa e disse:

— Chão, me engula.

— O que foi? — disse a bibliotecária.

— Eu me esqueci de mandar os convites e ninguém vai aparecer. Ai, meu Deus, que sempre me valeu o tempo todo, o que vamos fazer?

— Vou pôr a capa de chuva e vou até a casa do seu Ángel.

Seu Ángel era o velhinho que sempre queria ser convidado. A bibliotecária foi procurar seu Ángel e ele não estava.

A sra. Ruberto dizia:

— Ai, meu Deus, me ajude, por favor! Tomara que esse homem (aludindo ao conferencista) venha de trem, tomara que o trem descarrile, que o trem bata, e que não aconteça nada com ele, não lhe desejo nenhum mal. E se ele vier de carro, não vai conseguir passar. Não vai conseguir passar com essa chuva. (E ela mesma ia se acalmando.) Veja, com essa chuva ele não vai conseguir chegar.

De repente se acalmava, mas olhava o relógio o tempo todo. Disse:

— A Elisa chega às cinco da tarde.

Às cinco a assessora chegou, com o cabelo bem-arrumado, *a la* conferência, e um vestido elegante e um pouco monástico.

— Mandou os convites?

— Sim, Elisa, mas, com esse tempo, você sabe que pela estrada não está dando pra passar? Está tudo inundado.

Disse isso com excessivo entusiasmo e Elisa a encarou. Para disfarçar, a sra. Ruberto disse:

— Seria uma pena custear este dia e não aparecer ninguém! Seria uma verdadeira pena.

A assessora viu que estava chovendo, mas nunca imaginou que a chuva fosse um obstáculo básico. Uma chuva como aquela lhe causava a mais profunda indiferença. Começou a ajeitar um vasinho e trouxe a jarra de água e um copo com um pires embaixo.

Às seis da tarde em ponto surgem dois homens pela porta, um era o inspetor, precedendo e abrigando o outro com um guarda-chuva de modo solícito. O conferencista tinha o rosto luminoso, o cabelo bem penteado e alisado, e disse:

— Eu vim, pra ser franco, porque não tinha outro remédio. Este senhor (apontou para o inspetor com ar bonachão) praticamente me obrigou a vir, já que hoje é meu aniversário de casamento. Estou fazendo vinte anos de casado.

A sra. Ruberto disse:

— Meus parabéns, senhor, agradeço a atenção que nos deu ao se incomodar num dia tão importante pro senhor.

Ela pensava consigo: “Terra, me engula. Por que esse infeliz não ficou em casa?”.

Mas disse:

— Como conseguiu chegar com essa chuva?

O homem explicou que tinha chegado relativamente bem.

A sra. Ruberto disse:

— A gente daqui é muito peculiar. O senhor sabe que não tem quem faça o pessoal sair de casa nos dias de chuva?

— Imagino, imagino — disse o conferencista, e perguntou onde ia ser a palestra.

A assessora, entusiasmada, acompanhou-o até onde estava a jarrinha com o copo. A sra. Ruberto disse com voz inocente:

— Esta é nossa salinha, humilde, como o senhor pode ver...

— Não importa, não importa — disse o professor.

— Aqui a alvenaria... — dizia a sra. Ruberto. — Ali o reboco caiu há pouco tempo, mas...

A assessora a interrompeu:

— O professor talvez queira saber algo sobre o funcionamento do centro. Este centro foi criado em...

O professor, meio desconcertado, olhou para o relógio. Eram seis e vinte e cinco. Disse:

— Talvez as pessoas daqui costumem se atrasar?

Firme e valentemente, a sra. Ruberto disse:

— Bem, em geral as pessoas são pontuais. Mas agora, com essa chuva...

— Compreendo — disse o professor.

A sra. Ruberto disse com voz festiva e alegre:

— Quer ver a outra salinha?

— Está bem — disse o professor.

— Esta salinha — disse, muito convencida, a sra. Ruberto — se comunica com a escola ao lado. Qualquer coisa que a gente necessite, sempre...

— Claro — disse o professor com voz fraca.

— Um cafezinho, professor? E o senhor, inspetor?

Disseram que sim, e todos tomaram café. Estavam lá a bibliotecária, que se sentia culpada por tudo e não sabia onde se enfiar, a assessora, que espichava o pescoço para ouvir o professor, a sra. Ruberto, que servia as xicarazinhas, punha açúcar e se movimentava bastante, e a chuva, que fendia a terra.

A assessora disse que o tema da palestra era realmente apaixonante e o professor começou a falar das grutas de Altamira.

Quando a sra. Ruberto viu que a história das grutas de Altamira ia longe, respirou e agradeceu a Deus. A assessora anotou em sua caderneta de folhas avulsas um livro que o professor citou sobre o tema e o inspetor fez uma pergunta ao professor, com certa modéstia não isenta de dignidade, como se fosse um jogador de tênis perguntando alguma tecnicalidade a um jogador de rúgbi. O professor falou por uns vinte minutos; a assessora estava bem contente porque tinha o professor só para ela, e a sra. Ruberto disse para a bibliotecária:

— Deus aperta, mas não enforca.

Depois veio uma bibliotecária nova trabalhar. Aparentemente era forte como um touro, mas tinha sido mandada para lá com a instrução de que devia trabalhar num clima de muita paz e tranquilidade.

Foi afastada do cargo e em sua documentação figuram as causas, detalhadas a seguir:

1) "Descumprimento do horário de trabalho estipulado";

Ela chegava por volta das dez da manhã e depois ficava até bem tarde, quando todos já tinham ido embora. O motivo é que não podia permanecer durante certas horas na sua casa, à tarde, porque brigava com seu pai. E de manhã, se ela vinha muito cedo, o cachorro ainda não estava amarrado e vinha atrás dela, motivo pelo qual optava por chegar tarde.

2) "Negligência ominosa e oficiosa com os bens e materiais de trabalho";

Numa tarde de final de ano, estavam fazendo o balanço anual dos livros. A bibliotecária anterior procurava-os na biblioteca em cima do seu banquinho e a bibliotecária nova, que se chamava Chochi, marcava-os com uma cruzinha no livro de registro do inventário. Depois de pôr a cruzinha número cinco, vomitou sobre o livro de registro do inventário e o inutilizou.

3) "Observar uma conduta incompatível com os princípios da moral e dos bons costumes". Artigo 5º, inciso 7.

Chochi perseguiu até a porta o inspetor, que era um homem de uns cinquenta anos, com cara de rato engordado, e lhe disse que era lindo e que sonhava com ele. Por isso, cada vez que o inspetor passava pelo centro de pesquisa, atravessava para a outra calçada porque tinha pavor de se encontrar com ela, não sabia que atitude tomar. A assessora estava muito aborrecida, pois dizia que, por causa desse abacaxi que lhes haviam mandado (referindo-se a Chochi), o centro de pesquisa estava sem supervisão. Dizia que a supervisão era muito necessária, era como uma bússola etc. O inspetor não apareceu mais.

Além disso, Chochi era culpada por outro episódio incompatível com a moral e os bons costumes. Apaixonou-se também por outro homem que sempre ia à biblioteca (iam dois). Era o sr. Arancio, um senhor mais velho que fazia pesquisas pedagógicas. Ele era um homem muito correto, muito respeitoso, um pouco tímido, se preferirem, que para exemplificar um trabalho prático apresentou o seguinte problema: "Se uma tartaruguinha tem vinte manchinhas e quatro delas se apagam, quantas manchas sobraram?". (A ideia era que os professores apresentassem problemas criativos, que não se limitassem aos tradicionais.)

Ela então declarou seu amor ao sr. Arancio, que ficou muito assustado e tentava entrar na sala de pesquisas por outra porta. Mas Chochi o esperava e sempre o alcançava. Um dia, ela disse que se ele não lhe desse um perfume iria enxotá-lo corredor afora e fez outras ameaças. O sr. Arancio teve um ataque de desespero e não queria mais ir lá, mas, como só faltava um mês para o término de um curso que fora árduo para ele, levou-lhe um perfume. A assessora reclamava constantemente que o prestígio do centro de pesquisa estava diminuindo e disse:

— Se isso continuar assim, vou pedir demissão.

A assessora se demitiu e se tornou palestrante-viajante: deu palestras de um extremo a outro do país.

Apesar de Chochi não ter mais de trinta anos, optaram por aposentá-la, já que encontraram certos atenuantes para sua conduta e lhe deram uma aposentadoria por invalidez, e lá ficaram a sra. Ruberto e a bibliotecária, amigas como sempre, naquela biblioteca tão fresca e escura no verão.

Mas, depois que a assessora foi embora, o Centro de Pesquisa Educativa nunca mais foi o mesmo.

O sr. Bellone

Nós nos mudamos para uma casa nova. Quando fui com meu pai, os antigos moradores ainda estavam lá: um viúvo e seu filho pequeninho. Esse viúvo foi muito amável comigo e me deixou empurrar o bebê no carrinho.

Era muito gentil, sorridente, distante. O bebê dele tinha as pernas bem compridas e se deixava transportar no carrinho sem reclamar. Eu o empurrava a toda a velocidade e ele ficava indiferente, como quem diz: "Não estou nem aí". Eu tinha a sensação de estar levando no carrinho um menino mais velho. Esse era o segundo viúvo que eu via na vida e era completamente diferente do outro que eu vira antes, um amigo do meu pai. Esse amigo, quando chegamos à casa dele, mostrou uma poltrona ao lado da janela e disse:

— Ela se sentava aqui.

Depois pegou uma bonequinha de feltro e disse:

— Este é o último trabalho que ela fez. Fazia cachorros, gatos, fazia maravilhas.

Daí o sr. Bellone começou a chorar, foi até o guarda-roupa, abriu-o e mostrou como guardava todos os vestidos dela. Depois nos sentamos ao redor de uma mesa (não nos ofereceu café) e ele disse:

— Ela se sentava nessa cadeira.

E limpava os óculos embaçados.

Depois nos mostrou as últimas fotografias dela. Estava bem sorridente e parecia dizer: "O que estão olhando?". Isso se a gente pensasse que ela estava viva. Considerando que estava morta, não havia outro remédio a não ser associá-la ao cachorro de feltro, aos vestidos que nunca mais ia usar. Em todo caso, minha impressão foi de que a fotografia continha alguma forma de vida maior que as coisas de feltro e os vestidos. Além disso, espiar os vestidos sem que ela soubesse...

Depois contou o que ela costumava fazer. Costumava sentar-se ao lado da janela e ali costurava ou lia. O sr. Bellone considerava esse hábito um tanto notável. Então eu pensei que um morto era uma pessoa notável. Depois ele disse:

— Que fatalidade, seu Pedro, que destino!

Como se a fatalidade e o destino fossem bichos que tivessem entrado na sua casa quando ele estava distraído e tivessem levado sua mulher.

Meu pai o interrompeu e disse:

— Está um cheiro de queimado; parece que tem alguma coisa queimando.

Ele foi até a cozinha e tirou uma caçarola do fogo, sem dizer nada. Quando meu pai disse que estava sentindo cheiro de queimado, eu também senti. Antes me parecia algo natural, como se tivesse cabimento que na casa de um viúvo recente houvesse cheiro de queimado. Talvez também não tivesse cabimento dizer isso. O sr. Bellone falou para irmos até os fundos da casa para ver os frangos.

— Ela lhes dava de comer na mão.

E fazia uma concha com a mão.

Meu pai disse:

— A gente só vai ficar um instantinho.

Mas eu queria muito ver os fundos da casa e os frangos do sr. Bellone. Antes, quando ele estava contando todas aquelas coisas sobre ela, eu sentia certa impaciência, esperava alguma coisa, como se todo aquele alvoroço que ele fazia fosse para que ela se apresentasse. Porque ele se movia de um lado para o outro, ia da janela à mesa, se sentava, se levantava, suspirava. Pensei que os frangos do sr. Bellone deviam ser notáveis, e eram mesmo: tinham um pescoço comprido, eram só dois, pareciam um pouco pesteados e eram muito carinhosos. Piavam sem parar e desordenadamente quando viram o milho aparecer; faziam um escândalo como se fossem vinte frangos, de repente estremeciam e pareciam estar mexericando.

O sr. Bellone começou a dizer: "Cocó", "Ricó", "Cocó" com uma voz absurda, meio ridícula, que me tranquilizou completamente.

Aquela era uma casa permissiva, dava para ver que ali se podia fazer qualquer coisa.

Os frangos bicavam seus dedos, ele se deixava bicar e acariciava aqueles pescoços impressionantes e dizia:

— Sentem falta dela. Dá pra ver que sentem falta. Vocês sentem falta da Tina, né?

Havia um saco cheio de milho e eu queria dar aos frangos um quilo de milho, por aí, para vê-los fincando a cabeça no chão com bicadas rápidas e depois espichando o pescoço. Apanhei um punhado de milho e meu pai disse:

— Não, deixe isso.

— Deixe — disse o sr. Bellone. — Ela é um tesouro.

— É que já estamos indo — dizia meu pai.

Mas eu não queria ir embora. O que me agradava naquela casa era, em primeiro lugar, que a gente podia fazer qualquer coisa e o sr. Bellone acharia bom; e tem mais: cada coisa, dar de comer aos frangos, regar com a mangueira, devia adquirir um relevo extraordinário. Em segundo lugar, naquela casa eu me sentia frágil. Naquela casa a gente sentia a fragilidade da vida; cada gesto nosso pareceria único, como se fosse o último que a gente fazia. Naquela casa, sendo frágil, eu podia ter meus caprichos, por exemplo.

Mas meu pai não quis ficar e o sr. Bellone nos acompanhou até a porta com lágrimas nos olhos, não dava pra saber direito se era porque ainda estava emocionado com a morte da mulher, se tinha ficado comovido com os frangos ou se estava pensando em morrer ou achando que nós íamos morrer e que ele então nunca mais nos veria. Despediu-se e depois nos seguiu com a vista e acenou com a mão.

Meu pai disse:

— Esse homem não está normal.

— Está louco? — perguntei.

— Não é isso — disse.

"Deve ser porque ficou viúvo", pensei.

— Quer dizer que você é um tesouro? — disse meu pai.

— Como assim, um tesouro?

— Um tesouro, tesouro — disse ele.

Eu quase não ri porque já estava cansada de gracinhas. Falei:

— Chorar muito assim faz mal, né?

— Claro — disse meu pai. — Dá mau hálito.

Tive de reconhecer que meu pai tinha de novo um pouco de razão: o sr. Bellone tinha um pouco de mau hálito. Antes de meu pai dizer isso eu teria chamado aquele cheiro de perfume ou cheiro de viúvo que está chorando.

Mas agora estava tudo em ordem e, como eram seis da tarde, eu iria até a rua jogar um pouco de bola.

O pregador e a lagarta

As circunstâncias imprevisíveis da vida, desta vez visíveis na forma de um aguaceiro interminável, tinham reunido numa caverna escura um pregador e uma lagarta. O pregador falava assim:

— Meus irmãos amados, devemos distinguir, como fazia o sábio filósofo Spinoza, entre a *natura naturans* e a *natura naturata*. A segunda é engendrada, mas não infundida, pela primeira; a primeira é o inverso da segunda.

A lagarta dizia que sim e enquanto isso comia o mato ralo que crescia na caverna. O pregador continuou:

— O ser primeiro contém, sustenta, sobrevém e ampara todos os outros seres, e é razão e causa *non causata*.

A lagarta disse que sim e que ia ver se estava chovendo.

— Vou ver se ainda está chovendo.

Foi lá fora e disse:

— Parou de chover, mas gostaria de ouvir a crítica do voluntarismo leibniziano.

O pregador então prosseguiu:

— O voluntarismo leibniziano gerou toda uma série de disparates coerentes com a moderna teologia, que difere da prístina no...

— Espere — disse a lagarta —, vou ver se ainda está chovendo.

O pregador continuou:

— Os adversários do agnosticismo incorrem, por consequência, no mesmo erro deles ao considerar que...

O pregador olhou para fora e não estava chovendo. Sentia-se tremendamente inquieto, como se lhe faltasse algo. De repente, abrupto, perguntou:

— Onde estás, *Regina Lagartorum*?

Mas a lagarta tinha ido embora.

O bolo fofo

Eu queria fazer um bolo fofo. Não queria fazer bolachinhas porque lhes falta a terceira dimensão. A gente come bolachinhas e parece que falta alguma coisa; por isso as comemos sem parar. As bolachinhas parecem feitas com farinha de rosca ou farinha reconstituída. Os únicos que sabem comer bolachinhas como se deve são os cães: caçam-nas no ar, destroçam-nas com um ruído forte e engolem tudo num piscar de olhos, levantando um pouco a cabeça.

Eu também não queria fazer um flã, porque o flã é um protoalimento e parece uma água-viva. Nem um pão de ló embriagado, que é uma torta *ladina*. É uma massa à qual se acrescenta vinho; a gente vai com confiança, esperando gosto de torta, e acontece que tem outro gosto: um gosto forte e azedo.

O pão de ló fofo que eu queria fazer era como uma torta que comi uma vez, que vinha lindamente embalada numa caixinha: chamava-se torta Paradiso. Na caixa havia a figura de uma mulher com um vestido comprido; não lembro bem se eram uma mulher e um homem ou se era só uma mulher; mas, se era só uma mulher, estava esperando um homem.

A torta Paradiso era muito fofa, nunca comi outra igual. Não é que se desmanchasse na boca; era só mastigá-la suavemente e a gente sentia que todos os processos de mastigação, deglutição etc. eram perfeitos. Além disso, não era como as bolachinhas, que são para a gente comer quando está entediado; era para pensar na torta Paradiso numa tarde qualquer e comê-la, uma tarde de lindos pensamentos. Quando vi a receita "Bolo fofo", disse: "Isso, vou fazer uma coisa parecida". Pedi para minha mãe me deixar usar o fogão a lenha para fazê-la.

— Nem sonhando — ela me disse.

O fogão a lenha nunca era aceso; era um artefato preto e grande que tinha uma tampa também preta. Eu nunca soube como era por dentro nem como funcionava. Não era usado porque parece que era um estorvo. Estava todo dia na cozinha como um estorvo ignorado. Era como o forno de fazer pão; nos fundos havia um forno de fazer pão, só que eu nunca vi ninguém fazer pão ali nem assar nada. Esse era considerado outro estorvo, mas ao ar livre. Para mim, porém, eram diferentes; raras vezes eu me lembrava da existência do fogão a lenha, porque ele era como um móvel. Do forno sim, porque sempre que eu ia brincar, pulava lá da base do forno (depois de olhar para dentro, para o escuro, já que estava cheio de cinza velha de muito tempo antes) até o chão. O forno parecia um pombal, e se fizeram pão ali alguma vez, ninguém se lembrava, e pareciam não querer se lembrar, como se aquele forno trouxesse lembranças ruins ou desprezíveis. No fogão a lenha não dava para eu fazer meu bolo fofo, no fogão comum também não. Então perguntei:

— Posso fazer no galpão?

— Sim — disse minha mãe.

Podia fazer no galpão com um braseiro.

Na cozinha não, porque as crianças lambuzam a cozinha. No galpão, minha mãe ia acender um braseiro (é perigoso; as crianças não devem lidar com isso).

Fiz o bolo numa caçarolinha que, pelo tamanho, não era apropriada para fazer sopa nem nada. Eu não conhecia essa caçarolinha verde, devia ser de algum jogo anterior, de quando eu ainda não tinha nascido.

Se o braseiro era tão perigoso como diziam, não sei como minha mãe se arriscava a avivar o fogo com aquele fole: a cada bombeada, minha mãe se arriscava a ser queimada por um estouro; talvez não ligasse para a morte.

Como esse bolo tinha que dourar na parte de cima, sobre a caçarolinha verde havia umas brasas perigosas. Para essa aventura eu queria que minha amiga que morava em frente me ajudasse. Um dia antes, eu disse para ela que tinha conseguido permissão para fazer o bolo fofo e ela ficou de aparecer. Veio com cara de quem veio por não ter nada melhor a fazer e participou na qualidade de observadora reticente. Ela também não tinha medo da morte por estouro de braseiro e, quando as chamas baixavam, ela bombeava, dando-se ao luxo de dar uma última bombeada forte, como se dissesse: "Pronto com essa merda". Mas eu percebi que ela não bombeava como contribuição para o bolo, e sim pelo exercício em si, só para fazer alguma coisa, porque ela estava acostumada a lidar com aquele artefato e achava uma estupidez que ele apagasse, pelo fato em si.

Logo a caçarolinha já estava no fogo com o bolo fofo dentro, mas eu queria ver se já estava cozido; ou melhor, queria ver como ele ia cozinhando — como um japonês que tinha um viveiro e se levantava de noite para ver como as plantas estavam crescendo.

Mas eu não conseguia levantar a tampa, que estava cheia de brasas; perguntei à minha amiga e ela deu de ombros.

"Ah, já sei", pensei. "Com um pau comprido."

Peguei um cabo comprido de vassoura e tentei passá-lo pela alça da tampa; minha amiga me ajudava, com reticência. Quando estávamos tentando abri-la, minha mãe apareceu e minha amiga ficou com cara e aparência geral (o que, aliás, era verdade) de quem não tinha nada a ver com aquela ideia brilhante do pau. Minha mãe soube na hora que a ideia era minha.

— Que mania — disse — de olhar as coisas cruas, antes que fiquem prontas! Ainda falta muito.

Quando ela saiu, consegui levantar a tampa com um pau mais fino e pude espiar o bolo apenas por um momento. Tive uma ideia vaga, mas ainda parecia uma panqueca, não tinha a terceira dimensão.

— Talvez ainda cresça — disse minha amiga e sugeriu que fizéssemos outra coisa enquanto isso. Mas eu não ia me mover até ver o que aconteceria.

Depois de um tempo abri, dessa vez definitivamente, porque não dava para tirar e pôr de novo as brasas o tempo todo: o bolo tinha ficado com um tom marrom-escuro, tinha se dobrado sobre si mesmo em todas as direções: de cabo a rabo. Parecia um doce marrom, desses que se chamam *vigilantes*.

Minha mãe disse:

— É lógico, eu já imaginava.

Pensei que, para os adultos, a confecção de toletes era uma coisa lógica e inevitável.

Mas eu não o comi nem ninguém o comeu. Você também não conseguiria comer aquilo.

A srta. Irma

A srta. Irma era a caçula de três irmãs. As duas mais velhas, que logo se casaram e tiveram vários filhos, tinham traços um pouco cavalares. A mais bonita era ela, foi favorecida e desfavorecida por ter essas irmãs. Favorecida porque ganhava na comparação de feições e proporções; e desfavorecida porque havia um ar de família comum às três. Elas viviam num povoado, e a srta. Irma, na adolescência, lia poemas, não só de amor, mas também de paisagens e estados de ânimo. Ela estudou para ser professora e admirou os grandes espíritos da humanidade, os cientistas, os seres abnegados, e seu poema preferido era um que dizia que o mundo inteiro não passava de uma grande prisão. No fundo do coração ela queria ser atriz, mas pensava com certo desprezo que todo palco era também como uma grande prisão. Os gestos das suas mãos eram muito significativos: se fazia um movimento para expressar "Coisas assim, tem que deixar rolar", sua mão indicava perfeitamente o despeito, tudo isso unido a seu rosto altivo e aos olhos semicerrados. Se gostava muito de alguma coisa, em geral uma paisagem ou algo que havia lido, suas mãos se uniam como se fossem rezar e seus olhos se iluminavam.

Depois ela teve um namorado que nunca apresentou a ninguém, e nunca se soube por que deixou de vê-lo. Depois que deixou de vê-lo, não parecia ter sofrido ou chorado, porém se isolou mais das pessoas e deu cada vez menos importância às coisas cotidianas. Nessa época, o mundo já não lhe parecia uma prisão estúpida; estava resignada a uma prisão venenosa que tinha de ser enfrentada sem jamais confiar em ninguém. Se uma colega de trabalho começava uma conversa com ela, dizendo, por exemplo:

— Que tempo louco! Agora chove, de tarde sai o sol...

Ela dizia:

— É verdade, que tempo louco.

Mas sua voz tinha um tom de reserva e, além disso, soava como se todos os tempos tivessem sido loucos. Era um misto de reserva, tristeza e distração. Também usava algumas palavras do lunfardo que tinham se tornado habituais entre as professoras. Por exemplo, "despelote".* Mas quando ela dizia "despelote" não evocava o que a palavra significava; era como se acariciasse a palavra com aquela vozinha abatida.

Era uma pessoa realmente contra a ignorância. Na escola, nem a diretora nem as professoras eram contra a ignorância. Claro que ninguém odiava as professoras rurais, admiravam-nas de longe, como não?, mas ocupavam tanto espaço no pensamento das suas colegas quanto a fissão do átomo. Ela, por sua vez, era capaz de conhecer o nome da sra. Ermelinda de Suárez, professora de Faimallá, que inventara um método de leitura com fichas coloridas. A srta. Irma era adepta do trabalho com poucos recursos, por exemplo, caixas de fósforos velhas, papel de cigarro etc. Nas caixas de fósforos, as crianças guardavam pequenos bichos. Decorava a sala com algumas bonecas, todas parecidas entre si, com um vestido debruado com ponto festonê. Essas bonecas eram de papelão, com toda a parte de cima plana, mas para deixar o vestido redondo e para que ficassem de pé, punha uma cenoura sob o vestido. Nos feriados de Vinte e Cinco de Maio ou Nove de Julho, essas bonecas, fabricadas todo ano para brincar, usavam uma mantilha na cabeça e um leque de papelão na mão. Para o Vinte e Cinco de Maio, coube à srta. Nélida decorar a escada da escola. A torre do Cabildo foi feita com um tubo vazio de creme dental, mas estava óbvio que ela não conseguira cobri-lo com outro papel, pois se via perfeitamente que era um tubo de creme dental e sua marca. Também diante do Cabildo havia duas batatas grandes, que vinham a ser os canhões. Quando viu isso, outra professora, a sra. Amanda, que usava uma pulseira de ouro e belos sapatos, disse:

* Desordem, confusão. (Esta e as demais notas são da tradução.)

— Que cafonice! Teria sido melhor pôr um grande ramalhete de rosas vermelhas sobre o palco, ou algum outro buquê.

Enfim, dois estilos.

Mas a srta. Irma gostava mesmo era das crianças; fazia tudo por elas. Quando ensinava a palavra "ar", dizia a seus alunos de sete anos, com aquela voz de quem fala com seus peixinhos:

— Vamos ver, vamos ver, quem vai me dar um pouquinho de ar.

E a palavra "ar" soava meio suplicante, como se ela estivesse mendigando um pouco de ar.

Todos deixavam as mãos em concha para juntar ar e ela chamava um deles, que muito sério lhe trazia ar na palma da mão. As crianças também cheiravam rosas imaginárias e, quando ela se virava para escrever no quadro-negro, imitavam o som do vento e se moviam como as árvores do bosque. Ela também fazia outro exercício que era fingir que estavam dormindo, mas enquanto pensavam em outras coisas. Então ela dizia:

— Sonhando...

E todos apoiavam a cabeça na carteira e às vezes ficavam assim uns dez minutos. Nessa época, a srta. Irma, que sempre tinha sido magra, estava muito mais magra e parecia tremer de vez em quando. Quando lhe propunham algo, dizia: "Claro, claro", com uma voz aparentemente muito compreensiva, mas dava para ver que estava distraída. Não eram estremecimentos intempestivos nem muito espetaculares, mas ela dizia, por exemplo: "Sim, sim", e o último "sim" terminava como um breve assovio.

Como gostava muito dos seus alunos, passou com eles para o segundo grau, mas entraram duas meninas novas: Alejandra e Silvia. Alejandra tinha uns olhos azuis muito grandes e arregalados, era muito bonita, mas tinha a boca levemente curvada para baixo. Quase não sabia ler e gritava na classe o tempo todo. Logo as duas começaram a brigar com os meninos, mas de maneiras diferentes: Silvia com argumentos de justiça ou injustiça. Alejandra imaginava que estavam batendo nela, que a roubavam e lhe gritavam insultos. Alejandra enfrentava as professoras mais velhas da escola e, quando lhe davam uma bronca, ficava olhando para elas com raiva contida nos grandes olhos azuis. A srta. Irma não se cansava de dizer:

— Que criatura mais criativa!

Alejandra aprendeu a desenhar com perfeição aquelas bonecas de vestido comprido, desenhava-as todo dia e em qualquer folha em vez de escrever. Quando as crianças conheceram as autoridades da escola, Alejandra desenhou uma boneca de vestido comprido e embaixo dela escreveu (com ajuda):

"A diretora é uma rainha".

Depois desenhou outra boneca de luto e pôs embaixo, também com ajuda:

"A secretária é uma viúva morta".

Um dia, Alejandra começou a se fantasiar com um tule que havia por ali e não o tirou o dia todo. Então a srta. Irma pensou: "Como a gente aprende com as crianças! Elas nos ensinam. Agora vamos representar. Vou fazer fantasias".

Juntou todos os panos que encontrou e pediu que trouxessem de casa todos os elementos possíveis. Alejandra sempre se fantasiava de fada loira e Silvia, que era morena, sempre queria se fantasiar de bruxa. Dos meninos, só um se fantasiava, era o que se fingia de fiscal de trânsito. O fiscal de trânsito era quem deixava a fada loira passar e impedia a passagem da bruxa; a bruxa o repreendia, fingia arranhá-lo e acabava dando cambalhotas no chão. Outro personagem importante era uma menina loira e muito magra, de pele quase transparente, de modos muito suaves, mas extremamente imperiosa; ela sempre se fantasiava de princesa que vai se casar. No começo passava inadvertida, não era registrada, mas de repente emergia com grande força, e a bruxa, a fada boa e o fiscal de trânsito emudeciam. Toda a classe emudecia como se estivesse diante do inominável.

Os meninos não atuavam, mas olhavam com interesse o que acontecia. Quem estava alheio a tudo era Marcelo Riquelme, que se sentava na última carteira, com o cabelo raspado e aparentemente sem a menor consciência do seu cabelo raspado. Marcelo tinha a cara tão suja quanto o guarda-pó e o caderno mais sujo que a cara e o guarda-pó juntos. Usava um lápis de traço grosso e mal se distinguia o escrito do não escrito. Quando podia, Marcelo fugia para o pátio a fim de espiar os outros alunos, ou para a cozinha, para que a zeladora lhe desse um pãozinho. A srta. Irma não notava que ele fugia.

Um belo dia, Alejandra começou a ir para o pátio fantasiada de fada boa, com sapatos vermelhos de senhora, uma touca de banho na cabeça, um tule que emoldurava a touca e ia se arrastando mais ou menos um metro atrás. Quando o recreio terminou, em vez de ir para a sala de aula, ela ia subir a escada que leva ao terraço, mas a professora Bianchi a viu. A professora Bianchi detectava imediatamente uma infração à ordem. Podia estar pensando em qualquer coisa, distraída, mas, se havia algo errado, ela logo reagia.

— Aonde você vai? — gritou com estridência.

— Minha professora me deu permissão — disse Alejandra com sua fantasia.

— Desça já daí — gritou para ela, fora de si.

Como Alejandra não descia, foi lá descê-la pelo braço. Com muita raiva, ela tratou de se desvencilhar e depois contou tudo para sua professora.

No dia seguinte, apareceu novamente fantasiada o dia inteiro e levou papéis e listas de presença para a diretoria e para outras séries vestida assim. A secretária, que tinha voz de telefonista e que, aliás, estava sempre falando ao telefone, disse-lhe:

— Menina, por que você vem assim?

Mas depois se distraiu porque telefonaram para ela e Alejandra deu outra boa volta pelo pátio.

— De quem você ganhou? — gritou-lhe um menino de uma das salas de aula.

Mas ela continuava dando voltas, arrastando o tule, com os olhos fixos à frente, como se tivesse uma missão a cumprir.

No dia seguinte, a zeladora Luisa estava tomando sol nas varizes escondida atrás do mastro da bandeira. Tinha uma toalha na cabeça e as pernas apoiadas num banquinho. Marcelo Riquelme foi negociar com ela.

— Me dá um pãozinho.

— Vai catá os papel — disse Luisa.

— Então dois pãozinho — disse Marcelo.

— Tá bom — disse Luisa, meio dormindo.

Ele foi para o pátio porque estava muito escuro na sala de aula. A srta. Irma não abriu as persianas e estavam encenando de novo. Dessa vez se encenava um boato falso. Comentava-se que a bruxa tinha tido um filho. A encenação era assim:

— Quem disse isso?

Duas meninas se acusavam mutuamente.

Veio a fada boa e deu um empurrão na bruxa, que caiu desmaiada. As duas meninas do boato davam voltas ao redor de si mesmas, da escrivaninha até a porta; eram uma espécie de voltas de purificação.

Mitrópoulos, um menino muito inteligente que estava sentado na primeira carteira, olhava tudo com ar pensativo e meio intrigado. A srta. Irma estava radiante. A diretora viu essa dramatização e não lhe pareceu muito usual, mas, como era improvisação, passava. Chamou sua atenção o cheiro de lugar fechado que havia na sala e sentiu calor. Ficou tentada a dizer para a srta. Irma abrir as janelas, mas a srta. Irma estava com um sorriso tão pleno que sugerir que abrisse as janelas seria como convidar uma fotografia para jantar. Saiu daquela sala com uma leve sensação de desgosto que logo esqueceu. Assuntos urgentes a demandavam.

Nessa mesma semana veio a inspetora, com grandes óculos fumês. Não tinha vontade de inspecionar nada e teria dado a vida por uma Coca-Cola, mas todo o comércio estava fechado. Quando disseram para a zeladora que a inspetora estava lá, a zeladora olhou como quem pergunta: "E eu com isso?".

— Ela quer um café — disseram.

— Ah, ela que espere — disse a zeladora.

Fazia muito calor e a zeladora não ligava bem uma coisa com outra.

A inspetora disse:

— Quero ver uma classe bonita.

Queria se sentar em alguma sala tranquila, fresca, enquanto alguma professora falasse da vaca, tirasse diferentes vacas de todos os lados e, sobretudo, queria ver verde, muito pasto. Também estava disposta a ouvir alguma canção tranquila, desde que as crianças não desafinassem demais, ou uma aula de geografia para ver o mar pintado no mapa.

A diretora disse:

— Uma classe bonita? Vamos à da Irma, então.

— Vamos — disse a inspetora.

A srta. Irma estava dramatizando o momento em que a rainha Isabel entrega as joias a Colombo.

A rainha Isabel era Alejandra, que estava com a touca de banho na cabeça e o tule comprido com o qual varrera o pátio a tarde inteira.

Colombo estava de tênis, meias vermelhas e um boné colorido, meio de apache.

Quando a inspetora chegou, as janelas estavam hermeticamente fechadas. A srta. Irma não se alterou com a chegada da inspetora, cumprimentou-a como se fosse rotineiro ela aparecer, como se sempre tivesse estado na sala, e continuou, sem mais, a encenação.

As crianças que encenavam falavam em voz bem baixa e a srta. Irma, quase dobrada, ia lhes dizendo ansiosamente o que deviam fazer. A coroa da rainha era um elástico circular que Alejandra tinha na cabeça. Houve atrasos porque Alejandra não conseguia tirar o elástico e Colombo não conseguia recebê-lo. Colombo disse:

— O que faço com o elástico?

— Com a coroa da rainha! — corrigiu a srta. Irma, transformando o elástico, com sua frase, num objeto sumamente valioso. Colombo ficou timidamente com o elástico na mão e daí a srta. Irma disse:

— Agora a sopeira de prata da rainha.

A sopeira de prata da rainha era uma chaleira de lata enorme que era usada para servir mate para toda a classe.

— Pegue a chaleira — disse uma menina.

— Como a sopeira de prata da rainha brilha! — disse a srta. Irma com entusiasmo.

Colombo recebeu a chaleira e a segurava como se fosse um regador. A srta. Irma a ajeitou pondo as mãos dele sob a chaleira, enquanto dizia:

— É um belo presente!

Mas a chaleira era enorme e Colombo não conseguia segurá-la, a chaleira caiu no chão e a srta. Irma disse, com a voz entusiasmada:

— Vamos lá, vamos começar de novo.

Quando a srta. Irma disse "vamos começar de novo", a inspetora começou a sentir cheiro de xixi. Estava sentada ao lado de Marcelo Riquelme e pediu seu caderno para dar uma olhada. Olhou a primeira página e não quis ver mais. Desde a primeira página já sabia de cor como ele era, não queria olhar esse tipo de caderno. Disse para a srta. Irma:

— Gostaria de ver como seus alunos estão lendo.

A srta. Irma disse:

— Não, agora eles não podem ler porque estão em plena encenação. Se forem ler, vão se confundir.

— Que leiam o que estão encenando. Pode ser?

A contragosto, a srta. Irma deu os livros e as crianças começaram a ler com uma voz inaudível. De Colombo, principalmente, não dava para ouvir nada.

— Não estou escutando — disse a inspetora lá do fundo.

— São vozinhas de sete anos — disse a srta. Irma. — Não são locutores de tevê.

As crianças liam cada vez mais confusas e ela lhes soprava por trás, mas soprava forte, de modo que a única voz que se ouvia era a dela, e ela falava com ênfase, com voluptuosidade, como se se tratasse de algo comestível:

— O colar da rainha.

A inspetora se retirou sem cumprimentá-la e disse para a diretora, sem ênfase, como se estivesse levemente desgostosa:

— Está louca.

E também como se aquela circunstância fosse de certo modo frequente, algo possível, mais um ingrediente que se somava ao calor, à falta de Coca-Cola e ao café que tinha demorado.

— Depois quero falar com ela — disse —, pois está fomentando a confusão de papéis. As crianças vão pensar que uma rainha é uma mendiga.

A srta. Irma apareceu para falar com a inspetora com os olhos feito duas brasas. A inspetora acendeu um cigarro e disse:

— Permita-me observar, senhorita (acentuando a palavra, como se dissesse "senhorita conhecida por"), como é seu sobrenome?

— Irma Santini — disse com suma violência.

— Permita-me observar que você cria confusão nos papéis dessas dramatizações. As crianças vão ter uma ideia tergiversada da história, já que tudo as leva a supor que a rainha Isabel era uma mendiga.

— Me desculpe — disse, cortante, a srta. Irma.

— Um momentinho — disse a inspetora —, além disso, a higiene dessas fantasias deixa muito a desejar, porque...

— Não permito — disse a srta. Irma, e saiu furiosa.

— Aonde ela vai? — perguntou a inspetora à diretora.

— Não sei — disse a diretora.

As duas ficaram esperando que a srta. Irma voltasse.

Voltou com uma caixa de papelão cheia de saias, eram todas fantasias de saias. Foi tirando as saias uma a uma enquanto seus olhos brilhavam. Eram saias velhas, desbotadas, todas até o chão, e havia umas vinte.

— Isto está sujo? — dizia, e queria comer a inspetora com os olhos. Finalmente jogou todo o conteúdo da caixa sobre a escrivaninha e desapareceu.

— Ela deveria ser tirada da sala de aula — disse a inspetora. — Não pode ensinar.

— É uma pessoa extremamente dedicada à docência — disse a diretora —, não tem amizades, vive sozinha, põe tanto empenho no ensino... Além disso, a senhora devia ver outras coisas que ela faz...

— Não — disse a inspetora —, por favor, nunca mais me leve à sala dela.

Fazia muito calor e a inspetora estava cansada.

Mandou comprar uma Coca-Cola.

A diretora insistia:

— É tão dedicada à docência.

— Assim que entrei — disse a inspetora —, vi aquela loira fantasiada na escada. Não gostei nada daquilo.

— Vou lhe pedir pra parar com esse assunto. Sua folha de serviços...

— Que nota lhe deram antes?

A inspetora conferiu e todos os relatórios sobre a srta. Irma eram muitíssimo elogiosos: nada menos que uma professora sublime.

Então ela começou a escrever um relatório moderador. Lembrou-se de que tinha estacionado mal o carro e agora ele devia estar superaquecido.

— Bem, que ela pare com isso tudo — disse.

E foi embora.

No dia seguinte, a diretora viu a srta. Irma entrar com os olhos feito brasas e quis acalmá-la.

— Irma — disse-lhe —, olhe que lindo o relatório que a inspetora deixou.

A srta. Irma não quis ler. Disse:

— Não me interessa. Se ela deixou um relatório bom, está louca. Por que diz uma coisa e escreve outra? Não me interessam os relatórios, não trabalho pra isso.

E pensou, com profunda raiva e desprezo, que o mundo era uma grande prisão.

O menino que não conseguia dormir

Era uma vez um menino que não conseguia dormir. Toda noite sua mãe deixava um abajur aceso, muito bonito, com um foco tão pequenininho quanto um grão-de-bico.

Primeiro ele chamou a mãe e disse:

— Mamãe, estou com sede!

A mãe se levantou e levou um copo d'água para ele. Depois ele ficou com um olho aberto e outro fechado e disse de novo:

— Mamãe! Lembra quando a gente foi naquele lugar, naquele lugar? Como é que era?

— Bom, agora durma — disse a mãe, que queria dormir, porque as mães também precisam dormir.

Ele olhava a cadeira e parecia que não era a que via todos os dias; agora a cadeira parecia ter um vestido comprido e em cima uma cabecinha pequenina que ia ficando mais clara.

— Mamãe! — disse.

Mas a mãe tinha dormido. Então ele fechou os olhos. Quando fechou os olhos, viu um monte de circulozinhos, como grãos de arroz, que passavam sem parar. Eram muitos, como se o mundo todo estivesse coberto de grãos de arroz. Quando abria os olhos, esses grãos desapareciam.

Sua mãe lhe dissera:

— Pra dormir, você tem que contar ovelhas. Ovelhas que saltam por uma cerca, uma atrás da outra elas vão saltando. Ovelhas, não abelhas, porque as abelhas voam de flor em flor e não dá pra contá-las.

— E se eu contar cachorros? — disse o menino. Fechou os olhos e começou a contar cachorros. Mas os cachorros faziam um tumulto bárbaro, vinham todos juntos, não saltavam um atrás do outro. Um deles se enroscou na cerca, outro latia com as orelhas bem levantadas.

"Vou contar ovelhas", pensou.

Fechou os olhos e apareceu uma ovelhinha solitária, pequenininha, com a lã um pouco suja. Essa ovelha comia grama, mas sem vontade, parecia meio triste e com certeza não queria pular a cerca. Nem pensava nisso.

Ele não conseguia dormir porque no dia seguinte faria uma excursão com a escola a Buenos Aires, num ônibus, e ele nunca tinha feito uma excursão. Naquela manhã, na escola, todos haviam pulado juntos, gritando:

— Excursão! Excursão!

Ele tinha que levar um pacote com sanduíches e maçãs na excursão. Então pensou: "Será que o pacote está lá? Vou ver se está".

Levantou-se e viu que os sanduíches e as maçãs estavam na cozinha. Então sua mãe percebeu que ele tinha se levantado e disse:

— O que está fazendo?

— Nada, nada.

A mãe o acompanhou até a cama e disse:

— Bom, agora durma. — Deu-lhe um beijo e ajeitou seu cobertor, bem ajeitado, porque ele tinha se descoberto todo.

Então as ovelhas começaram a aparecer, uma atrás da outra. Eram ovelhas gordas, com uma lã macia e com cachinhos; levantavam a patinha e uma, levantavam a patinha e duas, e continuavam passando. Depois elas pareciam estar flutuando, foram ficando cada vez maiores; agora dava para ver tudo claro, suave, cacheado, uma coisa toda branca que se movia devagarinho, e ele dormiu.

O jogo de cartas

Quando eu era menina, aprendi a jogar baralho espanhol, um jogo chamado escopa de quinze.

Meu pai me ensinou. Mostrou-me um homem de cabelo comprido, com meias vermelhas que cobriam umas pernas um tanto gordas e que estava de sapato preto com fivelas.

— Esta é a sota — me disse.

Para começar, o jogo se chamava escopa e não havia nada nele que tivesse a ver com uma escova;* a carta representava um homem, e o homem se chamava Sota.

Meu pai acrescentou:

— A sota vale 8, ainda que em cima diga 10.

Havia um homem que se chamava Sota, que tinha um 10 em cima, mas para ele esse 10 valia 8.

A sota podia aparecer de várias maneiras: às vezes era de ouros, às vezes de paus e às vezes de espadas.

No começo, eu esperava alegremente para ver como a sota ia aparecer; achava que era meio que uma decisão pessoal desse cavalheiro aparecer de formas diferentes, como se ao se vestir ele dissesse, por exemplo: "Agora vou me vestir de ouros".

A sota de ouros me deixava contente; o homem parecia estar mais completo quando usava ouros. Quando usava paus, um pau grosso e cheio de folhinhas, de início me causava certa desconfiança; depois vi que não tinha nenhuma atitude nem gesto furioso, que segurava os paus mais como uma carga, com uma espécie de resignação. Como estava jogando todo dia, eu já tinha me acostumado com as variantes em que a sota podia aparecer; por fim, fui tomada

* Em espanhol, a grafia das duas palavras é a mesma: *escoba*.

por uma certa irritação, como se a sota fosse um imbecil que vestisse o que lhe pusessem, como se tivesse a obrigação de usar ouros, espadas e paus; mas ainda sentia certa alegria pela sota de ouros.

O rei era outra figura. Mas o rei tinha coroa, manto e mando; era compreensível.

O cavalo também; era uma carta que tinha um cavaleiro desenhado: seu cavalo estava meio de perfil e desempenhava uma função, ia a cavalo.

Mas a sota, ali em pé, como se viesse de visita, não tinha cavalo nem era rei (além disso, tinha o número mais baixo de todos, o 10), me parecia uma espécie de subordinado do cavalo e do rei.

Quando aprendi o mecanismo do jogo, meu pai disse:

— Agora vamos jogar valendo feijões.

"Como será isso?", pensei.

Na mesma hora apareceram uns vinte feijões na mesa, e percebi que ninguém estava pensando em cozinhá-los. Eram muito poucos, pareciam feijões velhos, e me causavam um misto de admiração e tédio. Alguma virtude que eu não conhecia eles deviam ter para que meu pai se prestasse a manipulá-los.

Também aprendi a lidar com os feijões e até adquiri certo apreço por eles: quem juntava mais feijões, ganhava. Na melhor das hipóteses, os feijões eram aliados, trabalhavam para a gente. Na pior, aquele conjunto de feijões velhos era tão miserável que a gente realmente não podia reclamar de nada.

Além do mais, devia ser uma regra importante jogar valendo feijões; fazia séculos que todos os homens deviam estar jogando baralho valendo feijões; sem eles, o jogo não valeria nada, eles eram a moeda das cartas.

Mas um dia os feijões desapareceram, ninguém os encontrava em lugar algum. Então meu pai disse:

— Vamos jogar valendo grãos de milho. Dá na mesma.

— Não — disse eu, protestando —, valendo milho eu não jogo.

Era o cúmulo, aquele jogo tinha perdido toda a seriedade. Além disso, se o certo era usar feijões, os grãos de milho eram uma perversão e das duas, uma: ou aquele jogo era tão inoperante e bobo que a gente podia fazer o que desse na cabeça, ou jogar com grãos de milho era um delito, uma infração, algo que podia ter algum castigo.

E por um tempo não gostei mais de jogar baralho. Um ano depois, jogava para ganhar.

A LUZ DE UM NOVO DIA

[1983]

Leonor

Quando Leonor era menina, sua mãe fazia almôndegas de farinha de mandioca. As almôndegas de farinha de mandioca são duras como se tivessem chumbo, secas como se fossem de areia e malignamente compactas. Se a gente as come quando está triste, faz de conta que está comendo um deserto; se a gente está contente, essa bola marrom, sem nada de óleo, é um alimento digno e revigorante. Leonor cresceu e chegou aos dezoito anos. Sua mãe lhe disse:

— Filha, você precisa se casar. Quando a pessoa se casa, dão a ela uma certidão, o homem traz pão branco e sapatos de salto alto. E, depois que se casar com esse polonês, vai trazer uns brincos pra mãezinha.

Leonor disse:

— Sim, mãezinha, mas o polonês é muito grande.

O polonês tinha quase dois metros; ficava o dia inteiro arrancando ervas daninhas e aos domingos não ia ao baile, trabalhava.

— E qual é o problema disso? — disse a mãe.

— Sim, mãezinha — disse Leonor. — Eu me caso, mas tenho vergonha de falar na frente dele.

A mãe lhe disse:

— Depois a vergonha vai embora, e afinal ele não fala. Você diz pra ele: "Gostaria de um prato de feijão?". E um dia comem feijão, no outro dia pão de farinha branca, e ele fica contente porque minha filhinha é muito boa. Você, sempre sorridente, não o contraria e ele vai amansar e vai falar. Mas é claro, não o provoque nunca, que ele lida muito bem com a enxada e a pá.

A festa de casamento foi bonita. Ele deu de presente para Leonor um par de sapatos de salto alto e um vestido vermelho. Leonor não conseguia andar direito com aquele sapato, ele notou vagamente que ela não estava confortável e foi com ela se sentar. Sentados, olharam toda a festa e as pessoas que vinham cumprimentá-los; mas, na verdade, os protagonistas daquela festa tão alegre eram os músicos. Alguém tinha convidado músicos de outra cidade, não eram pessoas da região. Às vezes Leonor pensava: "Esta festa toda é por causa deste casamento, porque é um dia importante". Às vezes se esquecia, ouvia a música e olhava os que dançavam como se fosse visita. Na festa, a mãe estava tranquila e sossegada: descansava.

Depois que se casou, Leonor foi visitar a mãe, levou os brincos e um pouco de pão branco para ela. Quando estava para sair, hesitou e disse:

— Mamãe...

— Que foi, filhinha?

— O polaquinho é muito bom, mas eu tenho medo dele.

— Faltou com o respeito, levantou a mão pra você, minha filhinha?

— Não, mamãe, mas fala uma língua estranha quando está no meio das plantas e, se eu pergunto alguma coisa quando está falando assim, me olha com fúria. Então às vezes eu não sei quando falar com ele.

A mãe pensou e pensou e depois disse:

— Talvez tenha sido possuído por um espírito do mal. Vamos lá na Isolina.

Isolina perguntou:

— Do lado de que plantas ele fala?

Leonor, perturbada com a pergunta, feita em tom imperioso, não soube responder direito ao que lhe era perguntado.

Isolina disse que de qualquer maneira não era um espírito malíssimo nem perigoso; era um espírito relutante. Tinha que ter paciência até que fosse embora; ela podia mandar um espírito oposto para neutralizá-lo, mas havia o perigo de que aquele espírito relutante se assustasse e isso seria grave. Aconselhava prudência e esperar para ver melhor como ele se manifestava.

Mas Leonor saiu descontente porque não conseguia falar bem, não se expressara bem, faltavam-lhe palavras. Aconteciam muitas coisas que não podia contar a sua mãe; da sua casa, todo sábado, ouvia-se a música de um baile e ela sentia que seus pés se dirigiam para lá e, depois que fazia suas tarefas e limpava tudo, ela se aproximava caminhando um pouquinho para ouvir aquela música e ver as pessoas de longe.

Quando teve as crianças, Leonor se esqueceu do marido e até da mãezinha. Ela gostava muito das crianças; gostava de ver como andavam, de ver os pés pequeninos que tinham, e nunca bateu nelas.

Quando passava alguns dias sem ir ver a mãe, esta dizia:

— Filhinha, não mime tanto as crianças.

— Está bem, mamãe — dizia Leonor.

Mas pensava: "Mamãe está com um pouco de ciúme, quem sabe".

Quando Hugo fez cinco anos, passou a acompanhá-la para buscar lenha e dizia:

— Não pise aí, mamãe.

E queria ele mesmo levar sozinho um monte de lenha. Quando os menorzinhos dormiam, ela dizia a Hugo:

— Vamos até a estrada, Hugo?

E Hugo a acompanhava até a estrada; perto da estrada passava algum carro e às vezes algum conhecido. Ficavam um pouco e Hugo dizia:

— Vamos voltar, mamãe, está frio.

— Sim, filho — dizia ela.

Quando Hugo tinha oito anos e María seis, Leonor quis mandá-los para a escola. Antes não era possível porque mandar apenas Hugo não seria vantajoso; Hugo trabalhava com o pai, já María não fazia nada. Mas se Hugo e María fossem juntos, cumpriam-se duas funções: Hugo aprendia e acompanhava a irmã. Mas o pai tinha outra teoria: esperar mais um pouco, até que a terceira também pudesse ir. Quando expôs sua teoria, Leonor levantou a voz, olhou-o com fúria e disse:

— A escola é instrução!

Hugo disse:

— Quero ir pra escola.

O pai ficou muito nervoso, seus olhos faiscaram e ele foi buscar a enxada resmungando coisas incompreensíveis; lá fora, deu um punhado de golpes com a enxada e, quando voltou, começou a beber vinho. Desde então, à noite, depois de trabalhar, tomava uns copos de vinho. Hugo desenhava uma vaca no caderno e caprichava para que ficasse parecida com a vaca verdadeira. Leonor a olhava e dizia:

— Ficou muito boa.

Mas o que ela adorava eram os versos que ensinavam a María. De noite, quando acabavam de jantar, María recitava:

A casa do joão-de-barro
tem uma sala e um quartinho,
na casa não tem vassoura,
mas tudo está bem limpinho.

E logo mandou para a escola a terceira, pois amava a instrução.

O pai foi se afastando cada vez mais, como se não ligasse para nada. Só aparecia na hora de comer.

Quando Hugo fez quinze anos, disse a Leonor:

— Mamãe, quero ir trabalhar em Buenos Aires; aqui não tem trabalho.

— Bom, filhinho, se é pro seu bem e pro nosso, tudo bem.

O pai não disse nada sobre a ida de Hugo. A avó se assustou um pouco com sua partida e disse a Leonor:

— Muito mimado esse menino, filha.

Leonor ficou impaciente e respondeu:

— Não é muito mimado, mamãe. Hugo vai trabalhar lá; ele é sério.

E, antes que ele partisse, Leonor lavou e passou bem a roupa que ele tinha, conseguiu uma mala emprestada e lhe deram de presente um lencinho vermelho para que Hugo agasalhasse o pescoço. Depois lhe disse:

— Filhinho, você vai embora pro seu bem e pro nosso. Não ande com más companhias, sempre trabalhe e tenha bons modos, não pise em ninguém. Entendeu, filho?

— Eu sei, mãezinha — disse Hugo.

Como um homem, pegou sua mala e não quis que ninguém o acompanhasse até a estação. Ninguém chorou porque ele estava indo embora; com certeza ele iria voltar ou eles iriam até onde ele estivesse. Hugo pensou que foi melhor que ninguém tivesse ido se despedir dele; quem sabe não teria chorado.

Nos primeiros dias na cidade estava sempre atordoado, mas disse para si: "Preciso aguentar uns seis meses, vou me acostumar". Um colega de trabalho lhe ensinou a usar o interfone; uma senhora, o elevador. Num sábado à noite, saiu com outro rapaz e andaram de metrô pela primeira vez, no escuro. Era terrível, mas ao mesmo tempo emocionante.

Alguns dias depois que Hugo partiu, passou na casa de Leonor um turco com uma mala vendendo lenços, pentes, caixinhas e estatuetas. Esse turco não estava a pé, estava de carro, e do carro ia tirando e mostrando tudo: xícaras, copinhos, vasos, guardanapos. Havia umas xicrinhas floreadas, muito bonitas.

— Estas são do Japão — disse o turco.

— De onde? — disse Leonor.

— Do Japão — disse o turco com naturalidade. — Trazidas de lá.

— Claro, do Japão, mamãe — disse María, irritada porque sua mãe não sabia de onde eram.

E Leonor enlouqueceu e comprou xicrinhas, lenços e tudo o que lhe agradou.

— Não compre tanta coisa, mãezinha, que o papai vai ficar brabo.

— Não vamos contar pra ele — disse Leonor, que estava feliz.

Nesse momento, María se aborreceu com sua mãe; era difuso o motivo, ou os motivos, mas havia vários; o turco sabia mais que Leonor; parecia mais sábio e respeitável; ela comprava precipitadamente, sem parar para pensar, tudo que o turco queria lhe vender e, por fim, grande parte do aborrecimento era por tê-la visto feliz, contente de um modo insuportável para o seu gosto. Então contou ao pai o que Leonor tinha comprado; o pai começou a olhar com uma cara ameaçadora. Leonor, que não tinha percebido nada, olhou-o e pensou:

— Bah!

E ele bebeu alguns copos de vinho e foi dormir.

Nessa semana houve novidades: o turco veio e chegou carta de Hugo. Ele sempre soube escrever bem. A carta dizia o seguinte:

Querida mãe e irmãos,

Espero que estejam bem aí, eu estou bem aqui em Buenos Aires. Mãezinha, vou dizer uma coisa: dê o cobertor marrom para a vó porque tem outro que estou mandando para aí. E quero dizer também que estou mandando um vestido para a Pili, para ela usar quando for ao centro, da María não sei direito as medidas, depois vou ver. Diga para a María escrever contando se o menino vai à escola e que o mantenha com a rédea curta. Vou para aí em dezembro, mas quero estar inteirado das coisas. Lembranças ao papai.

Hugo Bilik

A avó não entendia mais nada. Ninguém a consultava; naquela casa havia movimentos e fatos que não compreendia, naquela casa as coisas não eram como deviam ser. Não, não se deve dar aos filhos mais instrução do que a que recebemos; depois os filhos dão um baile na gente. Sem ir muito longe, o filho da Isolina compra o jornal e o lê na frente da própria mãe. E as meninas, pior ainda. As meninas, com essa instrução toda, se acostumam a olhar os rapazes cara a cara, se acostumam a falar com eles, assim sem mais, e depois falam umas coisas que não são de menina; agora se ouve cada coisa na boca de uma menina que antes nem se sabia o que era.

Leonor começou a criar frangos para vender na estrada; o caçula a acompanhava. Agora passavam na estrada mais pessoas e mais carros; ela se acostumou a lidar com essa gente dos carros e às vezes lhe pagavam bem.

Quando juntou um pouco de dinheiro, disse para o marido:

— Vou passar uns dias em Buenos Aires com o Hugo; volto logo.

Ele disse:

— Faça o que quiser. Eu fico aqui.

Viu-o tão amargurado, tão triste, tão fechado que lhe disse:

— Eu vou, mas eu volto.

— Faça o que quiser — disse ele.

E não falou mais nada.

O caçula ficou com a avó; María e Pili tinham tênis novos para a viagem. Levaram alguns pratos, alguma roupa e muita comida para comer no trem.

Se Leonor gostava de instrução, gostou mais ainda da viagem: o trem inteiro era uma festa; um tocava acordeom; em outro assento, vários tomavam mate e contavam anedotas. Mais à frente alguns homens jogavam cartas sobre uma mala.

Quando a noite chegou, começou a sentir frio, fazia muito frio naquele trem. A senhora que estava sentada diante delas, que as convidara para tomar um mate, lhe disse:

— Você não trouxe cobertores?

— Não, senhora, por quê? — disse Leonor.

— Porque no trem faz frio e é preciso se agasalhar.

— Ah... — disse Leonor, desconcertada.

— Espere um momento, senhora — disse. Abriu a mala e deu um pulôver para cada menina e para ela uma espécie de cobertor de tricô, bem quentinho, lilás. Pili logo dormiu; María olhava para Leonor e para a senhora com cara de braba. Por fim, as duas meninas dormiram profundamente, uma recostada na outra. Depois desse primeiro sono pesado, ficaram cochilando. Então passou um homem que ficava andando de noite pelo trem enquanto os outros dormiam ou conversavam baixinho e encostou em Pili. Pili teve um sobressalto; achou que era um homem, mas não sabia se tinha sonhado, se era um gato ou se era ela mesma que encostava no assento; ela se assustou um pouco e foi dormir no colo de Leonor.

De manhã cedo, quando começava a clarear, muitos já haviam acordado e preparavam o mate; dentro do trem parecia uma casa, mas lá fora a luz não era como no Chaco. Lá o sol saía e na mesma hora tudo era tomado por seus reflexos; aqui, da janela se via um sol grande no horizonte que prudentemente ia iluminando a planície.

Quando começou a clarear, embora tudo ainda fosse campo, havia sinais de alguma coisa diferente: pontes por toda parte, grandes artefatos de ferro, carros que se cruzavam ignorando-se, enormes cartazes de propaganda de cigarro e cerveja.

Quando se fez totalmente dia, quase todos estavam ocupados. Mudavam coisas das malas, desciam bolsas, todos entraram em movimento. Leonor não sabia a quem perguntar como podiam chegar até o local onde Hugo morava, "El Zorzal com Jorge Newberry, Paso del Rey". O único que andava por todo o trem era o homem que encostara em Pili; ele não parecia ter nenhuma mala para arrumar. Leonor lhe perguntou; ele não sabia, mas andou por todo o trem, perguntou e lhe explicou. Voltou depois de perguntar umas dez vezes.

Quando Hugo viu Leonor e as duas irmãs chegarem, as duas grandonas, de tênis, não se espantou. Sentiu pena e vergonha, o que é que os vizinhos iriam dizer quando as vissem; também estava envergonhado da sua própria vergonha. Encontrou-as na rua, meio perdidas, e Leonor se precipitou sobre ele como se tivesse encontrado o céu. Ele disse, com voz neutra:

— Oi, mamãe. Acabaram de chegar?

— Sim, filho — disse Leonor, desconcertada, pois achou Hugo estranho. Ele perguntou de novo:

— E só com essa malinha?

— Só viemos te ver, filho. — Deu uma olhada em volta e sorriu. — E pra ver Buenos Aires, que é tão linda.

Onde Hugo estava não era exatamente Buenos Aires; era um lugar de casinhas baixas com terrenos baldios, por aqui uma horta, ali uma carroça com seu cavalo, e com uma estrada cheia de carros e de grandes caminhões que diziam: Transporte Goya, Ônibus Expresso Goya Buenos Aires, Transporte de Gêneros Alimentícios.

Quando entraram no quarto, Hugo mudou. Ficou mais carinhoso, mais simpático, o Hugo de sempre. As meninas estavam sem jeito, quietas com seus tênis novos; não pensavam em se sentar. Lá estava sua mãe, com apenas uma mala, decerto sem dinheiro, e as meninas como dois pardais esperando que lhes dessem de comer. Ficou calado. Não sabia se repreendia a mãe, se perguntava por que ela tinha vindo assim, se a abraçava, se a beijava. Então Leonor disse, olhando pela janela para um terreno com paus e canos soltos amontoados:

— Esse terreno é da casa, filho?

— Não, mamãe. Eu alugo apenas este quarto.

Leonor logo quis cozinhar. Tinha trazido um fogareiro, mas Hugo lhe disse:

— Não, mamãe, o fogão é aqui.

A gente riscava um fósforo naquele fogão e o fogão se acendia. Aquela casa de Hugo era uma maravilha. Tinha esponja, sabão em pó, beliches, em que um dormia em cima do outro subindo por uma escadinha, uma lanterna e uma bicicleta.

— Ai, filho, que lindo! — disse Leonor.

— Sim, mamãe — disse Hugo, mas não muito efusivo.

As meninas pareciam estar na casa de um paxá. Hugo saiu; parecia preocupado de novo. Voltou com um rapaz e o apresentou; chamava-se Antonio. Leonor notou que Antonio tinha a voz um pouco rouca e um sotaque estranho. Disse:

— Muito prazer, senhora. Muito prazer, menina.

Mas quando terminava a palavra "senhora", a frase não se encerrava, como se esperasse alguma coisa. Hugo, com a voz aparentemente tranquila, mas de raiva contida, lhe disse:

— Poderia me emprestar um colchão?

— Mas por favor, menino — disse Antonio. — É claro!

Em tom de bronca melodramática, com aquela voz rouca.

— Obrigado — disse Hugo. Sorriu um pouquinho, se recompôs, brincou com Antonio enquanto trazia o colchão.

Leonor estava admirada com Antonio. Como ele falava portenho bem! Seria portenho?

— Hugo, seu amigo é portenho?

— Não — disse Hugo. — Mas veio pra cá bem pequeno.

— Não à toa fala portenho tão bem! — disse Leonor.

Buenos Aires era fascinante.

Um dia, Leonor estava com as duas meninas e disse a elas:

— Filhinhas, vocês têm que se casar.

— Sim, mamãe — protestou Pili —, mas os rapazes daqui não são como os do Chaco. Aqui parece que eles dizem uma coisa e pensam outra. Lá a gente olhava pra eles e sabia o que estavam pensando.

Leonor achou muita graça no que ela disse e a sentou em seu colo, aquela grandona.

María disse:

— São iguais aqui e lá e em toda parte. Claro — acrescentou com ironia —, lembra do Roque...

Pili não disse nada. Leonor, com ela sentada em seu colo, perguntou:

— Não gosta do Antonio?

Pili disse:

— Sim, mamãe, mas...

Então Leonor a penteou com os dedos, puxou seu cabelo para trás e disse:

— O Antonio é bom, estou dizendo que ele é bom.

Então Pili ficou quieta e calada um pouquinho e saiu, parecendo feliz e descansada.

María disse de novo:

— São iguais em toda parte.

María ficou noiva, mas de um jeito estranho. Aquele rapaz começou a cortejá-la assim:

— Está gorda. A jaqueta não cabe em você.

E ela respondeu:

— E você, por que não olha pro seu cabelo, que parece uma escova de aço?

Cada vez que ele dizia alguma coisa, María respondia:

— Sim, sim, se você diz.

De vez em quando ele dizia:

— Não seja tão metida, que quando menos você esperar eu te largo e...

E ela respondia:

— Sim, sim, vá falando, vá falando, que ainda vai pagar caro por isso.

No começo, quando os viam brigar assim, todos achavam que estavam enfeitiçados; depois achavam graça e no fim se acostumaram, como se aquilo fosse perfeitamente natural. Era um casal indestrutível.

Leonor saiu para comprar um vestido num desses dias em que os astros são favoráveis para se comprar roupa. Nesses dias, a pessoa olha a vitrine e diz:

— Isto aqui é pra mim.

E sabe que vai lhe cair bem; e não só: sabe que foi feito pensando nela e pressente que vai amar esse vestido. Quando os astros nos mandam hesitações, ficamos comparando texturas, cores, formas e olhamos torto para tudo.

Voltou para casa com o vestido no corpo. Comparado com o novo, o vestido velho, melancólico e triste parecia dizer: "Você nunca mais vai gostar de mim".

Era uma noite de sábado. María tinha ido para o Chaco por alguns dias. Hugo estava penteado, tinha se trocado e feito a barba.

— Vou dançar um pouco, mamãe — disse Hugo, bem sério.

— Ah... — disse Leonor.

Estava sozinha. Pili tinha ido dançar com Antonio em outro lugar. Ela ia se casar com ele.

— Tudo bem, claro — disse Leonor —, vá dançar.

Mas era triste ficar em casa de vestido novo. Hugo, num ataque de decisão e presteza, disse:

— Bom, vamos pro baile, vamos lá.

E ela ficou contente e foi ao baile. Primeiro dançou uma cumbia com Hugo. Depois pensou: "Agora vou olhar". Quando estava olhando tudo, encantada, aproximou-se um loiro, de olhos azuis, mais jovem que ela, devia ter uns trinta e quatro anos. Por que a teria tirado para dançar? Fazia muito tempo que ela não dançava.

Ele perguntou:

— Você dança com rapazinhos?

— Não — disse Leonor sorrindo, orgulhosa —, ele é meu filho.

Ele parecia portenho, mas com uma voz mais suave, não rouca como a de Antonio. Contou que era filho de franceses. Leonor pensava que os franceses tinham muito dinheiro.

Não era portenho, era de Neuquén, mas realmente falava portenho muito bem. Via-se que era um rapaz prudente, não era de atropelar ninguém; era gastrônomo. Quando lhe perguntou se dançava com rapazinhos, fez isso com certa ironia prudente, como se se tratasse de algo com uma certa graça, mas também como se fosse factível, sem muito espanto, mas ao mesmo tempo como se tivesse algum direito sobre ela. Um direito prudente, digamos.

Ele contou que sua família era rica e poderosa; claro, pensou Leonor, em se tratando de franceses, não podia ser diferente. Mas eles tinham se desentendido, algum dia iria para o Sul, para reivindicar sua parte da herança. Enquanto isso, era gastrônomo. Leonor perguntou:

— O que é gastrônomo?

— Do ramo de restaurante, pizzaria, e por aí vai.

Era realmente importante. E dançou a noite toda com ele. Não conseguia dizer "não" para aquela voz que, sem gritar, exercia algum domínio sobre ela. Não era como a voz de Hugo, que ela escutava como se fosse parte de si mesma; era algo que vinha de fora. No começo, perguntou-se por que ele a escolhera, mas, quando começaram a dançar, tudo passou a ser natural.

Hugo se aproximou da mesa com uma moça que não era do bairro e disse:

— Mamãe, hoje não vou pra casa porque daqui nós vamos pra outro baile. Quer que eu a leve em casa?

— Não, filho, está bem, pode ir.

É claro que tudo que Hugo fazia estava bem.

Só quando o viu dar alguns passos percebeu que ele estava com uma moça desconhecida e que os dois seguiam com um ar muito decidido, mas teve um registro remoto de tudo aquilo e lhe disse, com uma voz estranha, meio desafinada, que habitualmente não tinha:

— Se agasalhe.

Hugo se virou, primeiro desconcertado, como se ela não se dirigisse a ele e, quando captou a mensagem, foi embora sorrindo. O loiro observava tudo isso, tranquilo. Quando o baile acabou, Leonor o levou até sua casa. E assim ele foi ficando; morava um pouco lá e um pouco na casa dele.

Aos domingos, quando ela estava dormindo, ele a procurava e a chamava.

Dizia:

— Loli!

Porque era assim que ele a chamava; depois ele cozinhava e preparava coquetéis, pois era gastrônomo.

Um dia, falou para ela sobre María:

— Como sua filha mais velha é má!

E Leonor não disse nada. Vá saber por que ele estava dizendo aquilo.

Ele bebia um pouco de vinho, mas não fazia mal a ninguém. Um dia, María disse para Leonor:

— Ele bebe vinho e é muito jovem pra você.

Com Hugo ele se dava bem. Hugo havia se casado. Os dois viviam fazendo graça, e ela fazia de conta que tinha outro filho em casa.

Uma vez, María encarou o loiro e falou:

— Vá embora. Não pode ficar incomodando minha mãe.

Ele não disse nada. Disse de novo para Leonor:

— Como sua filha mais velha é má!

Leonor pensou, sem fazer caso: "Vá saber por que ele deve achá-la má".

E não dava importância ao que ele dizia. Estava contente e achava tudo normal. Teve uma menina com ele, que saiu crioula loira, com a pele cor de serragem. Todos os adultos tinham se casado, e a encheram de mimos.

Quando o namorado de Leonor estava lá, tudo era brincadeira e alegria. Ele preparava comidas gostosas, havia coquetéis e, quando todos se reuniam, aos domingos, aquilo era uma festa. Mas quando os filhos iam embora, aos domingos de manhã estavam sozinhos; Leonor ficava na cama e ele ia fazer compras. Ela dormia, confiante, e quando começava a acordar ele já tinha trazido tudo e começava a cozinhar. Falava com ela lá da cozinha e ela continuava na cama por um bom tempo.

Num sábado, ele disse:

— Amanhã eu não venho porque vou ao futebol.

Leonor disse, espantada:

— Mas antes você não ia ao futebol.

— Bom — disse ele —, agora tenho que ir ao futebol. Vou ver o Perfumo. Está vendo? É este — disse. E o mostrou. — O Perfumo manda ver no pênalti e sempre faz gol.

— Ah! — disse Leonor.

Depois começou a ir ao futebol todo sábado e ela disse, brincando e rindo:

— Você vai sempre ao futebol e não vem me ver!

Ele abriu o jornal e lhe mostrou:

— Veja quanta gente vai ao futebol.

Era verdade. Havia uma quantidade impressionante de gente que ia ao futebol. Se tanta gente ia, como é que ele não iria. Na semana seguinte, disse:

— Neste fim de semana vou pra Rosario, porque o Perfumo vai jogar.

Ela ouviu a partida transmitida de Rosario, no rádio, e pensava: "Ele está lá".

Quando voltou de Rosario, passou uma tarde falando com Hugo sobre pênaltis, lateral esquerdo e petardos.

Um dia em que estavam brincando, como sempre, de repente ele disse:

— Se alguém perguntar por mim...

E Leonor disse:

— Diz que fui por aí... — entrando na dele, como se fosse uma brincadeira.

Mas sentiu um sobressalto, uma espécie de pressentimento; não levou a sério. No dia seguinte, ele não apareceu; nem no outro. Ela ia procurá-lo em casa e ele não estava. Quando chegava, María olhava para ela como se soubesse de alguma coisa; María tinha uma cara impassível, de quem não tinha nada a ver com aquilo. Agora ela brigava um pouco com María sem saber por quê, e María não oferecia nenhuma resistência, aguentava, tranquila, paciente.

Leonor sempre pensava: "Esta noite ele vem". E esperava. Ela não chorou porque ele foi embora, mas o procurava pela casa o dia todo; procurava no banheiro e de noite procurava na cama. Às vezes, tinha a impressão de que ele estava chegando; mas não, não era ele. Às vezes, dizia:

— Um dia ele há de voltar.

Também achava que, se pensasse muito nele, ele voltaria. Mas ele não voltava. Quando se passaram três anos da sua partida, ela disse:

— Preciso esquecer, nem que seja na marra.

Então se empregou para fazer trabalhos domésticos em muitas casas; trabalhava das oito da manhã às oito da noite, sem parar. Isso era bom para ela, porque assim se cansava e de noite logo caía no sono. Ficava tão cansada que não pensava em nada. Contou a história para uma senhora cuja casa limpava e a senhora disse:

— Mas, se sua filha não gostava dele, você devia ter separado as coisas, e ficado com ele em outro lugar.

— Ah... — disse Leonor.

Mas não entendeu bem como poderia ter feito isso.

Depois a senhora disse:

— Não tinha o endereço dele?

— Não — disse Leonor. — Ele deve ter ido pra Neuquén, reivindicar sua parte da casa. Vá saber por onde anda.

Não, ele não iria voltar. Ela se lembra dele do mesmo jeito, mas trabalhando se sente melhor do que sem fazer nada. Agora tem cinco netos e a menina caçula. A menina, que é crioula loira, é totalmente mimada. Um fotógrafo ambulante tirou dez fotos coloridas dela ao lado da casa nova, de material, que Leonor está construindo. Sandra, pois é assim que ela se chama, é louca por dança; quer ser uma grande bailarina, como Rafaela Carrá. Um dia, Sandra perguntou para a mãe se não havia uma escola onde se estudasse para ser artista, para ser como Rafaela Carrá. Leonor perguntou a essa senhora em quem confiava e a senhora disse:

— Mas pra ser vedete também tem que ser instruída, tem que ir pro colégio e estudar línguas.

Então Leonor lhe comprou um livro didático novo, para que se instruísse; mas também as botas para ela dançar à moda de Rafaela Carrá. Porque essa cantora é italiana, dança de bota e canta: "Festa, que fantástica, fantástica esta festa", com uma energia que beira a ferocidade.

Sandra sabe imitar perfeitamente todos os movimentos de Rafaela Carrá; mas, como não tem sua energia, seus movimentos ficam mais rarefeitos e lentos; toda a dança de Sandra se torna um capricho curioso, sem destinatário. Canta, também. Quando canta "Festa, que fantástica, fantástica esta festa", ela o faz com uma voz agradável, mas sem nuances, preocupada em conciliar seu canto com sua dança. Além disso, sua vozinha soa mortiça, como se não acreditasse nos sinais de exclamação nem nos processos, que implicam começo, meio e fim.

Leonor a olha enternecida, olha as botas bonitas que ela tem, que graças a Deus pôde lhe comprar, o belo pulôver e o cabelo loiro do qual Sandra aprendeu a cuidar.

Já tem onze anos e dentro em pouco não vai lhe bastar que Leonor a olhe enternecida; vai querer que sua dança seja para os outros. Talvez lhe falte convicção para abrigar seus próprios sonhos; porque os sonhos, como a expressão indica, precisam de alguém que os abrigue, que cuide deles. Tomara que Sandra encontre quem a ajude a fazer isso.

A culpa foi do gato

Nessa quadra de apartamentos com espelhos, portas de vidro e paredes internas cor de laranja e tapetes vermelhos, havia uma casa velha com a porta pintada de roxo e verde. Não eram, claro, um roxo e um verde brilhantes, eram opacos e bem combinados. Sem dúvida, os tapetes vermelhos e as paredes alaranjadas das outras casas eram bonitos, mas eram comprados, e comprar, qualquer um com dinheiro compra. Já essa velha casa, com essa tinta tão esquisita e ao mesmo tempo tão bonita, e com uma placa em cima que dizia "Escola de Danças", era de gente que... que sabe alguma coisa, digamos. Na placa que dizia "Escola de Danças" havia uma bailarina que era só cabelo, como se tivesse se despenteado ao dançar; vista de perto, a placa era chamativa, mas colocada lá em cima se perdia entre as luzes, as lojas, e ninguém reparava nela.

Eram sete da manhã. A diretora da escola de dança, vestida com umas calças largas apropriadas para fazer exercícios, estava varrendo pessoalmente o corredor. Teve de despedir a senhora que limpava pois finalmente decidiu que ela era uma imbecil. Não obstante, uma vez a senhora que limpava a surpreendeu favoravelmente: quando as alunas praticavam a posição de "lótus", a senhora, lá no corredor, a fez melhor do que ninguém e todas ficaram admiradas. Ela a usou como exemplo para suas alunas, pedindo que observassem como flexionava os joelhos.

Pediu-lhe que fizesse o exercício várias vezes. Admirou-a por um momento, mas depois considerou que globalmente ela era uma imbecil, ou melhor, uma pessoa mesquinha.

Até conseguir outra, ela tinha de varrer. Estava nessa quando seu ex-marido apareceu. A essa hora seu ex-marido aparecia sempre bêbado, mas mesmo bêbado como um gambá ele notava na cara dela e em seus movimentos o clima reinante. Aquelas varridas sonoras não anunciavam nada de bom; a cara dela também não. Disse a ele, secamente:

— Tenho aula às oito.

Ele usou uma voz apaziguadora, produto do medo, e falou:

— Tudo bem, Doris, mas posso ficar e dormir lá em cima, no quarto?

— Pode ficar na cozinha — disse, sem olhar para ele.

Sem olhá-lo, sabia como estavam seus olhos, sabia que tinha andado a noite inteira por toda parte, dando voltas.

Ele foi para a cozinha tentando andar direito, o que fazia com que seus passos tivessem certa pachorra. Doris estava extremamente contrariada. A barra de exercícios ainda não tinha sido instalada e isso a obrigava a tocar tambor para fazer exercícios de ritmo. Tocar tambor a deixava exausta. Era um tambor volumoso e pesado com uma baqueta grossa e pesada, e justo as mulheres que vinham hoje não tinham reflexos. Mas jurou que as faria dançar direito com o tambor. Iam fazer salada, saladinha, bem temperadinha, com sal, pimenta, fogo, foguinho.

Quando chegaram, o tambor começou a soar cada vez mais rápido e forte. Na cozinha, seu ex-marido, Agustín, que estava bebendo um pouquinho de vinho de uma garrafa, gritou:

— *Tambour! Tambour!*

As alunas não perceberam porque não sabiam que ele estava lá. Mas Doris, muito incomodada e enfurecida, disse:

— Um momento, por favor.

Estava digna como uma rainha. Foi até a cozinha e falou:

— Por que você não foi dormir, imbecil?

— Mas, Doris, você me...

— Chispa daqui.

Mas, quando ele se dispunha a ir embora, Doris percebeu quanto seu andar estava arrastado: quando passasse pelo estúdio, as alunas iriam vê-lo. Então disse:

— Vá dormir lá em cima, está bem?

— Não, não — disse ele. — Se você tá me tocando daqui, eu vou embora.

Ele estava tendo um ataque de dignidade e ela não conseguia convencê-lo. Então, mudando de tom, disse:

— Bem, me desculpe, eu acho bom que você fique pra dormir aqui, entende?

Ele disse:

— Não posso, eu adoraria, mas tenho obrigações importantes a cumprir.

Doris estava a ponto de se desintegrar, mas respondeu:

— Eu sei, eu sei que você tem obrigações importantes, você pode cumpri-las depois.

Agustín, vacilando enquanto ia para o quarto, dizia:

— Eu devia ir cuidar das minhas obrigações.

Mas estava com muito sono. Ela o acompanhou até o andar de cima e ele se deitou. Ao voltar para as alunas, fechou bem as portas, depois fez o tambor soar mais forte que nunca.

Seu atual marido ia instalar a barra para que as alunas fizessem os exercícios. Ele não morava com ela porque a rotina do dia a dia empobrece as relações conjugais. Ia e vinha, livremente. Agora ela o esperava ansiosa para que instalasse a barra, e devia criar as circunstâncias propícias para que ele trabalhasse com afinco e perseverança. O que seria melhor, tocar Agustín de lá quando terminasse de curar a ressaca ou integrá-lo à, digamos, equipe de trabalho, nem que fosse para passar os pregos? Seu marido e seu ex-marido eram muito amigos, já que tinham afinidades estéticas. Na Suécia, por exemplo, todos colaboram; ninguém é mesquinho; e tem mais: quem não colabora é delatado. Não que seu marido não tivesse espírito de colaboração: tinha reservas estéticas. Considerava a dança moderna incompreensível, tão incompreensível quanto a numismática.

Quando chegou, percebeu que não era hora de explicitar nenhuma teoria. Quase sem cumprimentá-lo, Doris disse:

— Trouxe o martelo?

— Mas me admira, como não iria trazer? Quem pensa em pregar sem martelo?

E tirou um martelo de um bolso da jaqueta, e do outro uma garrafa de vinho.

— Bem — disse. — Como você quer que eu realize a operação, com pregos, com pernos...?

— O que são pernos? — perguntou Doris com profundo desprezo e desconfiança.

— Me admira, mestra — disse Miguel. E tirou do bolso de cima um perno e o mostrou.

— Não, com isso não — disse ela. — São muito grossos e feios, vão aparecer, e eu quero a barra lisa.

— Mas de onde você tirou que eles vão aparecer? — disse ele, e bebeu um copo de vinho.

Nisso Agustín desceu e se alegrou ao ver que havia vinho e visita.

— Vamos lá, mestre, dê sua opinião, o que acha que devo usar: pregos ou pernos?

— Minha opinião é que essa é uma tarefa ignóbil — disse Agustín, que ainda não tinha dormido o suficiente.

— Ninguém está duvidando disso; não é isso que está em discussão. Neste momento, o motivo da discussão é outro.

— Então agora se discute sobre algo? — disse Agustín.

Doris começou a lavar os pratos que tinham ficado do meio-dia e não dizia absolutamente nada. Então eles foram para o estúdio de dança. Agustín teve vontade de tocar o tambor, mas sabia que isso poderia lhe custar caro. Miguel, com ar contrariado, com cara de cético, como se a vida inteira houvesse sido carpinteiro e esse ofício lhe tivesse dado poucas satisfações, começou a espalhar os pregos. Espalhou-os como se fossem algo miserável e sórdido, como se fossem os pregos que mataram Cristo. Enquanto Miguel pregava um pedaço de barra, Agustín lhe fazia companhia sentado numa cadeirinha de palha, próxima. Miguel pregou bem forte; lembrando da aluna gorda de Doris, calculou exaustivamente o peso da perna da aluna gorda. Doris disse:

— Ela tem uma plasticidade invejável. E um jogo de cintura que muita gente gostaria de ter.

— É possível, mestra — disse Miguel. — Mas a carne é a carne.

Da carne passaram ao conceito de massa e à relação entre massa e energia. Enquanto falavam disso, Doris ia e vinha da cozinha. Queria que essa equipe de trabalho estivesse mais ocupada em terminar a barra, digamos, dia e noite, por exemplo, e falando menos. Se por um acaso o Papa em pessoa aparecesse nessa casa, seria convidado a pregar a barra.

Só que havia um problema técnico: os pregos tinham acabado. Miguel sugeriu que Agustín o acompanhasse até sua casa, onde ele tinha alguns pregos tortos; era questão de ir até lá, trazê-los e endireitá-los. Agustín respondeu:

— Eu sou um cavalheiro espanhol.

Miguel deu uma gargalhada. Conhecia a teoria sobre o cavalheiro espanhol. Um cavalheiro espanhol resgata princesas encarceradas em torres altíssimas, se bate em duelo e vai à guerra, mas não busca pregos tortos às duas da manhã. Depois de ouvir isso, ela, que também conhecia a teoria do cavalheiro espanhol, disse:

— Vão embora daqui — e tocou os dois.

No dia seguinte, seu marido veio sozinho trabalhar. Por sua cara séria e meio ausente, confirmou que ele viera realmente com intenção de trabalhar. Ele cumprimentou, falou umas poucas palavras, como se fosse um operário contratado, e se dirigiu ao estúdio de dança. A entrada fria e aquele ar triste levaram Doris a pensar que por algum motivo ele podia estar ofendido, mas não era hora de trazer isso à baila; como se sabe, é conveniente fazer considerações como essa num final de semana, quando a pessoa tem tempo para dormir e se repor depois do esforço feito.

Ele se concentrou imediatamente no trabalho, primeiro com aquele ar triste. Enquanto isso, ela ia e vinha da cozinha ao estúdio, num vaivém para ver se ele precisava de alguma coisa, para dar uma espiada e observar como a barra estava sendo pregada. Ele, à medida que ia batendo os pregos, foi se interessando cada vez mais pelo assunto e até começou a assobiar.

Que felicidade ter em casa um homem que faz as vezes de carpinteiro! É como ter um homem santo, é um belo espetáculo. Só que, para que tudo fosse perfeito, ela devia começar a confiar. Mas não tinha vontade de confiar, ia e vinha da cozinha ao estúdio e ele não olhava para ela. Sua felicidade por vê-lo trabalhar como carpinteiro estava diminuindo. Então começou a olhar a barra com olhar crítico e disse:

— Não acha que ali está mais alto?

Ele se afastou para olhar e disse:

— Onde você está vendo mais alto, mulher?

— E isto aqui vai ficar assim? — perguntou, apontando para outra parte.

— E como acha que deve ficar?

— Sei lá, pensei que os pregos não fossem aparecer.

— Ali não tem jeito de eles não aparecerem.

Então ela arriscou uma hipótese:

— Se em vez de colocá-lo assim, você o virar pro outro lado... Deste jeito, digamos.

E lhe mostrou como achava que ia ficar melhor.

Ele disse friamente:

— O que você sugere, que eu arranque e ponha tudo de novo?

— Eu não disse que tudo — disse ela com ar sensato. — Só este pedacinho onde os pregos estão aparecendo.

— Não gosta do jeito que ficou?

— Gosto, eu não disse que não — disse ela sem muita convicção.

Ele se concentrou na barra e continuou a pregá-la, absorto, como se fosse o amor da sua vida. Ela foi para a cozinha e não voltou mais para olhar nem para corrigir nada. Na cozinha, pôs-se a meditar.

"Na Suécia é diferente", pensou, enquanto dava de comer a um dos sete gatos que havia na casa. "Lá tudo acontece ordenadamente, conforme o clima: no verão, eles têm relações sexuais nas ilhas, na praia, sob o sol; durante o longo inverno, meditam em casa ao lado do aquecedor. O inverno é tão longo quanto profundas são as reflexões dos suecos. Lá todos colaboram espontaneamente, porque não é um país de imbecis. Deve ter suas coisas, como em todo lugar, mas são coisas... diferentes. E depois tem aquele distanciamento europeu, aquela fineza." Olhou para a gata com profunda compaixão e ternura porque ela era obrigada a viver aqui. Então Doris fez todo um projeto de vida na Suécia diante da gata, que, enquanto isso, não dizia nada. De repente, lá no estúdio soou um miado terrível e Doris se aproximou, alarmada. Miguel tinha terminado e se dirigia para a cozinha.

— O que houve? — disse ela.

— Nada, pisei nele sem querer — disse ele.

— Claro — disse ela, com um distanciamento europeu inusitado e uma voz estranha.

— Foi sem querer, juro — disse ele.

— Naturalmente — disse Doris. — Nem me passa pela cabeça você fazendo uma coisa dessas por querer.

A dignidade e o distanciamento europeu de Doris eram cada vez maiores. Não foi ver como a barra tinha ficado, não o convidou a entrar na cozinha, então ele foi embora.

Com essa história da barra, ela andou descuidando dos gatos. A gata Ana Poteraika, a mais bonita, estava anoréxica, não queria comer fígado; então Doris comprava um filé, que picava e dava para ela. Mas como na verdade ela também não queria comer filé, comia com displicência dois ou três pedacinhos; daí o gato Dagoberto vinha e lhe arrancava quase tudo. Daí Doris dizia para o gato:

— Você acha que eu vou me privar de comer carne como estou fazendo por causa da coitada da Ana Poteraika pra que você passe a perna nela?

Esse gato era um vadio, já estava cansada dele. Também precisava comprar antibióticos para a gata Jorgelina; ela estava com conjuntivite; e outra, que também era vadia e andava toda noite pelos telhados, estava prenhe de novo. Nessa ela teria que fazer uma operação para que não tivesse mais gatinhos. A operação custava quarenta milhões de pesos e ela estava sem sapatos; mas o que importava não era o preço em si; na verdade, não ia em frente porque não sabia se era humano ou, digamos, felino fazer isso. Quando acabou de comprar os medicamentos e de administrá-los, sentiu-se tão cansada e triste que queria que alguém viesse consolá-la. Quem poderia ir à sua casa hoje, sábado à noite, quando todo mundo sai? Possivelmente seu ex-marido, que saía a semana toda. Ela o tocara de lá para sempre alguns dias antes; era um irresponsável e um imbecil... Mas... Estava profundamente inquieta por causa dessa gata que não queria comer. Então ligou para ele e disse:

— A Ana Poteraika está anoréxica, venha cá.

— Tudo bem — disse ele, que estava sóbrio e contemplativo. — E o que eu poderia...

— Só estou dizendo pra você dar uma passada aqui.

— Tudo bem — disse ele.

Enquanto o esperava, Doris ia ficando cada vez mais ansiosa e desesperada; sentia uma angústia estranha, isso nunca lhe acontecera. Quando ele chegou, com os olhos bem abertos e meio assustados, ela disse:

— Faz três dias que não come. Liguei pro veterinário e ele disse que era passageiro, que os animais têm dessas fases. Eu não sei que tipo de imbecil é esse veterinário. Como assim, uma fase passageira? Três dias pra um corpinho tão pequenininho equivalem a vinte pra nós.

— E a uns dois meses pro King Kong — disse Agustín. — Bem, Doris, não fique assim — disse, enquanto pensava num dente que o incomodava de uma forma estranha; havia se encavalado em cima de outro; procurava espaço, e ele tinha a sensação de que sua boca ia aumentar. Mas não era hora de fazer essa reflexão. Bebeu um copo de vinho e ela, outro.

Quando bebeu seu vinho, quem sabe por estar sem comer, ela começou a chorar e foi para o quarto. Agustín estava hesitante, talvez devesse ir até o quarto consolá-la, mas era possível que ela quisesse chorar sozinha; além disso, se fosse consolá-la, era provável que ela o mandasse embora.

Depois ele bebeu mais um pouco de vinho na cozinha e ela não aparecia. Mas o que é isso, ele tinha sido convidado a fazer uma visita e o deixavam sozinho nesta casa? Então começou a cantar bem alto, como se quisesse que ela ouvisse.

— Se quem canta seus males não espanta, ela que vá pro inferno!

Mas ela não vinha nem insultá-lo nem mandá-lo embora, como das outras vezes. Então ele se alarmou; foi até o quarto e ela continuava chorando na cama, mansamente. Ele disse:

— Quer que eu ligue pro Miguel?

— Não, não ligue pra ele, não quero.

Ele pegou o telefone; ela pelejou para que ele não ligasse, ele a empurrou e falou:

— Miguel? É uma emergência. Venha, porque a Ana Poteraika está anoréxica; não, é sério, é uma emergência.

Doris disse:

— Imbecil! Agora eu que vou ligar pra que ele não venha.

Durante todo esse tempo, Doris sentiu muita raiva, mas, quando seu marido chegou, ela se jogou na cama e começou a chorar de novo.

— Mestra! — disse Miguel. — O que houve?

— Nada — disse, olhando-o com olhos de profunda repreensão. Então ele conversou com Agustín sobre a saúde de Ana Poteraika em termos prudentemente festivos. Enquanto Miguel falava, ela o seguia com a vista; ele se virou para ela e disse:

— Vamos, mestra, levante-se que vamos dançar uma rancheira.

— Não, não — disse ela com a voz fraca.

Mas ele conseguiu que ela se levantasse, e sem disco, cantarolando, dançaram uma rancheira. Ele, empenhado e alegre, ela, triste e meio pendurada nele, como uma convalescente.

O dia seguinte era um belo dia de primavera, mas estava um pouco frio. O céu azul dava vontade de ir para a rua. Enquanto regava seu lindo pé de batata, Doris pôs-se a pensar. Não era possível que ficasse trancada nessa casa, ouvindo idiotices o dia inteiro. No mundo havia muita gente que fazia esqui aquático, e gente que comprava jaquetas novas, outros colegas seus tinham apresentado seus espetáculos de dança, mostrar-se, mostrar os progressos das suas alunas. E não ia fazer um espetáculo como o que fizera no ano anterior, numa dessas salas pobres gentilmente cedidas aonde o bairro todo vai com as crianças no colo, onde as crianças ficam correndo num vaivém sem fim do palco até a saída.

Como se não bastasse, justo no final do espetáculo, que era o momento culminante da dança, quando as crianças começaram a correr, Agustín apareceu e foi andando pelo corredor. Todos o olhavam; ele se sentou numa poltrona desocupada; não fez absolutamente nada, mas Doris ficou tremendo até o fim, ele que nem pensasse em dizer alguma coisa em voz alta. Não, dessa vez ia fazer um espetáculo num bom teatro. Por isso ligou para uns amigos que conheciam um empresário de teatro. Bons amigos, era só questão de se mexer, de ir visitá-los, de ir àquela casa que era um remanso de paz, onde se tomava Cepita — "La sana costumbre"—,* falava-se da poluição do ar e nenhum dos dois, nem ela nem ele, jogava papéis no chão para não poluir o ambiente.

Sim, sim, que alegria vê-la, claro, iam pô-la em contato com o empresário do Teatro Argentino de La Plata, iam justamente vê-lo nos próximos dias. Quando voltou para casa, enquanto dava alpiste para o canário, pensava alegremente: "É só questão de se conectar, de se mexer, de circular". Convidaria o empresário para um jantar bem caprichado.

Um dia antes do jantar, iniciaram-se os preparativos. Doris comprou um peixe gordo e bonito. Preparou um molho rosê que fazia

* "O hábito saudável", slogan da propaganda de sucos de fruta da marca argentina Cepita.

pensar num amanhecer qualquer perto de alguma praia do Norte do Brasil e decorou todo o prato com arabescos de maionese; com ovo cozido fabricou umas ostras e o cercou com elas. Raminhos verdes apareciam aqui e ali. Agustín veio na tarde do preparo e lhe fez companhia, olhando respeitosamente os inusitados preparativos, e foi informado do regulamento que deveria observar se quisesse ser convidado para o jantar do dia seguinte. Estava convidado, desde que obedecesse às seguintes regras:

1) Não mencionar que era um cavalheiro espanhol;
2) Nem pensar em dizer que toda empresa é algo ignóbil;
3) Proibida qualquer alusão a raças, religiões, vestimentas, tamanho das pessoas, hábitos alimentares dos diferentes povos;
4) Seria conveniente que escovasse os dentes, que estavam muito manchados de nicotina; para isso ela lhe forneceria um pouco de palha de aço, que os deixa perfeitos, tendo em mente que a palha de aço deve ser usada com cautela, pois retira o esmalte dos dentes. Miguel ia colaborar trazendo umas garrafas de vinho safra 1978 que tinha guardadas em sua casa já fazia tempo. Doris queria dar um conselho a Miguel a respeito da sua atuação; queria lhe dizer que a certa hora da noite ele às vezes tendia a monologar ou a se fechar numa espécie de silêncio, seguindo longos raciocínios solitários, mas não disse nada.

O empresário chegou. Usava uma jaqueta tão bonita, eles nunca tinham visto nada igual pelas ruas. Provavelmente as pessoas que tinham essas jaquetas viviam escondidas. O empresário era alto e esbarrou num ornamento que Doris tinha posto na porta, uma bugiganga oriental que soava quando a pessoa entrava, e além disso quase tropeçou, mas foi oportunamente avisado, numa tábua de madeira que separava o corredor do estúdio de dança para que os gatos não entrassem.

Ao transpor essa madeira, percebeu que a casa não devia ser muito visitada. Chegaram a uma salinha; Doris ia na frente, altiva, medianamente cordial, arrumada com uma saia longa. Na salinha estava a mesa com o peixe deslumbrante. A mesinha era pequena para tantas taças e alimentos, e também se balançava um pouco. Então o empresário procurou ao redor com a vista e logo achou um papelão que pôs como calço sob o pé da mesa. Quando Doris viu o papelão, com um espanto um pouco exagerado, perguntou:

— Foi o senhor que colocou?

— Sim — disse ele, como quem quer mudar de assunto.

— Obrigada — disse então Doris, seca e altiva.

Enquanto isso, Miguel e Agustín estavam sentados, na expectativa; Miguel perguntou se devia trazer alguma coisa da cozinha e Doris, em tom impessoal e respeitoso, falou:

— Os guardanapos, por favor.

Agustín estava calado. Em geral, ele não começava uma conversa se um desconhecido não falasse primeiro. Tinha a sensação de que havia chegado um inspetor, bondoso, mas enfim, um inspetor. Por um lado, o fato de um inspetor chegar o alegrava e aliviava; por outro, tinha uma sensação dolorosa de estar em seu próprio corpo; gostaria de ser invisível e observar tudo. O empresário, vendo que a cadeirinha de palha que lhe ofereceram para sentar não tinha almofada, pediu licença e pegou uma almofadinha redonda de outra poltrona para pôr em sua cadeira. Pôs uma almofada redonda numa cadeira quadrada. Se tivesse reparado bem, teria notado que aquela almofada nunca saía daquela poltroninha, que havia vários anos a cobria e estava destinada a morrer amorosamente junto com a poltrona correspondente.

Miguel trouxe da cozinha queijo, azeitonas e um aperitivo para começar. Disse ao empresário:

— Mestre... — e lhe serviu azeitonas.

Miguel pensou que em sua área ele devia ser um mestre, sem dúvida. Ele amava e respeitava as maestrias das diferentes pessoas, desde que não se misturassem muito entre si: há mestres poetas, mestres de escola, mestres jardineiros e, por que não, mestres zeladores.

O empresário disse:
— Ontem eu vi um espetáculo muito interessante no SHA.
— Ah, eu sei — disse Doris.
Embora não tivesse ido, ela estava inteirada.
— Mais que a obra em si, o interessante é a montagem.
— Qual é a peça? — perguntou Agustín em tom cortês, revelando uma educação inusitada.
— *O bosque dos abetos* — disse o empresário.
— Baseada num conto de Gógol — disse Miguel.
— Sim — disse o empresário, tranquilizando-se e comendo um pedaço de queijo. Ele ficou tranquilo porque viu que esses homens estavam na mesma sintonia, evidentemente. A gente nunca sabe para onde está sendo levado. Agustín disse:
— Já sei qual é o conto, mas não é dos melhores.
E começou a recordar outros contos de Gógol que eram muito melhores enquanto bebia seu vinho. O empresário olhava seu corpo, seus braços muito magros, e notou que lhe faltava um dente. O empresário, de tanto observar e de ouvir pessoas para contratar, estava acostumado a manter dois focos de atenção simultâneos: só ouvia um ou outro argumento, levantando a orelha se algo chamava muito sua atenção, como quando se distinguem ruídos no fundo do silêncio; por outro lado, enquanto ouvia, pensava: "Que braços magrinhos, não deve ter feito o serviço militar, não serviria para cultivar batatas em caso de apuros".
Doris estava tensa; receava que Miguel e Agustín começassem a discutir sobre os contos de Gógol, um tema respeitável, sem dúvida, mas que nesse momento lhe parecia antiquado. Para evitar a conversa sobre Gógol, disse:
— Vi a montagem de *O chapéu de palha* no SHA. Achei lamentável.
— No entanto, na minha opinião tem algumas coisas resgatáveis — disse o empresário.
— Por exemplo? — disse Doris, num tom que parecia dizer: "Bom, nomeie uma".

— No segundo ato há momentos bem-sucedidos — disse com uma espécie de apatia que não parecia própria dele.

Doris disse:

— Bom, no segundo ato tem alguns momentos, claro, alguma coisa tem que ter...

Agustín estava tranquilo; por sorte, Doris voltava a ser a mesma de sempre. Miguel se mantinha num silêncio prudente, como quem faz companhia a si mesmo; mas parecia um pouco cansado, meio perdido. Doris começou a objetar:

— Quando faz aqueles longos solilóquios inúteis, que são de uma chatice impossível, quando aparece aquele... meio imbecil, a quem deram um nome que não cola nem com grude...

— Ah, é — disse o empresário.

Agustín tinha tomado mais vinho e começou a dar sua contribuição. Ele não tinha visto a peça, mas era como se tivesse; imaginava como seriam os solilóquios. Então disse:

— Sim, deve ser de uma chatice brutal. Me poupe, porra — e se serviu de outro vinho.

Nesse momento, Miguel teve um ataque de riso saudável, alegre, fresco, mas não se sabia do que ele estava rindo.

O empresário, enquanto Doris falava, pôde observá-la com prazer: linda mulher. Com qual dos dois andaria? Pelos olhos, podia ser espanhola de influência árabe; tinha as mãos secas e as orelhas pequenas.

— Eu — disse Agustín — não vou ao teatro há sete anos. Vamos ver, a última vez que fui...

— Ele é poeta — disse Doris rapidamente —, muito bom poeta.

— Publicou alguma coisa?

— Não — disse. Estava para dizer: "Publicar é ignóbil", mas se lembrou do pacto e se calou.

— Como assim, não publicou nada, mestre? — questionou Miguel. — E a revista?

Doris ficou tensa de novo; o tema da revista era conflituoso; discutiram noites a fio se era ou não uma publicação, já que era preciso ver se a revista era ou não era uma revista.

Doris disse:

— Vamos jantar?

— Ao seu dispor — disse o empresário, mundanamente.

Os preparativos do jantar lhe agradaram; todos foram até a cozinha buscar alguma coisa que faltava, menos Agustín, que ficou sozinho, esperando que voltassem. Deu umas voltas pelo cômodo, distraiu-se olhando umas figurinhas na parede. De repente, todos se sobressaltaram com um barulho e foram correndo para a mesa: o gato tinha subido na mesa, derrubado todo o conteúdo da travessa e comido o peixe. Não havia argumentos possíveis. Produziu-se um silêncio e depois Doris, com uma voz além do bem e do mal, perguntou a Agustín:

— Como ele entrou?

— Não sei, Doris, não o vi entrar.

Ela não podia dizer "gato imbecil" na frente do empresário, diante dele tinha que defendê-lo, porque era seu gato, afinal. Todos ajudaram a limpar o chão; Agustín ajudou bastante e com diligência, dignidade e iniciativa, limpando onde era necessário. Estava contente e repleto de paz porque pensava: "Desta vez eu não levei a culpa por tudo; a culpa foi do gato".

Não havia outra comida; havia doce e queijo, mas não eram apropriados para depois do vermute. Doris ofereceu outra tacinha de vinho ao empresário, que disse:

— Não, obrigado. Na verdade, eu não devia ter dito que iria ficar pro jantar, porque vim com muito pouco tempo — olhou para o relógio. — Em uma hora preciso estar no centro. Será que tem táxis a esta hora?

— Táxis a esta hora, difícil — disse Miguel.

O empresário o olhou levemente alarmado e depois, levantando-se, como se tivesse certeza, disse:

— Sim, vou achar um.

Miguel lhe deu indicações para encontrar um táxi e o acompanhou até a porta; Agustín deu umas voltas pela sala e Doris foi para a cozinha sem dizer nada. Quando Miguel voltou, disse:

— Ele achou um táxi.

Então houve um silêncio; o ambiente estava tenso. Agustín esqueceu por um momento sua alegria por não ter tido culpa; o empresário tinha ido embora. Aquele pai da jaqueta de fios de seda, harmonioso, comedido e mundano, aquele pai deles andava por aí, quem sabe onde, porque o gato tinha comido o peixe. Quem sabe se ele voltaria. Depois desse silêncio, Doris pegou um pau e enxotou o gato até o terraço; fechou violentamente a porta, pôs a tranca de madeira e voltou para a sala. Depois ficaram bebendo vinho.

O ser humano está radicalmente só

Na casa de Franco, todos estavam concentrados em alguma tarefa, menos ele; dava voltas, oferecia ajuda, mas a recusavam. Se fosse preciso segurar uma tábua, ele se entediava e a deixava meio inclinada. Então lhe diziam:

— Vá brincar lá fora!

E ele ia. Saía meio desorientado, pensando em quem estaria lá para brincar. Os que brincavam também pareciam concentrados em alguma coisa: em pôr uma canoa na água, em fazer um trenzinho correr. Ele não sabia bem o que fazer para interromper aquela concentração. Então voltava para casa, e se os pais já tivessem terminado a tarefa e estivessem tranquilos, lhe diziam:

— Que menino mais lindo!

Era realmente um menino muito bonito. O pai e a mãe eram feios, um pouquinho corcundas; ele era alto, tinha corpo, cabelo e pernas lindos.

Na escola, gozou de um breve prestígio porque aprendeu antes de todos a palavra "meia-risca". Os outros lhe diziam:

— O que é "meia-risca"?

E Franco, com a voz um pouco mais grossa que a dos colegas, dizia:

— Meia-risca é um risco pequeno que a gente põe quando alguém fala, ou quando separa alguma coisa.

Eles o olharam, meio desconfiados, meio fascinados. Estavam muito contentes com a descoberta da meia-risca. Então ele disse para a professora:

— Ponho travessão ou meia-risca?

A professora estava concentrada em alguns papéis. Então lhe disse, irritada:

— Ponha o que quiser!

Ele foi para sua carteira muito chateado e pensou que aquilo era uma injustiça. Ou melhor, descobriu o que era uma injustiça; confundia-se nele com a humilhação, o orgulho ferido e a vergonha. Sentia a injustiça como uma coisa física; mas não para mudar nem corrigir nada. Sem dúvida; isso tinha de ser dito. Quando alguma coisa não andava bem, Franco dizia:

— Isso é uma injustiça.

Ninguém o ouvia. Não lhes interessava distinguir travessões nem injustiças.

Quando fez dezoito anos, ficou realmente belo. Era tão lindo que as pessoas o olhavam na rua; então passou a ver que roupa lhe caía melhor e resolveu se vestir habitualmente de preto, cor que o fazia parecer um rapaz muito interessante.

Nesse ano, andou pelas ruas praticamente o dia todo; sim, todos olhavam para ele. Buscava o olhar das pessoas para ver se elas estavam olhando. Saber que era olhado lhe dava um ar altivo, de triunfo, que lhe assentava muito bem. Tinha lido um poema que começava assim:

"Formigueiros humanos, que passam..."

E ao fazer seu percurso da tarde, pensava nessa história de formigueiros humanos, olhando atentamente para cada formiga. Ao entardecer, já ficava cansado e se aborrecia um pouco. Às vezes esbarrava em alguém, como aconteceu certa vez com uma velha senhora, que o atingiu com força.

Ele, com seu melhor tom cordial, lhe disse:

— Desculpe, senhora.

Mas ela reclamou:

— Você não olha por onde anda? É de se ver como as pessoas de hoje não têm consideração, são grosseiras, não olham!

E saiu gritando e resmungando. Agora esse tipo de coisa lhe causava um desencanto e um desconcerto que podiam até estragar seu passeio. Isso era uma injustiça. Sua cara mudava; por uma hora, mais ou menos, ninguém olhava para ele; seus olhos ficavam desnorteados, sua expressão se tornava humilde, e embora ele tentasse fazer uma cara além do bem e do mal, que era a que melhor lhe assentava, a cara não saía. Porque estava preocupado com pensamentos muito pedestres, mas prementes. Como foi que se esbarraram? Vejamos, ele ia perto da parede, como sempre, e de repente aparece a senhora, que talvez estivesse com a bolsa mal colocada... Mas não tinha jeito, não avançava. Então entrava num café, jogava uma água fresca no rosto e se olhava no espelho.

O espelho lhe dizia: "Sim, você é lindo". E depois ele continuava andando mais um pouco. Certa vez, quando entrou para se refrescar, encontrou um café diferente. Uns estudavam, outros debatiam algo acaloradamente, um velho bebia seu traguinho tranquilo. Ali cada um cuidava de si e, no entanto, todos pareciam estar ligados por alguma coisa. O que estava acontecendo? Não sabia, então se sentou para averiguar e porque gostava do local. A pessoa se sentia confortável ali. Mais à frente havia um rapaz loiro, mais ou menos da idade dele, todo vestido de marrom. Estava estudando algo que parecia muito apaixonante. Perguntou que horas eram a Franco, que respondeu:

— Não sei que horas são. Não me preocupo com as horas.

O outro sorriu e perguntou:

— O que você faz?

Franco disse:

— Penso, leio, ando por aí.

Falando brevemente, sua voz era sugestiva; era uma voz gostosa, um pouco gutural, mas, em todo caso, interessante.

— O que está lendo? — disse o loiro.

Franco contou que estava lendo o livro de poesia sobre o formigueiro. O loiro concordou com Franco: a falta de entendimento do formigueiro, sua falta de lucidez, de senso de liberdade e de paixão eram impressionantes. Cada um foi trazendo dados sobre a falta de entendimento do formigueiro e concordavam em tudo.

A falta de entendimento é um tema apaixonante, mas depois que a pessoa se põe totalmente de acordo a respeito de todo tipo de desentendimentos produz-se um silêncio, uma espécie de intervalo embaraçoso a partir do qual não se pode iniciar uma nova conversa. Não é possível avançar para nenhum lado. Por fim, o loiro disse:

— Quer estudar comigo? Estou lendo *Essência e existência*.

— Sim — disse Franco.

Não sabia se queria estudar. Talvez fosse algo atraente.

Começou a ler *Essência e existência* com o loiro, toda tarde, por cerca de duas horas. Franco sempre chegava primeiro, depois de caminhar um pouco. Antes que seu novo amigo chegasse, ele pensava: "Quem será que vai entrar pela porta agora?". Talvez uma rainha e um rei. A rainha e o rei se aproximariam da mesa onde ele estava sentado; o rei diria:

— Filho, cuide da rainha enquanto eu estiver ausente.

Ele cuidaria da rainha, depois o rei viria. Ele iria para onde o levassem.

Toda vez que se sentava no café, sua maior alegria era pensar que estava vindo alguém bonito, poderoso, charmoso; dirigia-se a ele, dava-lhe roupas bonitas de presente e um lugar atapetado para morar. Quando o loiro chegava, começava a ler *Essência e existência* e ele ficava ouvindo. O loiro compreendia algo e dizia: "Sem dúvida, sem dúvida", como que para si mesmo. Quando não entendia, Franco não dizia nada, e assim foram se acumulando zonas de névoa em seus conhecimentos filosóficos que o levaram a uma indiferença total. Mas não podia dizer isso para o loiro, que estava muito entusiasmado por ter descoberto toda a cadeia entre a essência e a existência que ele tinha perdido. E então, quando estudava, tinha vontade de sair um pouco à rua para ver se as pessoas olhariam para ele.

O loiro por fim notou que ele estava distraído e disse:

— Franco, não consigo estudar com você. Você se dispersa.

Franco sentiu um alívio profundo de ter sido liberado daquela obrigação. O filósofo, hesitante, acrescentou:

— A gente poderia se encontrar pra papear...

— Claro — disse Franco.

Agora ele já cumprimentava as pessoas das mesas vizinhas; ao lado havia um diretor de teatro. A peça era sobre a falta de comunicação;

cada personagem dizia seu texto, que não tinha nada a ver com o que o vizinho dizia. Era sobre a falta de comunicação e a deterioração; todos os móveis estavam em frangalhos, mas conservavam resquícios da grandeza passada; havia alimentos petrificados e uma grande teia de aranha que simbolizava o aprisionamento geral causado pela falta de comunicação e pela deterioração. Quando uma mulher, um dos personagens, dizia: "Charles chegou", logo todo o público percebia que Charles não era uma pessoa que vinha de visita; era um fantasma, ou, em todo caso, uma visita tão particular que só ela via. Agora esse diretor tinha um problema, a peça estava para estrear e todos os atores estavam brigados entre si; um deles, que fazia um papel pequeno, tinha se zangado e jurou que nunca mais os veria. Esse diretor se decepcionara com os atores; achava que eram pessoas tortuosas, com problemas; ultimamente ele não ligava muito para o talento; o que queria era dirigir pessoas boas, pessoas que dizem que vêm às cinco da tarde e cumprem isso, que não aparecem uma hora depois, pessoas que sabem conviver com os demais, que têm senso de justiça. Estava desesperado, pensando em como iria substituir o que tinha ido embora, quando viu Franco; belo rosto, belo corpo, aparência agradável. Então o chamou:

— Franco.

— Sim — disse ele educadamente.

— Está me faltando um ator. Gostaria de testá-lo pra um pequeno papel. Você se anima?

Franco ficou contentíssimo, disse que sim, achava que sim.

— Vamos lá — disse o diretor. — Diga: "Essas tardezinhas de outono me fazem sonhar".

Franco, de maneira um pouco precipitada, disse.

— Bom — disse o diretor. — Não foi ruim. Tem que levar em conta o nervosismo, porque você é novo. Além disso, a voz é boa. E um pouco de nervosismo, num ator novo, é natural, é natural. Eu diria até que é um bom sinal.

Foi assim que Franco, dia após dia, depois da sua caminhada, ia ensaiar. Tinha de esperar uma hora para dizer: "Essas tardezinhas de outono me fazem sonhar". E paradoxalmente, embora só dissesse isso, ficava o tempo todo pensando no momento em que entraria e falaria. Ele mesmo, com os conselhos do diretor, aprendera a se controlar, a dizer isso de certa maneira; no entanto, sentia certa curiosidade para saber como diria, como se estivesse espiando a si mesmo; pensava em que tom, em que velocidade etc. diria: "Essas tardezinhas de outono me fazem sonhar". A notícia já se espalhara por todo o café: Franco é ator. Agora ele não pensava mais no rei e na rainha; desde que se tornara ator tinha ficado mais dinâmico, visitava diferentes mesas; sentia-se com asas nos pés; quase podíamos dizer que ele não tinha medo de interromper ninguém.

Certo dia, um rapaz do café lhe perguntou:

— Franco, você é ator?

— Sim — disse Franco com certa dignidade.

— E por que não nos convida pra ver a peça?

Não sabia por quê, mas não queria convidá-lo para ver a peça.

— A temporada está terminando.

— Justamente por isso, porque está terminando — disse o rapaz.

— Bom, não sei se vai haver ingressos disponíveis...

— Mas queremos ir — disse o rapaz, fazendo-se de porta-voz do grupo.

Não os convidou, mas eles apareceram. Quando os viu, ficou mais nervoso que de costume; em vez de passar meditativo pelo palco, passou rápido dizendo: "Essas tardezinhas de outono me fazem sonhar", e, como sua voz era monocórdia e grossa, saiu-se mal.

No dia seguinte, sentou-se à mesa daquele rapaz que o deixara nervoso. Chamava-se Guillermo. Esperava algum comentário, bom ou desfavorável, e entrou lá com a ideia de encontrar a mesa e as caras mudadas, como se as caras, a mesa e as xicrinhas tivessem de mudar, já que ele tinha atuado e eles o viram; mas não.

Guillermo, com cara neutra, com a mesma expressão de sempre, falou:

— Ei, Franco, essas tardezinhas de outono me fazem sonhar.

Franco não sabia como encarar aquilo e sorriu, desorientado. Guillermo bebia vinho e nos últimos tempos Franco também bebia um pouco, embora evitasse porque afetava sua voz. Mas dessa vez bebeu dois copos e se animou a perguntar o que ele tinha achado da peça. Guillermo, em tom de deboche, imitando a voz grossa de Franco, disse outra vez: "Essas tardezinhas de outono me fazem sonhar".

Franco percebeu o dito como uma injustiça contra ele, mas de um modo novo; à percepção da maldade, à vergonha, à violenta sensação corporal de desconforto se unia algo novo: uma grande amargura e um desgosto. E, valendo-se da sua vergonha, da sua amargura e do seu desgosto, ele, que nunca batia em ninguém, pegou uma cadeira e quebrou-a na cabeça de Guillermo. No café, essa briga foi muito comentada. Alguém disse: "Não há nada pior do que a violência de um novato. Quando um inexperiente bate, bate com tudo e é capaz de tudo". Essa frase, num passe de mágica, foi subscrita por todos, menos pelo velho senhor que bebia seu vinho a sós, pois não ficou sabendo de nada. Essa briga lhe deu uma fama confusa; por um lado, riam daquele acesso de raiva; por outro, tinham certo medo.

Quando Franco saiu do café, sentiu-se bem. Tão bem que por um momento não olhou para ninguém na rua, como costumava fazer. Sentia-se ao mesmo tempo muito denso, muito carregado e muito tranquilo. Começou a pensar: "Não, não volto mais para aquele lugar. Não piso mais lá". A peça tinha saído de cartaz e ele se disse: "Preciso trabalhar". Depois de ruminar sobre a questão do trabalho, olhou ao redor, viu uma mulher de cerca de trinta anos. Ela lhe devolveu um olhar que não era de admiração total. Esse olhar parecia dizer: "Sim, é possível".

Então reafirmou seu propósito de trabalhar. Entrou num escritório. Uma moça lhe explicou o trabalho e o ajudou nos primeiros dias; às vezes, ela o via com aquela cara meio desolada, meio consternada, além do bem e do mal, e lhe dizia com carinho:

— O que você tem?

— Nada. Estou pensando.

— Pensando no quê?

— Em nada, em nada. Melhor pararmos por aqui.

Ela começou a ter curiosidade pelo que ele pensava. O que pensará? E contava para as amigas que no escritório havia um homem de expressão misteriosa, com cara de quem tem pensamentos complexos e elevados.

Também desconfiou que ele tivesse uma grande dor, ou talvez um segredo que devia levar nas costas e lhe pesava. Começou a se preocupar, a cuidar dele. Franco se acostumou a esses cuidados. De vez em quando, dizia: "Ah!", com um ar desencantado. Esse mistério a torturava; tornaram-se mais íntimos e ele pensou que talvez pudesse morar ou se casar com ela. Mas quando ela começava a falar da casa em que viveriam, dos móveis que poriam, ele sentia uma espécie de estranhamento. Pensava: "Casa? Móveis?", como se tudo fosse irreal, impossível. Ele pensava: "Não será próprio de medíocres ter casa e móveis?". Além disso, teriam uma casa pequenininha, com certeza.

Agora ele não falava mais "o formigueiro"; falava "pessoas medíocres". Mas não era capaz de dizer para ela que não tinha vontade de se casar, pois não conseguia interromper a concentração dela nos móveis, nas panelas. Com ela, acontecia uma coisa estranha; de tarde, quando via aquela cara indiferente dele, ela desanimava; mas na manhã seguinte se esquecia daquela expressão e entrava no ritmo das compras e escolhas, que era muito agradável. Finalmente, quando não pôde mais ignorar que ele estava alheio a todo esse projeto, ela disse:

— Mas o que há com você?

E Franco respondeu:

— O ser humano está radicalmente só.

Ela, pensando em todas as panelas que havia comprado, disse:

— Você é um bosta.

E ele foi embora, para não entrar em discussões medíocres.

"O homem está radicalmente só", Franco repetia para si mesmo. Esse pensamento, aparentemente tão desconsolador, o consolava e o estimulava: "Ah, a solidão em meio à multidão, em meio aos que não compreendem". E já que estava radicalmente só, por que não podia ir um pouco ao café? Quem encontraria lá? Ainda estariam lá um ano depois?

Com todas essas repreensões mútuas e o rompimento, fazia dois dias que não tomava banho. Depois do banho, pensou: "Como um banho revigora!". Logo estava na rua e continuava admirado: "E pensar no quanto a gente muda depois de um banho". Não, esse pensamento não o favorecia; ninguém lhe dirigia o menor olhar. Tentou se concentrar. Vejamos: "O homem está radicalmente só". "O homem não é só o homem, é também sua circunstância." "O homem e sua conjuntura." "O homem e seu habitat."

O "habitat" do café estava exatamente igual, só que o velho que tomava seu trago não estava mais lá.

Guillermo, com quem ele tinha brigado, o viu entrar.

— Franco! — gritou. — O que anda fazendo? Onde você se escondeu?

— Não me escondi — disse Franco, meio irritado; e acrescentou: — Estou no mesmo lugar de sempre.

— Ah!... — disse Guillermo. — Bom, eu já estava de saída, mas espero revê-lo.

— Claro, claro — dizia Franco.

— Apresento-lhe meu amigo, Gustavo.

Gustavo estava todo vestido de cinza, era gordo, e sobre o cinza, como que para ter um toque de cor, usava um cachecol escocês pequenininho.

— Bom, chê, eu já vou indo — disse Guillermo a Gustavo. — Continuamos outro dia.

Franco disse:

— Interrompo uma conversa?

— Não, não — disse Gustavo.

Fazendo referência a algo anterior, Gustavo disse a um rapaz baixinho:

— Pra mim isso é alienação simples.

— Pra mim é uma alienação de segundo grau — disse o rapaz baixinho. Esse rapaz não estava bebendo nada e mantinha as mãos apoiadas em sua pasta. "Que interessante o que eles dizem", pensou Franco. "É realmente interessante." Mas quem mais está no café? Lá está Rolando, com seus ares de aristocrata. Está mais velho, mas continua com ares de aristocrata.

Quando estava indo cumprimentá-lo, chegou uma moça e parou ao lado do rapaz da pasta. Ele a apresentou:

— Minha companheira.

A companheira dirigiu a Franco um olhar implacável. Franco aproveitou e foi até a mesa de Rolando. Rolando, cortesmente, como se na vida não houvesse passado, presente e futuro, ou melhor, como se eles se encontrassem em outra vida que não era esta, ou como se o tivesse visto dois dias antes, perguntou:

— Como vai, Franco? O que tem feito da vida?

— Bem, bem — disse Franco, meio desconcertado, sem saber a que se devia esse desconcerto. Mas Rolando lhe causou a admiração de sempre. Essa falta de ênfase, esse tino, nem uma palavra sobrando...

— E suas coisas? — perguntou Franco.

Não lembrava direito o que Rolando fazia.

— Vão indo, chê — disse Rolando com charmosa displicência. — Você numa época fazia teatro, ou me confundi?

— Fiz por um tempo — disse Franco, reticente.

— Uma peça que se chamava... não era *Só algumas concomitâncias*?

— Não, era *Só algumas ressonâncias*.

— Ah, é. *Só algumas ressonâncias*.

A duas mesas de distância, sentou-se uma mulher de uns trinta e cinco anos, altiva e aparentemente muito segura de si. Franco a olhou e olhou seu casaco; não sabia o que era mais estupendo: se ela ou seu casaco. Franco ficou pensando: "Ela me levaria pra casa dela, eu também teria um sobretudo bonito. Tomaríamos chá num jardim". Olhou-a, mas ela fingia que não era com ela. Rolando lhe disse:

— Tem interesse em conhecê-la?

Rolando a conhecia! É claro, como Rolando não a conheceria. Eram um rei e uma rainha. Rolando, agitando as mãos para ela numa espécie de saudação divertida, chamou-a.

— Mónica!

Mónica se levantou, agradavelmente sobressaltada, aproximou-se e disse a Rolando:

— O que anda fazendo, meu amor?!

Rolando disse:

— Como vai, tesouro?

Diziam "tesouro" e "meu amor" como se fossem nomes próprios, por exemplo, Florencio e Susana. Ela olhou Franco de soslaio. Rolando, com aquele bom-tom, com aquele tino para perguntar sobre os assuntos alheios, lhe disse:

— Como vão suas coisas?

— Estão andando — disse ela.

Era como se as coisas caminhassem sozinhas, com rumo escorregadio.

— Bom, querido — disse ela. — Já vou porque estou apuradíssima.

Disse "querido" como se tivesse dito "Antonio".

— Vá cuidar das suas coisas, vá cuidar das suas coisas — disse Rolando.

Que homem mais prudente e respeitoso com os assuntos dos outros.

— O que ela faz? — disse Franco.

— Acho que é alguma coisa que tem a ver com vendas. Se me perguntar o quê, não me lembro.

Franco deu uma olhada na mesa onde estava sentado antes. O rapaz da pasta continuava com as mãos sobre ela. Gustavo falava sem parar. A companheira não falava, mas participava com os olhos e ouvia com o corpo inclinado para a frente. Teve vontade de voltar para lá mais um pouco; claro que tinha medo de interromper, mas pareciam tão animados!

Não era preciso explicar nada para Rolando porque ele entendia tudo: hoje estamos numa mesa, amanhã em outra; hoje estamos, amanhã não estamos, e assim por diante. Mas Rolando percebeu que Franco iria para outro lugar e, quando Franco estava para se despedir, momentaneamente se distraiu, como se estivesse ensimesmado em suas coisas. Franco disse:

— Até outro dia, Rolando.

Rolando, aparentemente sobressaltado, disse-lhe com certo calor, claro que sem perder seu tino habitual:

— Até sempre, até sempre.

E voltou para a mesa de Gustavo. A rainha não lhe dirigira um único olhar. Agora Franco não sabia se ela estava ou não estava no café; outras pessoas encobriam a mesa onde ela estivera sentada.

Que divertido não saber se ela estava ali ou não estava; bah, lhe faltava um dente. Ela não tinha um dente. A mesa de Gustavo era como uma sessão contínua de cinema; a gente podia entrar a qualquer momento e o fogo sagrado da conversa estava sempre aceso. O tema era a alienação, com todas as suas implicações. A alienação era como um desses animais marinhos que têm tentáculos; todos relacionados entre si, já que era um organismo vivo; por exemplo, uma pessoa tocava o tentáculo da sociedade de consumo e, por alguns instantes, se a pessoa conseguisse se expressar com lucidez e eloquência a respeito disso, o tentáculo se retraía; uma momentânea sensação de triunfo acometia os presentes por terem pegado o touro pelos chifres no caso da sociedade de consumo. Produzia-se um silêncio e outro tentáculo do monstro emergia: os meios de comunicação de massa e sua perniciosa influência na educação das crianças.

Sim, Gustavo, o baixote da pasta e sua companheira tinham razão. Quando todos juntos pisassem e vencessem o monstro de mil cabeças, o ser humano se libertaria de toda uma série de imposições absurdas, todos juntos inaugurariam uma vida mais humana, mais natural. Para que tomar Coca-Cola e Crush se a água é melhor e mais natural? Que necessidade há de usar sabão em pó se a gente pode até fabricar sabão em casa? Então não poderíamos ter nada em casa? Podemos ter livros, discos, concertos gravados. O rapaz da pasta tinha um amigo que percorrera a Puna. Teve a ideia de ficar num pequeno povoado de pastores de cabras analfabetos. Em meio ao silêncio impressionante daquele deserto, conversando com um velho nativo do local, pegou seu gravador portátil e pôs a *Sinfonia nº 2* de Beethoven. O velho ficou extasiado porque era puro; seus ouvidos eram puros. O deserto era puro e o rio que corria por ele também; nós, se não tomarmos medidas urgentes, morreremos sufocados pelo lixo. Qual é a *Sinfonia nº 2* de Beethoven? A que começa assim, "taratatá"? Não, animal, essa é a nº 4.

Entusiasmado com a conversa, Franco quis intervir e disse:

— Li na revista *Gente* que...

A companheira o fitou com profundo desprezo.

— E você lê a revista *Gente*?

— No barbeiro — disse Franco, timidamente —, é claro que eu não compro. Você pensou que eu tinha comprado? Ora, por favor...

— Nem no banheiro — disse a companheira.

A revista *Gente* era para os frívolos; portanto, ele era uma pessoa frívola. O olhar da companheira para ele era cada vez pior; não ouvia o que ele dizia, e ele acabou por não dizer mais nada. Como nunca dizia nada, nem notavam que ele existia; um dia ele estava cansado e disse:

— Bom, já vou indo...

E ninguém perguntou se ele tinha alguma coisa para fazer, nem por que estava indo embora. Saiu e disse com seus botões: "Eu não devia mais voltar, talvez". Não dizia: "Não volto mais", porque sabia que às vezes dizia isso e depois voltava. Enquanto pensava nisso, foi tomado por uma espécie de angústia, uma vontade de chorar, mas não desesperadamente; era como uma água que lhe vinha aos olhos. Não sentia nada intenso, era como uma garoazinha que aparecia sem seu consentimento, persistente e sorrateira. Se ele se distraía e pensava em outra coisa, de repente a garoa voltava. Era tão persistente que acabou por chateá-lo. Olhou-se no espelho para ver como era esse que chorava; seu rosto estava murcho, tinha fios grisalhos que nem sequer eram definitivos ou categóricos; seu rosto estava apagado.

— Bom — disse Franco. — O cabelo já não tem aquele topete alto. Então também não posso usar sapatos assim. Se o cabelo é plano, devo usar sapatos planos.

Comprou sapatos sóbrios, de cavalheiro. Além disso, esses pulôveres de gola alta que caem bem quando a pessoa está com uma cor boa; quando a pessoa está pálida, meio murchinha, digamos, essa gola alta toma conta dela, é como se a pessoa quisesse esconder o rosto com a gola. Que tal uma golinha branca, sóbria, lisa, que quase não dê para ver, com um pulôver de cor discreta, não cinza, para não parecer um sacerdote? Sim, isso fica bom. A verdade é que isso lhe caía muito bem. Não ia ficar em casa assim tão bem-vestido. Fazia tempo que não ia ao café. Guillermo estaria lá? Ninguém nunca mais viu Guillermo. Rolando? Rolando agora parava em outro café; ia com outras pessoas. Sentou-se e se lembrou de como Rolando chamava o garçom: "Gaarçom", dizia, acentuando a primeira sílaba e fazendo um esboço de canto no final, sem humildade nem arrogância. O garçom veio correndo, ele era um cavalheiro. Como cavalheiro que era, podia engraxar os sapatos, e enquanto o homem engraxava, fez sua cara de além do bem e do mal. Mas pensava: "Guillermo não está aqui, Rolando não está aqui e não tem ninguém conhecido. Se pelo menos Corrales aparecesse...". Antes Corrales sempre passava por lá, ia e vinha, ia e vinha, despontando a cabeça pela porta. Às vezes alguém o deixava se sentar à sua mesa. Era considerado uma pessoa medíocre... Mas devia entender muito de numismática, quem sabe...

Agora Corrales também não aparecia, vê-se que tinha algo melhor a fazer do que ir lá. Seria possível que não houvesse nenhum conhecido nas mesas, na rua, nem mesmo um conhecido de vista? Era como se o mundo tivesse outra órbita, outro eixo, outros desígnios. Pediu um uísque. Ao começar a bebê-lo, ele se deu conta de que seus pensamentos e toda a órbita seriam exatamente os mesmos depois que o tivesse bebido. Daria na mesma se pedisse um canguru assado. De repente, alguém o tirou dessa sensação; viu um conhecido, conhecido de muito tempo atrás. Era o vendedor de Bíblias; ninguém nunca soube como ele se chamava, e ninguém perguntava. Era um homem velho há anos, mas agora não estava muito mais velho. Vestia-se igual no inverno e no verão; no inverno não usava meias. Continuava entusiasmado, sem usar meias, percorrendo as mesas. A cada dez mesas que percorria, numa delas alguém mantinha uma breve conversa com ele; ele ficava impassível; para ele, tanto fazia que o aceitassem ou o rejeitassem, porque estava cumprindo uma missão, propagar a palavra de Deus. Assim que Franco o viu, aproximou-se a passos largos, e Franco, que sempre o considerara um medíocre, disse:

— Sente-se. Quer um café, alguma coisa?

— Obrigado — disse o vendedor de Bíblias.

Nunca tomava nada. Pegou a Bíblia, abriu-a no livro das profecias e começou a ler todas as calamidades que o profeta Ezequiel vaticinava porque havia muitos réprobos. Era impossível interromper o vendedor de Bíblias; nem Franco nem uma pessoa muito mais experiente conseguiriam fazer isso. Por que deveria expulsá-lo da mesa? Pediu outro uísque e se sentiu confortado; estava vivo, podia gastar um pouquinho, a temperatura era agradável. Tinha se desligado totalmente do que o vendedor de Bíblias estava dizendo; de vez em quando ouvia algo como "mas Jonas, então", ou "nunca deves dizer". Em certo momento, o vendedor levantou o dedo e disse: "O caminho é estreito". Franco o olhava como se o ouvisse; de vez em quando lhe chegava alguma coisa solta; não importava. Uma sensação nova e alegre o invadiu. Estava vivo e tinha uma espécie de esperança; não sabia de quê, mas não importava.

Pascual di Genaro, *operiartist*

Pascual voltou da Suécia. Que Pascual? Aquele pintor que ia às reuniões de Casariego, há alguns anos? Não, não era o boliviano, era um de bigode, quietinho, que pintava uns porcos meio quadrados. Bom, não importa, a questão é que ele expôs na Suécia e parece que até trabalhou com Bergman, então vai haver uma reunião na casa de Alejandra.

Quase ninguém se lembrava de Pascual, só um ou dois recordavam uns desenhos de porcos feitos a lápis, esfumados; todos os porcos eram parecidos. Também desenhava operários com o macacão de trabalho; os operários, os porquinhos e Pascual tinham a mesma expressão e aparência: eram meio largos, chatos e de olhar triste. Não expressavam uma tristeza profunda ou uma alma rebelde; pareciam dizer algo como: "Fazer o quê, tem que aguentar".

Pascual pintava esses operários achatados porque pertencera a um grupo cujo diretor dizia que a pintura deve ser engajada e politizada; esse homem ultimamente pintava indígenas coyas e a Pachamama, que por si sós são largos e chatos, fazia-os em cores brilhantes, com umas perninhas muito bonitas e uma assinatura que parecia fazer parte do desenho; muitas pessoas compravam coyas em vermelho e amarelo, brilhantes, grandes como Sansão, e os penduravam na sala. Ele não podia ir à recepção de Pascual; lamentava, mas justamente tinha outro compromisso.

Pascual estava agradecido pela reunião; mas, na verdade, quem o convidara? Só conhecia outro pintor, de vista, dos tempos em que ia copiar modelos na Bellas Artes. Uma mulher o convidou, disse que se chamava Alejandra; tinha a voz rouca, parecia tomar Pernod, absinto e rum; via-se que era moderna e distinta. Sorte que conseguiu anotar o endereço direito.

Desde a sua chegada, ele não entendia o telefone de Buenos Aires; era diferente do da Suécia e não conseguia se acostumar a falar pelo sistema daqui.

Quando ele foi embora, dez anos antes, os garçons dos cafés usavam um paletó diferente, em geral eram homens mais velhos e levavam a bandeja no alto; agora ele via com espanto que a bandeja esbarrava nas pessoas que passavam e ele podia esperar meia hora até que o garçom voltasse com a conta. Agora não olhavam nos olhos do cliente como quem diz: "Sim, já vou"; vinham quando queriam.

Os balcões não tinham estanho, as tortas não estavam mais sob a redoma de vidro e ninguém ia à Costanera Sur, onde está a fonte de Lola Mora e aqueles restaurantes com parque e pérgula; agora os ratos passeavam por ali.

Porém, logicamente, tudo muda, tudo evolui e ele se sentia um pouquinho perdido porque tinha acabado de chegar. É preciso tempo para se adaptar. Ele se lembrava do tempo que demorou a se adaptar na Suécia; nada era como em Buenos Aires.

Primeiro trabalhou como cozinheiro e, quando foi pedir trabalho pela porta principal, cortaram a sua passagem e disseram que entrasse pela porta de serviço. Ele, um artista pintor. Depois foi pintor de paredes e numa das casas que pintou conheceu uma moça que era vegetariana e da seita dos devotos do bom Jesus; morou dois anos com ela; antes de irem morar juntos, no inverno ela marcava encontros com ele numa praça; sempre demorava muito; certa vez, ela demorou mais que de costume, e o nariz e o hálito de Pascual congelaram. Por fim, conseguiu um emprego fixo; era bom para sua segurança, mas nocivo para sua imaginação criadora.

Foi contratado como desenhista de fósseis no Instituto de Arqueologia de Estocolmo; devia reproduzir com perfeição cada vértebra do dinossauro ou do megatério e reduzir esses monstros ao tamanho de uma ilustração. Não, isso matava a inspiração criadora. Quando não conseguia copiar direito as vértebras ou quando, depois de ter copiado o bicho inteiro, percebia que estava faltando um osso, pensava que os dinossauros tinham existido só para ferrá-lo; mas, quando pensava que graças a eles comia regularmente e não entrava mais pela porta de serviço, sentia uma espécie de gratidão.

Primeiro sofreu muito quando se separou dessa namorada; ela queria que ele se convertesse à religião do bom Jesus. Não era permitido fumar, nem beber, nem comer carne, porque é cadáver.

Com o tempo, dominava de imediato qualquer megatério ou o que quer que fosse. No começo, não. Nos primeiros tempos, quando o via, até pegar o jeito sentia um mal-estar persistente diante daquele volume imenso que carregava tantos ossos com uma inocência estúpida. Quando dominou bem o problema, ao sair do trabalho podia beber uns vinhos em paz e comia toda a carne que lhe apetecesse.

Alejandra, a dona da casa, estava com um pulôver e uma calça preta e sapatilhas árabes. Eram velhos, mas, pela desenvoltura com que se deslocava e movia o cabelo, notava-se que escondia vestidos melhores ou que já os tivera. Disse que tinha de se mudar de casa, mas isso não parecia preocupá-la; parecia uma pessoa capaz de mudar de casa todo mês; também não controlava algo que estava no forno. Quando Pascual chegou, disse a todos:

— Este é Pascual, ele veio da Suécia.

No mesmo instante, gritou:

— As empanadas!

Foi um misto de grito e de relincho e ela correu para a cozinha, arrastando no caminho um homem alto e moreno.

Da cozinha se ouviam risadas e relinchos; Pascual pediu licença para sentar-se e ninguém achou que fosse necessário concedê-la.

— Afinal, vamos ganhar, porque o papai vai nos ajudar. Você acha que o velho não sabe o que é preciso fazer?

Isso foi dito por um rapaz de grandes bigodes negros.

— Sim — disse uma loira magrinha, que tinha cara de passar de adolescente a velha, sem transição. — Mas há fatores que não devemos subestimar.

"Que fatores? Que papai?", pensou Pascual. "E o que ganhariam?"

Desistiu de entender a conversa e passou a olhá-los. Pensava: "Que argamassa os une?". Numa poltrona grande havia um casal já mais velho, que olhava tudo com ar benevolente. Ela usava óculos e um vestido até o chão; ele era careca e parecia rico. Essa mulher mais velha usava seu vestido longo como se o usasse habitualmente só para ficar em casa, para descascar batatas, por exemplo.

Havia um rosto do qual Pascual se lembrava; claro, era o sujeito da Bellas Artes. Estava sentado sozinho e não falava com ninguém. E os outros? Eram pintores e não falavam de pintura? Falavam da renda *per capita*, de os metalúrgicos serem filhos da puta ou não. Pascual notou que essa expressão tinha perdido toda a sua força terrível; a loira de constituição adolescente, com uma voz calma e doce, disse:

— Olhe, mais filhos da puta neste momento são os gastrônomos.

— Meus doces ouvidos acusam o que uma joinha que eu conheço está dizendo dos gastrônomos.

Era o homem moreno que estivera relinchando na cozinha com Alejandra; traziam as empanadas. A voz dele era sarcástica, agressiva, zombeteira, mas de tom neutro.

A loira franziu os lábios e Alejandra disse:

— Bom, crianças, as empanadas.

Colocou-as sobre a mesa, mas dava a impressão de que seu uso era opcional; a qualquer momento a dona da casa podia lançar duas ou três delas num jogo do sapo. Estava sentada feito um monge budista numa poltrona e perguntou a Pascual:

— O que você conta da Suécia, meu filhinho?

Era uma mulher da idade dele, de uns quarenta anos. Como é que o chamava de "meu filhinho"? Era um apelido carinhoso? O homem moreno que a ajudava a assar empanadas estaria aborrecido por isso? Que argamassa a unia a esse homem?

Dez anos antes, quando ele foi embora, ainda havia gente que dizia: "Melhorando o presente", ou "Sem menosprezar o presente" e alguns diziam palavrões, claro; ele tinha um amigo que falava palavrão o tempo todo, mas depois acrescentava: "Com o perdão das senhoras presentes".

Lembrando disso tudo, Pascual disse com a voz fraca:

— Em que aspecto?

— Em qualquer um, sei lá — disse Alejandra.

— Bom, os suecos são muito diferentes de nós. Vou mostrar uns recortes.

A loira de aparência adolescente se aproximou como um aluno que vai para a primeira fila para ouvir melhor o professor; sentou-se aos pés de Pascual, com a mão no queixo. O homem moreno ia e vinha da cozinha, pois estava nervoso; Pascual não acabava nunca de abrir sua pasta, que devia ter umas setenta correias, fazia isso com toda a lentidão. Justo quando ele tirava os recortes, levou um susto com uma espécie de grito; era Alejandra, que encontrara algo picante na empanada. Ela lhe pediu que continuasse, só ia lavar a boca, e foi para a cozinha com o homem moreno. Pascual pegou um jornal, escrito em sueco, em que havia seu retrato e uma reprodução do quadro dos porquinhos. Em cima se lia: "Pascual di Genaro, *operiartist*".

Para ilustrar que os suecos são muito diferentes de nós, viu-se obrigado a traduzir o comentário. Nele, era mencionado como um caso insólito, como um fenômeno. A nota dizia: "Cozinheiro, carpinteiro, pintor de paredes e artista pintor". O homem moreno, que já tinha tomado bastante vinho, achou que Pascual era um pateta. Que necessidade havia de traduzir essa nota na qual ele era mencionado como uma curiosidade, como um fenômeno? Era tão pateta que seus sentimentos morais o instavam a ajudá-lo. Quando uma pessoa ultrapassava a barreira do som em matéria de ingenuidade, ele se sentia tentado a protegê-la.

— O importante — disse — é que aparece sua foto e sua obra (disse "obra" com a voz um pouco pomposa). Não é qualquer um que pode se dar a esse luxo. Você pode se apresentar com isso ao melhor *marchand* de Buenos Aires e dizer: "Este é um jornal da Suécia". Aí se vê sua obra, aí está você, sem tirar nem pôr, que curiosidade, que nada! Quem entende sueco por aqui?

Pascual não parecia totalmente convencido. Começou a falar com calma, como que recordando:

— Quando eu desenhava os fôsseis...

— Os o quê? — disseram.

— Os fôsseis — disse ele. — Eu reproduzia fôsseis no museu de Estocolmo.

— Devem ser "fósseis" — disse a loira.

— Bem — disse —, eu precisava fazer com bico de pena e nanquim, tinha que tomar muito cuidado pra que a pena não borrasse...

Talvez pelo vinho, ou pelo ambiente estar aquecido, como num passe de mágica ouviu-se um disco e logo todos estavam dançando, menos o casal mais velho, que olhava sorridente, e Pascual e aquele homem que não falava. Pascual guardou seus recortes, fechando de novo as setenta correias, e o homem se aproximou dele.

— Conheço você da Bellas Artes. Não ia lá fazer modelos nos tempos do Nigro?

— Não — disse Pascual. — Ia nos tempos do Spilimbergo.

— Ele morreu. Acho que morreu, não sei direito, porque andei muito fora do país. Eu navego. Aportamos em Estocolmo no inverno passado. Fizemos Cidade do Cabo, Frankfurt, Estocolmo. Aportamos em Estocolmo dessa vez? Sim, é isso mesmo. Bem, pode-se dizer que continuo nas artes plásticas.

Olhou em volta, todos dançavam.

Pascual ergueu a taça e disse:

— *Skål!*

— *Allt Bra! Skål!* — disse o homem.

Quando Alejandra viu que brindavam, falavam em sueco e batiam as taças, parou de dançar por um momento e se aproximou para olhar; não entendeu nada e voltou à dança, mas, enquanto os outros dançavam, eles mantiveram seu prestígio em alta.

Depois Pascual e seu novo amigo brindavam: "Nazdarovia", "Nazdarovia"; agora todos dançavam colados, ninguém lembrava que a festa era em homenagem a Pascual. Pouco a pouco, foram indo para os quartos quase sem dar na vista. Quando ficou tarde e não restava ninguém, Pascual e esse homem caminharam um trecho juntos e cada um foi para sua casa.

A casa de Alejandra era diferente das outras. Não dava para saber, por exemplo, se alguém era visitante ou residente. Havia visitas residentes, com certos direitos outorgados pela antiguidade de permanência; podiam ler num canto sem cumprimentar as visitas esporádicas, por exemplo. Dava para saber se uma visita era esporádica ou residente pelos gritos com que era recebida pela dona da casa. Esta, sabendo que Pascual morava num hotel miserável, convidara-o a se alojar ali por um tempo, para que contasse sua vida na Suécia. Como para a hóspede de *As mil e uma noites*, a estadia de Pascual nessa casa confortável dependia dos relatos que fizesse. Quando chegou, Alejandra, como se ele fosse um conhecido da vida toda, abriu os braços e disse:

— Pascual!

Na cozinha havia dois homens cozinhando que nem olharam a entrada do hóspede; preparavam, com toda pompa, cordeiro, congro-rosa assado, refogado de lentilha com toucinho e pimenta, frango assado no sal grosso, para o qual era preciso encher todo o forno de sal.

No armazém, quando pediam feijão-branco, endívias ou três quilos de sal, o dono os olhava com cara de asco, como se seu ofício o levasse a fazer coisas baixas ou vis. Pois sabe-se lá com que objetivos pediam aquilo.

— Lá, as torneiras — disse Pascual — são mais redondas e de bronze, e o bronze facilita uma melhor condução do líquido, e os filtros de água, em vez de ficarem embaixo da terra, estão instalados no próprio sistema de torneiras.

— Que notável! — disse Alejandra. — Vou tomar uma vodca com pimenta.

Ninguém perguntou mais nada sobre as torneiras da Suécia. Quem havia perguntado sobre a situação da mulher era a loira que tinha cara de passar de adolescente a velha sem transição.

Pascual dizia:

— Bom, depende, tudo é relativo. Depende se ela é casada ou solteira, jovem ou velha, sueca ou estrangeira.

A loira, com raiva por haver tantas opções, disse:

— Velha e estrangeira.

— Bom — disse Pascual. — Nem todos os estrangeiros recebem o mesmo tratamento: há espanhóis, marroquinos, italianos, são diferentes os do Norte e os do Sul. Vamos ver, sim, falei direito: italianos, espanhóis, marroquinos, estou me esquecendo de alguém?

Mas a comida já estava numa travessa imensa. A loira comeu muito arroz picante, bebeu vodca e vinho e vomitou. Não, não tinham interesse em saber sobre as torneiras ou a situação da mulher. Ele teria de pensar em outros temas. Lembrou-se de Gunstrom Munsem, o melhor pintor sueco, que quase ninguém conhecia, porque vivia recluso numa cabana, numa ilhota, com temperatura de trinta graus abaixo de zero.

O homem moreno disse:

— Foda-se. Quem vai pensar em ir procurá-lo lá?

Nada lhes interessava; só a vida erótica dos suecos, e ele, embora tivesse morado dez anos lá, não podia saber o que se passava nos cem mil apartamentos de Estocolmo; além do mais, não ia contar a esses comedores de congro-rosa sua vida sexual com a companheirinha da seita do bom Jesus. Uma vez, quando todos tinham bebido bastante vinho e gim, sentados no chão sobre umas almofadas volumosas, Pascual estava sentado ao lado de Alejandra, então disse:

— Eu limpava bem meu bico de pena, preparava o frasco de nanquim...

— Com o que você limpava o bico de pena, tesouro?

O que essa mulher queria? Chamava-o de "tesouro". O homem moreno se irritaria? Não, agora ele estava com a loira. O homem moreno estava olhando? Não, não estava.

Então Alejandra o levou para a cama, para que ele contasse com mais detalhes como desenhava os fósseis.

Agora não se cozinhava mais nessa casa. Emolduravam quadros, serravam, amontoavam folhas, passavam a vida jogados no chão. Entravam e saíam vinte vezes da casa; Alejandra trabalhava muito junto ao homem moreno. Este disse a Pascual:

— Pascual, *operiartist*, por que não expõe com a gente?

E ele disse:

— Não, não tenho obra. Ainda estou me adaptando a Buenos Aires, tudo a seu tempo.

Como uma praga de gafanhotos, com malas compridas e finas, foram para Rosario e Alejandra lhe disse:

— Pascual, cuide da casa pra mim.

Ele ficou contente porque acabou toda aquela precipitação. Por sorte, agora dominava o telefone de Buenos Aires e queria ligar para o artista plástico marinheiro. Vá saber como ele reagiria ao telefonema; as pessoas são muito imprevisíveis.

Ia procurar uma hora adequada; afinal de contas, devia descansar da nuvem de gafanhotos.

E pensar que ele estava em Buenos Aires! E pensar que antes ele estava na Suécia!

Só agora ele realmente se dava conta de que estava em Buenos Aires, num apartamento silencioso, onde só havia mel, pão e gim. Sim, de noite ligaria para o marinheiro que estava nas artes plásticas.

Tinha vontade de lhe perguntar tantas coisas! Por exemplo, se ele se lembrava de quando o colorado Santillán roubou o papagaio que usavam como modelo.

O artista plástico marinheiro passava a maior parte do tempo viajando e sempre sabia tardiamente das coisas que aconteciam em terra. Sua mulher, de quem estava separado, tinha morrido e ele só soube do ocorrido dois anos depois. O fato de não terem lhe contado causou-lhe uma surda irritação e também a sensação de ser desclassificado socialmente, de não ser considerado. Para se situar de novo, sempre se perguntava: "Quando é o Carnaval? Quando é o Natal? Quando verei a Ursa Boreal?". Era como se sua viuvez, em vez de lhe causar tristeza, tivesse lhe causado asco e frio. Andava muito bem asseado e muitas vezes usava uma desanimada camisa marrom, xadrezinha. Falava pouco e só o necessário, exceto se se tratasse de temas artísticos. Pascual disse:

— Você acha que toda essa pressa, toda essa ânsia de apresentar a obra de qualquer jeito, pode levar a alguma coisa boa?

— Pensemos que Michelangelo demorou quarenta anos pra remodelar a Capela Sistina, que Tintoretto retocou a vida inteira sua obra-prima e, sem ir mais longe, não é preciso ir mais longe, Van Gogh se trancou durante meses pra pintar sua *Planície*.

— E que se façam obras em pequenos formatos, porque a moldura é menor, a tela mais barata e tudo fica pronto mais rápido?

— Bom... — disse o marinheiro. — Não vamos esquecer que na exposição de 1852, foi em 1852 ou 1853, na Anual de Paris? Falei certo, 1852, Buffet apresentou obras em pequeno formato, mas na verdade foi uma exposição complementar... Mas tinha um sentido, uma explicação, porque uma exposição assim, solta...

— É a isso que me refiro — disse Pascual. — Se pensarmos na coerência de uma obra como a de Tintoretto...

— Sem ir mais longe, tomemos o exemplo de Mondrian.

Pascual levou o pão, o mel e o gim para a mesa. Serviu-se de uma fatia de pão com mel e ofereceu uma ao artista plástico marinheiro.

— Não, obrigado — disse ele.

Ele não comia pão e mel com gim porque a mistura não era estética. Aceitou, sim, um gim. Beberam com moderação três gins. No terceiro, o marinheiro artista plástico lembrou a coragem de Gauguin quando largou o emprego e a família e foi para o Taiti. Pascual lembrou que a família de Gauguin lhe mandava algum dinheiro (Pascual falava "Taíti").

Como não havia ninguém na casa e fora dela a noite estava inclemente, Pascual o convidou para dormir lá, já que havia quartos de sobra.

— Obrigado — disse o artista plástico marinheiro. — Mas vou pra casa.

Era um homem que dormia ou nos barcos ou na sua casa.

Alguns dias depois andavam pela rua, o artista plástico caminhava perto do meio-fio e Pascual abaixo, na rua.

O marinheiro artista plástico disse:

— O acrílico é mais resistente que a fibra de fórmio. Embora o fórmio possa ter, teoricamente, a vantagem da opacidade, não é uma opacidade vistosa.

— Claro — dizia Pascual. — Mas agora há um material, não me lembro bem do nome, vejamos...

— Como? Como? Como? — disse o artista plástico com muita ansiedade.

— Realmente não me lembro — disse Pascual, um pouco contrariado. — E minha memória é terrível quando não quer lembrar.

O artista plástico contraiu a boca numa espécie de careta; não entendia para que pode servir uma memória que não consegue lembrar; era um lixo, e quem a guardava, um infeliz. Mas era incapaz de fazer observações em voz alta sobre o que pensava; era um homem educado. Em vez disso, falou:

— A textura do isopor até pode se aproximar do que preciso, mas não me convence.

Nesse momento, passaram diante deles duas garotas de vinte anos, com o cabelo solto e ondulado, bolsinhas a tiracolo e calças puídas, agitadas.

— *Der Var Sôt!* — disse Pascual.

— *Hej! Der Var Söt!* — replicou o artista plástico (que em sueco quer dizer "lindo"). Os dois pensaram com seus botões que tinham vontade de segui-las, mas não, eram homens adultos, artistas pintores. Pascual devia ser fiel à lembrança de Alejandra; embora ela não aparecesse nem escrevesse, e ele não soubesse quando voltaria, se ele se mantivesse fiel à sua lembrança, alguma coisa boa aconteceria.

O artista plástico era viúvo; um viúvo não pode andar por aí fazendo palhaçadas e além do mais, como se sabe, essas moças ignoram tudo e não sabem falar de nada interessante.

— No entanto — continuou o artista plástico —, o isopor não me convence.

— E cada um deve buscar aquilo com que tenha mais afinidade — disse Pascual, que já estava com um pouco de fome.

Essa história de afinidade, esse tom de resignação de Pascual não o convenciam; deixavam-no irritado. Encontrava muito poucas coisas que o convencessem, por isso vivia irritado e quando finalmente encontrava algo que o convencia, fosse uma mulher, um pedaço de acrílico ou um tipo de queijo, esse momento de convencimento lhe causava uma espécie de inquietação e de alegria descontrolada; via seu próprio descontrole e sentia repulsa. Pascual disse:

— Vamos comer uma pizza? Na Itália dizem: "Comer apaixona".

O marinheiro foi, desgostoso; não estava disposto a trocar suas reflexões por uma pizza. Quando Pascual chamou o garçom e pediu uma pizza, o artista plástico disse:

— Pra mim um café.

Pascual começou a pensar em Alejandra. Se deixou a casa para ele cuidar, isso era prova de muita confiança, até de amor, digamos. Ela era uma mulher moderna, e uma mulher moderna não ama como uma antiga, é lógico; as mulheres são diferentes. Além de tudo, para somar mais particularidades, era uma artista pintora, e as artistas são sempre um pouquinho extravagantes. É só nos lembrarmos de George Sand e, sem ir muito longe, de Isadora Duncan. Não, ele não era desses homens que desejam que a mulher fique o dia inteiro amarrada a um tanque de lavar roupa. Ia dizer isso para Alejandra quando ela voltasse: que só queria que ela produzisse sua obra, não queria nada para si. Seu coração se contentava com pensamentos abnegados; ele se sentiria feliz desde que ela estivesse viva. Havia, sem dúvida, algumas coisas que, enfim, lhe desagradavam um pouco, que ela às vezes bebesse tanto, por exemplo, ou que fosse tão sociável, mas, logicamente, ninguém é perfeito.

Quanto mais abnegados eram seus sentimentos, mais magnânimo e apaixonado se sentia; começava a desejar que voltasse; poderia escrever se soubesse onde ela estava, mas não sabia.

Ia caprichar e limpar bem a casa para que, quando voltasse, ela encontrasse tudo certo; tentou pôr uma jarra em outro lugar, pendurou um quadro em outra parede, porque achou que ficava melhor; mas depois o mudou de lugar; não, a qualquer momento ela podia chegar e talvez não gostasse que modificassem sua casa.

Alejandra chegou com o pintor moreno num dia de frio. Pareciam cansados, um pouco mal-humorados e diferentes. Ela estava mais feminina e não o cumprimentou, como de costume, com gritos de júbilo. Disse-lhe:

— Pascual...

Usava um tom cortês, afetuoso e um pouco triste, como se tivesse refletido sobre a existência de Pascual e não tivesse chegado a nenhuma conclusão feliz.

— Isso vai lá em cima — disse o pintor moreno, e de passagem abriu duas janelas e empilhou umas almofadas num canto. Ele se movia com rapidez e resolução, lidava com o espaço na qualidade de residente da casa. Seu belo sobretudo azul revelava o desejo de tomar decisões drásticas.

— Que maravilha tudo! — disse Alejandra com voz fraca.

— Justo ontem — disse Pascual — eu limpei o chão e arejei tudo.

Alejandra, enquanto examinava a geladeira e via que não tinha nada, disse-lhe:

— Você já pensou em como vai se instalar, Pascual?

— Bom — disse. — Logicamente, sempre tenho minha pensão.

Não, ela não lhe queria mal. Estava preocupada com onde ele iria se instalar, não o recebera mal.

Há amores de muitos tipos: amor maternal, filial, e também havia um autor que falava em amor oceânico.

Logicamente, ele foi para sua pensão.

Fazia muito frio, mas isso não era problema; a dona lhe prometeu um aquecedorzinho. Com o pouco dinheiro que tinha, comprou uma garrafa de gim; tomou uma dose, duas, três...

Não se via nenhuma mudança; ele continuava igual; não pensava em absolutamente nada. Pensava, sim, em como era possível que não tivesse nenhum sentimento, nenhum pensamento, nem vontade de ir a lugar algum. No terceiro gim, olhou seu quartinho; era pequeno e escuro, mas é preciso adaptar-se; e, logicamente, adaptar-se leva tempo.

A luz de um novo dia

Para minha mãe.

Ainda não entendia direito como pôde cair. Foi estender uma colcha no terraço e quando desceu a escada comeu o último degrau. Estava tudo escuro e, embora tenha tido a sensação de dar um passo em falso no ar, foi como se algo, o espírito dessa escuridão, a forçasse a isso. Depois caiu e não conseguia se levantar. Mas já fazia vários anos que alguma coisa lhe acontecia com o último degrau da escada, sobretudo quando o corredor estava às escuras: pisava no penúltimo degrau e uma espécie de vertigem a levava a comer o último. Quem iria levantá-la? Dona Herminia era velha como ela, mas gritou e uns jovens que Deus mandou, um casalzinho, oxalá tivessem dez filhos e vivessem mil anos, a socorreram e a levaram para sua cama e para onde estava dona Herminia. Os jovens são bons; os de meia-idade não. Os jovens como esses são bons como sua neta, mas sua neta sempre estudava essas coisas que se estudam agora e ela nunca gostou muito de estudo. Dona Herminia a recebeu na sua casa e lhe explicava tudo com paciência, porque ela tivera estudos.

Dona Herminia recebia na sua casa todas as pessoas que precisavam de ajuda. Desde que seus filhos eram pequenos, sempre teve uma família paralela à própria. Quando seus filhos eram mais novos, antes que eles comessem, comiam um prato de sopa na cozinha quatro crianças silenciosas, que só falavam se alguém lhes perguntasse algo e com voz entrecortada, num tom inaudível, como de quem fala ao ouvido.

Uma delas, com catarata num olho, era tratada por dona Herminia pelo carinhoso nome de Rosita; ela nunca usou um diminutivo para seus próprios filhos. Mais à frente, o afilhado foi Walter Lioy Lupis, chamado de Pulenta por seus colegas de escola; Pulenta cortou a corda da bandeira da escola, fez o quadro-negro da classe cair no chão e apareceu um dia pelos bosques de Palermo, sendo que morava a uma grande distância dali.

As quatro crianças também repassavam a leitura, repasse que faziam com aquela voz quase inaudível, enquanto a senhora que fazia a limpeza morria de raiva porque queria acabar logo de lavar os pratos. Mas como era impossível fazer Walter Lioy Lupis repassar a leitura, pois isso não estava nos planos dele, e como esse menino causava acessos de raiva na senhora que limpava, ele recebia uma maçã, um pãozinho e conselhos úteis para a vida. O lema de dona Herminia era: "Os que estão bem se viram sozinhos", aplicável aos filhos e enteados; mas que não se pense que por isso era uma espécie de São Francisco de Assis, pois, embora tivesse seu lado São Francisco de Assis, tinha também o lado Bórgia. Pois se um canário cantasse alto de manhã cedo, ela dizia:

— Tenho vontade de torcer o pescoço desse canário.

Se lhe contavam que tinham enganado alguém, dizia:

— Tem que ser idiota pra se deixar enganar.

E se lhe contavam de alguma mulher que estava apaixonada por algum homem meio vagabundo, dizia:

— Prefiro cuidar de porcos a dar ouvidos a uma porcaria dessas. As mulheres de hoje não têm dignidade; é natural que pisem nelas.

Dona Herminia rezava duas horas por dia, além de ir à missa todos os dias. Rezava pelos caminhantes, pelos navegantes, pelos que se desencaminham, mas, principalmente, pelos mortos, e entre os vivos os preferidos eram os que tinham cargas muito grandes na família; por exemplo, podia ser uma mãe anciã e cega com um filho mongoloide.

Emprestava dinheiro a dona Josefa, que ia de táxi até o bruxo para que adivinhasse seu futuro; também lhe emprestou para que mandasse fazer uns sapatos ortopédicos sob medida, que em vez de corrigir seus joanetes os aumentaram. Josefa se queixava dos joanetes e desse embuste, mas, como murmurava longas perorações sobre suas misérias, não dava para saber quando estava se queixando dos joanetes ou do embuste. Ela, Genoveva, não suportava muito Josefa e, quando a via na rua, parava para olhar alguma vitrine, mas dona Herminia caminhava ao lado de Josefa e de vez em quando lhe dizia:

— Claro.

Também vinha à casa de dona Herminia aquela garota gorda, Silvia, paralítica, que andava em cadeira de rodas. Ela atravessava a rua ajudada por todo mundo, pedia principalmente aos homens que a ajudassem a atravessar.

Certa vez, um deles quis lhe cobrar para atravessar. Silvia falava, falava com dona Herminia, porque ela tivera estudos, e a noite não acabava nunca. Genoveva, quando se entediava e ficava com sono, dizia:

— Bom, Genoveva vai dormir.

E as deixava. Os velhos e os jovens são bons. Os de meia-idade não. Sua nora logo ia lhe perguntar por que caíra, e só de pensar nisso se sentia em falta. Deitada na cama, pensava no que diria para a nora, porque ela iria perguntar. Foi porque a escada estava encerada e o piso muito escorregadio, foi por isso. Ela olhou bem e pensou que tinha posto o pé no último degrau; não que andasse distraída, que esperança, mas parece também que o pé não respondeu. Mas esse pé, onde já se viu. Da filha da senhora Herminia não se pode dizer que fosse totalmente má, mas, se vinha comer com elas, lia o jornal enquanto comia e uma vez ficou vendo boxe na tevê, e boxe é uma coisa que ela não podia tolerar nem entender. Além do mais, comem, tiram a mesa e, nem bem acabam de comer, falam com aquela voz forte, atropelam todo mundo. Se ela soubesse, teria deixado a colcha suja para sempre, maldito seja o momento em que teve a ideia de pôr a colcha no varal. No fundo nunca gostou dela e lhe deu azar. Diria isso para a nora; que a colcha lhe deu azar.

— Dona Herminia — disse.

— O quê, Genoveva?

— Não consigo me mexer. Aonde vão me levar?

— Vai ter que ser internada, Genoveva. Deve ser uma fratura.

— Sim, que Deus não permita, tenho que ir pro hospital, com o perdão da palavra, na volta gostaria de vir pra cá. Ai, não consigo me mexer!

— Tudo bem, tudo bem, minha filha já está chegando.

Não era a filha. Era um médico brotado sabe-se lá de onde. Entrou, olhou tudo rapidamente enquanto Genoveva lhe dizia:

— Eu fui estender a colcha e quando estava quase chegando lá embaixo da escada...

Ele disse:

— Pode se descobrir.

Olhou e definiu:

— É fratura de quadril. Deve ser internada. São vinte milhões de pesos.

Genoveva, que não tinha entendido bem, disse para dona Herminia:

— Que sorte que ele foi embora bem rápido! Decerto não era nada, porque se fosse alguma coisa grave, ele teria ficado mais tempo.

— Não, Genoveva, é... é...

— O que é, dona Herminia?

— É fratura de quadril.

— Ah! — disse Genoveva, desapontada.

E entrou numa espécie de sono, de sopor, de desinteresse.

Depois a nora chegou e lhe perguntou:

— Por que você caiu?

Mas Genoveva parecia estar numa espécie de febre e falava de almôndegas. De repente, melhorou um pouco e se conectou melhor, pediu água; a nora voltou a perguntar:

— Pode-se saber por que você caiu?

— Ah, não me lembro — disse Genoveva.

Depois veio a filha de dona Herminia e perguntou, entre alarmada e com ar de mártir:

— Ai! Como foi que você caiu?

E depois perguntou a dona Herminia:

— Caiu de novo?

— Qualquer um pode cair — disse dona Herminia.

Enquanto dona Herminia fazia companhia a Genoveva, a nora e a filha, as duas de meia-idade, dividiam as próximas tarefas a serem feitas.

A nora disse:

— Eu posso interná-la amanhã, hoje não, porque hoje tenho aula de *ikebana* e de expressão corporal.

A filha da sra. Herminia não tinha aula de nada, mas para não ficar atrás disse que naquela noite teria aula de galês pré-cambriano. Por fim, cada qual pegou sua agenda, cotejou seus horários. Dona Herminia espiou para ver o que estavam confabulando; ela era da opinião de que os de meia-idade que só pensam em dinheiro e os de meia-idade que não pensam nele são uns estúpidos. Porém, refletia, são úteis para pedir coisas para as autoridades, para todos esses trâmites de documentos, que são tão demorados; eles dão um jeito de tirá-los rápido. A nora não podia perder sua aula de expressão corporal porque iam lhe ensinar um movimento que era o ápice e o compêndio de tudo que aprendera durante o ano; ou seja, perder essa aula equivalia a perder mais que uma aula; mas isso era demorado de explicar e só uma pessoa que já tivesse feito expressão corporal entenderia. Olhou o relógio e disse:

— Que tarde! Que barbaridade!

E ofereceu seus serviços para o dia seguinte.

"Claro", pensou a filha da sra. Herminia. Ela teria que interná-la. Procurou os documentos de identidade e os cartões correspondentes. Dona Genoveva tinha um belo porta-cartões com quatro divisões para pôr os documentos, mas lamentavelmente eles não estavam ali. No primeiro compartimento havia uma bela paisagem colorida; no segundo, a foto de um cachorro peludo e branco na porta de uma casa; no terceiro, umas crianças numa praia; e no quarto, dobradinha de modo a ocupar o espaço adequado, uma receita de cozinha. Os documentos estavam espalhados em velhas bolsas, todas em bom estado de conservação, mas dava para notar que não eram usadas; eram sucessivas bolsas, todas parecidas, substituíveis umas pelas outras, continham documentos, raminhos secos de oliveira e espelhinhos perdidos.

Vasculhar as bolsas e a roupa de Genoveva provocou na filha da sra. Herminia uma sensação ambivalente; por um lado, sentiu carinho e proteção por esse ser tão indefeso; por outro, aborrecimento, pelo mesmo motivo. Genoveva estava mansamente deitada na cama, enquanto outros dispunham dela no quarto ao lado.

Alguns dias depois, a filha de dona Herminia foi ao hospital ver dona Genoveva.

— Por favor — disse Genoveva —, tire esse pulôver que tenho entre as pernas.

Ela olhou e não havia nenhum pulôver, pareciam feridas de cravos.

— Não é um pulôver — disse. — São feridas. Eles te operaram?

— Não que eu saiba. Meu Deus do céu.

— Sim, operaram a vozinha — disse uma senhora jovem, que estava de camisola e com cara de saudável dentro da cama.

— Me operaram? — disse Genoveva com profunda surpresa. — Como é que eu não percebi?

— Porque lhe deram anestesia, vó — disse a senhora, que era muito compreensiva.

— Ah — disse Genoveva, mas como se houvesse algo mais incompreensível, algo além da operação, como se ela fosse de sobressalto em sobressalto. — E sua mãe? — disse depois.

— Está bem, está bem.

— Cuide bem dela e não deixe que quebre uma perna, pelo amor de Deus.

— Ela vem visitá-la.

— Melhor não, valha-me Deus, vai que ela cai. Não, é muito perigoso... Há riscos, a rua é escorregadia, essa escada é muito em caracol...

A filha da sra. Herminia tendia a fazer perguntas metafísicas em momentos inoportunos. Então disse:

— O que é perigoso?

— Isso, perigoso — disse Genoveva, como se estivesse pensando em outra coisa enquanto sorria.

A senhora jovem que parecia saudável viu Genoveva sorrir e disse, com um ar de repreensão, para a filha da sra. Herminia:

— Leve a comadre pra ela. Faz tempo que não evacua.

Depois que fez suas necessidades, sua cabeça funcionou melhor. Além do mais, Genoveva era sem dúvida uma pessoa prudente; queixava-se prudentemente de que as enfermeiras não vinham quando ela chamava, e embora às vezes desvairasse um pouquinho, tinha a arte de não criticar em voz alta se houvesse alguma enfermeira por perto, e quando a limpavam dizia "obrigada, obrigada", e sorria como um passarinho.

Um dia recebeu uma visita que lhe fez bem. Um doutor jovem e simpático sentou-se na cama e lhe disse:

— Como vai, vó?

— Bem, obrigada. Quando vou andar, doutor?

Ele disse, rindo:

— Vamos agora? Nos levantamos e andamos?

— Valha-me Deus! Deus te ouça e te dê mais cem anos de vida!

Então Genoveva tentou ficar em pé e ele disse, meio rindo:

— Não, tesouro, temos que esperar uns quinze dias.

— Quinze dias? — disse Genoveva com um ar de espanto. — Parece muito tempo.

Estava fazendo um cálculo difícil. Não lembrava em que mês estava nem que dia era, e não queria perguntar. Mas o doutor percebeu e disse:

— Hoje é 20 de setembro.

— Como?

— Hoje é 20 de setembro.

— Ah, obrigada, obrigada — disse, como se "20 de setembro" fosse algo valioso em si mesmo, uma espécie de presente.

Deviam ser seis da manhã e a luz estava despontando. Genoveva se levantou tentando não fazer barulho e foi até a cadeira que estava próxima. A cadeira ia ajudá-la a caminhar. Usou toda a sua concentração, seu propósito e sua força para alcançar a cadeira; não pensava em mais nada. Assim que a moveu, a cadeira fez barulho e a senhora jovem que estava na cama com cara de saudável falou:

— O que foi, vó?

— Meu Deus do céu! Que susto! — disse Genoveva.

A senhora jovem ficou pensando na cama se chamava ou não a enfermeira. Fazer alvoroço no hospital era pecado e ela pensava se podia corrigi-lo ou se ia aumentar o pecado de alvoroço chamando a enfermeira. Decidiu que não era o caso e ficou olhando Genoveva, tentando descobrir seus desígnios. Genoveva começou a caminhar apoiada na cadeira, com as pernas duras, e chegou à porta. Em seu esforço para não fazer barulho, de repente ia silenciosa e às vezes, quando mais queria evitar, a cadeira soltava uns guinchos atrozes. Ao chegar à porta do quarto que dava para o corredor, viu um vulto: era a enfermeira-chefe, a enfermeira gorda. Mesmo vista de longe nessa primeira luz da manhã que tornava tudo duvidoso, ela era tão rechonchuda, tão consistente, que Genoveva, depois de espiar e sem saber que era a enfermeira-chefe, voltou para a cama. Mas estava muito contente porque tinha caminhado e também porque aquela mulher gorda de branco não a vira. Mas suas pernas estavam duras. Por isso, só andariam na marra. À noitinha, quando todos já haviam jantado e estavam na cama, ela se dispôs a sair de novo, mas dessa vez empurrando as pernas com energia; então as insultava, principalmente uma, dizendo: "Vamos, ande, sua estúpida, não se faça de mosca-morta, o que estava pensando, hein?". E a perna parecia entender, porque obedecia um pouco mais. "Onde já se viu, não querer andar", dizia. "Avance mais um pouco, avance mais um pouco."

Quando conseguiu avançar mais um pouco, sempre junto com a cadeira, pôs-se a pensar. Sim, ela ia andar para ir até a casa de dona Herminia. Lá teria de comprar a carne bem comprada, teria de virar o colchão, porque dona Herminia sozinha não conseguia, e depois havia também a elaboração do purê. Dona Herminia gostava do purê que ela fazia, porque, como era uma mulher estudada, fazia um purê granuloso; já o seu saía um algodão, então sempre a deixava fazer. Quem faria o purê, agora que ela não estava lá? E de tarde, Genoveva lia seu livro de missa, ao lado da janela, onde estava o plátano. O plátano não dava frutos, mas tinha uma folha verde e larga, que parecia comestível. Ela iria sentar-se para ver o plátano e se Deus a ajudasse e se a enfermeira gorda, que Deus não permita, não a impedisse de andar ajudada por uma cadeira. A enfermeira gorda não devia vê-la; se a visse iria repreendê-la tanto que suas pernas ficariam bambas.

Um dia saiu para caminhar um pouquinho pelo corredor, como nos dias anteriores, mas o corredor central estava mais movimentado e quis se aproximar para olhar, era uma espécie de burburinho, de tanto movimento; uns passavam com frascos de líquido amarelo; outros, levando gente em cadeiras de rodas; um homem estava de pijama e uma enfermeira ia com uma torta.

Então Genoveva, com pavor de cair porque estava avançando bastante, foi se aproximando enquanto xingava a perna para que respondesse. Por um lado, dizia: "Perna, responda ou te castigo", por outro pensava no purê que iria fazer quando chegasse à casa de dona Herminia, e por outro sentia uma vertigem, um temor, como se visse tudo nebuloso ao redor. Mas, quando chegou ao meio do corredor, percebeu uma voz dizendo:

— Muito bem, vó, muito bem!

E outra voz acrescentou:

— Olhe que bom, como a vó está andando!

Ela sorriu com seu sorriso humilde e disse:

— Obrigada, obrigada.

E a enfermeira gorda teve que ver aquilo de braços cruzados, aquela infração às leis do hospital, porque todos a rodeavam e lhe faziam festa.

Dona Herminia queria que Genoveva sobrevivesse e voltasse; mas, como sabia que era preciso aceitar a vontade de Deus e que a vontade de Deus talvez fosse de que ela morresse, dona Herminia rezaria para Santo Antônio da Medalha Milagrosa, para que por sua intercessão fosse concedida a graça.

Santo Antônio da Medalha Milagrosa não era um santo que se pudesse incomodar todos os dias; devia ser reservado para circunstâncias especiais; só devia ser invocado quando a gente sentisse que os outros santos se faziam de bobos. Agora, como era possível que uma pessoa como dona Herminia, que tivera estudos, que era capaz, em caso de apuro, de enunciar corretamente a Lei de Boyle-Mariotte ou de localizar, de acordo com a lógica dos acontecimentos, a data da batalha de Maipú, como era possível que acreditasse em Santo Antônio da Medalha Milagrosa? Por uma questão de jurisdições e domicílios; São Martinho tinha seu domicílio e jurisdição nos Andes, a jurisdição da Lei de Boyle-Mariotte abarcava os líquidos e Santo Antônio da Medalha Milagrosa agia, do seu lugar espiritual, nos casos difíceis, desde que não fosse muito incomodado. Enfim, na própria casa, cada um faz o que quer e o que pode. Santo Antônio da Medalha Milagrosa não era como o Santo Antônio dos Objetos Perdidos; este a gente invocava procurando, por exemplo, o espanador de pó pela casa toda, mas era uma busca alegre, despreocupada; a gente verificava os cantos, encontrava um pouco de pó e lembrava que o lugar precisava de uma varrida; Santo Antônio da Medalha Milagrosa demandava todo o esforço, toda a concentração do pensamento posta no pedido. Depois que rezou e pediu sua parte, sentiu o relaxamento da fadiga e esperou pacientemente que o santo fizesse a parte dele. Quando ia tomar o café da manhã com o leite que reconforta e as bolachinhas que dão força às pernas bambas, a campainha tocou. A campainha tocou e ela ouviu um tamborilar de dedos no vidro da janela lá fora; conseguiu ver um rosto meio desfocado, uma mãozinha que se agitava afastando-se em gracioso aceno e um carro partindo. Quem era? Não a conhecia. Depois a campainha, insistente; foi lá ver e era ninguém menos que Genoveva. Genoveva, quando viu dona Herminia, disse:

— Que alegria pros meus olhos!

Dona Herminia não podia dizer o mesmo; tinha seus olhos totalmente domesticados havia muito tempo: não permitia que eles se sobressaltassem por nada. Dona Herminia pensou que era uma sorte que não houvesse mouros na costa; a nora tinha ido embora e por sorte nessa manhã sua filha não viera; sua filha já lhe dissera, com uma voz agora entre agourenta e ameaçadora, que, para que Genoveva voltasse para essa casa, era muito conveniente que trouxesse um atestado de saúde física, outro de equilíbrio homeostático, um eletroencefalograma e um prognóstico a curto e médio prazo da sua doença. Dona Herminia observou que Genoveva andava com muita dificuldade, quase com dor, e que a dor de caminhar a empalidecia. "Ora", pensou, "ela não vai correr uma maratona. Se andar do quarto até o banheiro já é suficiente." Depois que se cumprimentaram e que guardou a bolsinha de Genoveva, perguntou-lhe, solícita:

— Já tomou café da manhã?

— Acho que sim — disse Genoveva.

— Ora, Genoveva, como assim acho que sim, você tomou ou não tomou café da manhã?

— Um pouco.

— E o que tomou no café da manhã?

Genoveva pensou, pensou e depois disse, um pouco alarmada:

— Sabe que não me lembro?

— Tudo bem, tudo bem, não é nada. Quer tomar café de novo ou, bah, digamos, tomar café?

— Se não for incômodo — disse Genoveva com um sorrisinho agradável, como o de alguém que comete uma pequena e boa travessura.

"Bom", pensou dona Herminia, "ela perdeu a memória. Bom, pra que precisava tanto da memória? Historiadora ela não ia ser. Bah, e às vezes, quando uma pessoa sofre muito na vida, é quase um bem perder a memória, Deus sabe o que faz..."

Genoveva lavou os pentes, fez a sesta e depois, de tarde, as duas juntas fizeram um pão doce com muita fruta cristalizada, nozes e passas. De noite, quando foram dormir, cada uma em seu quarto, dona Herminia se despediu dela na soleira da porta, dizendo:

— Que o Senhor nos conceda a luz de um novo dia.

Contudo, antes de irem dormir, apoiaram as palmas das mãos mutuamente, sorriram olhando-se nos olhos, com um amor isento de todo rancor.

Danielito e os filósofos

A senhora que entregava os cheques tinha muito bons modos, era correta e até pessoal em seu trato. Apesar dos bons modos e da cortesia, parecia ofendida por algo, carregava uma ofensa muito antiga e estava disposta a se vingar secamente sem que nem ela nem sua vítima soubessem do que estava se vingando. Quando viu o professor de filosofia, disse, com ar de quem está muito cansada mas generosamente disposta a beneficiar mais uma vez a humanidade:

— Você era o 32.586, não é?

— 32.584 — disse o professor.

Ela procurou maquinalmente o cheque e disse:

— Que barbaridade!

Mas não estava se referindo ao cheque; enquanto dizia isso, não parecia indignada, mas reconfortada. Causava também um efeito reconfortante. Como se soubesse do que se tratava ou como se tivessem conversado antes, o professor de filosofia disse:

— Não é mesmo?! — num tom de leve sofrimento e alegre indignação.

A senhora disse:

— Cada vez atropelam mais a gente, as pessoas não prestam atenção em nada...

— Eu que o diga — disse o professor. — Vejo isso como algo natural, e se acontece alguma coisa nova, alguma coisa diferente, vejo como um milagre do céu.

— Acredite ou não — disse a senhora, como se todos tivessem culpa por ela ter chegado a essa conclusão. O professor balançou a cabeça e recebeu seu cheque, podia ir embora; não havia alunos para fazer provas. Podia ficar contente, já que estava livre, mas não estava; teria preferido aplicar provas. Quando estava na porta, a professora Lene foi atrás dele.

— Professor, venha que tem um aluno. Que sorte que o peguei!

— Fazer o quê — disse com ar resignado, mas a acompanhou com movimentos vivazes.

A professora Lene disse:

— Eu me lasquei. Quero ir às nove e quinze, então vamos fazer isso rápido.

Ela estava apressada, porque era filósofa e mãe. Repetiu com ar entusiasmado:

— E como me lasquei!

O aluno, Daniel Eppelbaum, para a professora Lene se chamava "esse". Vinha fazer prova de filosofia pela terceira vez. Quando o viu, ela disse:

— Ai, esse!

O professor respeitava muito a professora Lene; ela era uma pessoa com muito faro. Distinguia perfeitamente e no mesmo instante não só se uma prova da existência de Deus era *a priori* ou *a posteriori*, mas também se faltava mais uma colherada de limão para uma torta ficar melhor.

A professora Lene usava um vestido com estampa de raviólis. Sobre um fundo bege apareciam os raviólis brancos. Estava com um blazerzinho vermelho, de um vermelho tomate, e as unhas e os lábios pintados no mesmo tom. Tudo era de um vermelho quase comestível, mas certamente ninguém se atreveria a comer o blazerzinho da professora. Quando não estava com o vestido de raviólis, usava outro com flores-de-lis.

Daniel pegou sua caneta com calma e começou a escrever. A professora Lene o advertiu:

— E não escreva nenhum absurdo.

Danielito não escrevia com o brio empreendedor de quem estudou muito, mas também não parecia assustado. Sua cara parecia dizer: isso tem solução e eu vou encontrá-la.

Sua cara parecia a de alguém que está fazendo palavras cruzadas e encontra "Cidade da Caldeia" e fica contente, porque já viu isso muitas vezes, mas havia algumas lacunas.

Enquanto Daniel escrevia, o professor disse para a professora Lene:

— Onde passou as férias, professora?

— Fui pros Estados Unidos — disse ela. — Mas a realidade não bateu com a ideia que eu tinha de lá. Não vi sujeira em nenhum lugar, nem *hippies*.

— Deve ser por causa da estação do ano, professora. Não podemos esquecer que lá é inverno, talvez no verão...

— Pode ser. Fomos ao Harlem, vimos uns homens negros com cara de briguentos; o guia nos disse: "Melhor não descer". Não descemos. Mas eles não nos fizeram nada. Não posso dizer que tenham me feito algo.

— Eu estive na Europa — disse o professor. — Ai, o que é Amsterdam — e moveu a cabeça reprovando Amsterdam, num tom leve e triste.

— Sim — disse ela —, parece que Amsterdam é o cúmulo disso tudo.

Os cúmulos invadiam, assustavam e comoviam o professor. No caso da professora, era diferente: se tivessem lhe dado poder, ela teria exterminado aos pontapés todo cúmulo e caos que encontrasse pelo caminho. Como não podia e tinha a mente clara, ela aqui, os cúmulos lá.

Olharam a prova escrita, ou melhor, a professora a examinou pondo-a a uma distância prudente dos olhos enquanto o professor espiava.

Viu algo que não lhe agradou. Fez:

— Hummm...

O professor, solidário, também balançou a cabeça, mas balançou a cabeça em outro momento, por outro erro, e a professora Lene o advertiu.

Falou:

— Não, veja isso.

O professor balançou a cabeça, efusivo. Mas isso não contou com a cumplicidade da professora Lene; ela não era pessoa de se desfazer em queixas sobre como os garotos sabem pouco.

— Me diga — disse a professora Lene para Danielito —, o que quer dizer a palavra "filósofo"?

Tudo que ela dizia se transformava num fato histórico. Acontecia a mesma coisa na sua casa. Quando dizia, por exemplo, "tá cheiro de peixe", era cheiro de peixe e de nenhuma outra coisa. Se os outros não sentiam ou não tinham muito claro que cheiro havia ali, naquele momento se davam conta de que efetivamente havia cheiro de peixe e também que deviam agir ou fazer alguma coisa a respeito daquilo. Danielito respondeu:

— Que busca a sabedoria.

Respondeu de modo rápido e dinâmico porque se tratava dele. Essa voz e essa facilidade na resposta, esse lugar-comum, deixaram a professora Lene furiosa. Pensou que Danielito estava muito longe de saber o que era a sabedoria. É que com a filosofia acontece isto: se a pessoa não liga um arrazoado ao outro e apresenta um argumento solto, acontece como na música, um acorde solto, uma frase musical não diz nada, soa como um rasqueado de violino desafinado.

— E o que é sabedoria? — perguntou a professora Lene.

O professor suspirava.

— A sabedoria — disse Danielito — era que os filósofos se preocupavam com os fundamentos das coisas, que havia um mundo das aparências...

Aí ela o cortou.

— E o que entendem por fundamento das coisas?

— Bom, cada filósofo pensava que era diferente; por exemplo, para Tales era a água, para Heráclito, o fogo...

O professor apoiava, assentindo. Tudo estava em ordem, a água, o fogo...

— Vamos deixar isso pra lá — disse ela.

Apontou para o plano de estudos com a unha vermelha:

— O problema do conhecimento em Descartes.

Danielito disse:

— Descartes, sentado perto da lareira.

— Deixe a lareira em paz — disse com impaciência. — A única coisa de que se lembram é da lareira. Vamos ao que é essencial.

— Você tem que usar a cabeça — disse o professor, tentando ser severo. Em tom mais suave, perguntou: — Que carreira você vai seguir?

— Engenharia — disse Danielito, sorrindo.

— Pra ser engenheiro, tem que usar a cabeça. Eu teria medo de passar por uma ponte construída por você. Imagine se a ponte cai e desaba porque você não usou a cabeça.

Danielito não respondeu nada.

— Pra compreender a pergunta seguinte é preciso explicar uma coisa. O filósofo Leibniz disse: "Deus fez o melhor dos mundos possíveis. Antes de criar, Deus contemplou todas as possibilidades e as comparou do ponto de vista do bem supremo, que é seu objetivo soberano. Posto diante da infinidade de possíveis e antes de fazer uma escolha, Deus não poderia deixar de se ater ao melhor". Numa escala mais humilde, todos temos experiência disso. Quando alguém diz, por exemplo, tenho quinhentos pesos, preciso comprar uma garrafa de óleo que vale duzentos e cinquenta pesos, mas também gostaria de sair pra passear um pouco; se eu sair, não consigo comprar nada com o que sobra. O passeio fará bem ao meu espírito; o óleo é necessário pra minha subsistência. Ter óleo me dá tranquilidade, mas meu espírito está triste. De repente meu espírito pode até morrer se não for passear e, em geral, como a pessoa faz sua escolha? De qualquer jeito. Quando não aguenta mais, sente que as pernas a levam e diz: vou sair (pro bem ou pro mal). Deus não faria assim, segundo Leibniz. Como pra Ele o tempo não existe, Ele vê tudo de um golpe de vista. Deus veria imediatamente as consequências nefastas de não ter óleo, coisa que a gente vê depois de três ou quatro dias. Deus também veria imediatamente as consequências de ir passear e faria, na medida do possível, a melhor escolha. Um comentarista de Leibniz, que elucida seu pensamento, diz que Leibniz quis dizer que, se Deus não fez o mundo melhor, é porque não pôde fazê-lo melhor. Isso não tem nada a ver com a frase habitual entre nós: "Fiz o que pude". Porque tudo o que se disser em relação a nós, os homens, está impregnado da nossa miséria humana. Quando alguém diz "fiz o que pude", seja um pobre de espírito, um hipócrita ou alguém que acabou de trabalhar e chegou sua hora de tomar um Cinzano, isso não tem nada a ver com a frase referente a Deus quando se diz dele: "Fez o que pôde". Sendo o sujeito de quem se fala de outra magnitude, "Fez o que pôde" quer dizer outra coisa.

A professora Lene então perguntou a Danielito:

— Quando Leibniz diz que Deus fez o melhor dos mundos possíveis, quis dizer que se tratava de um mundo onde não havia injustiça, nem dor, nem sofrimento, nem males?

Pela voz da professora, por uma intuição que lhe dizia que devia responder que não e porque em filosofia sempre que ele achava que devia responder que sim, a resposta era não, disse, sem muita convicção:

— Não.

— Então — disse ela —, o que Leibniz queria dizer?

Já tinha sido reprovado três vezes em filosofia, sabia que não se deve ter pressa para dizer o que os filósofos pensavam, porque com eles nunca se sabe. Optou por permanecer calado, com sua melhor cara de jovem angelical. Então o professor o fitou e disse:

— Eu sei, porque sou meio bruxinho — e sorriu —, que em algum momento da sua vida você vai gostar de filosofia. Não só gostar, vai amar. Olhe que eu sou meio bruxinho, hein?

E o fitou com olhos marotos.

— Bem — disse a professora Lene. — Não vou complicar as coisas pra você, pois você não foi feito pra isso. Está aprovado.

Disse isso num tom do mais profundo desprezo.

Habitualmente, quando se diz a um garoto que ele está aprovado, ele vai correndo contar para seu comitê de apoio que o espera do lado de fora. Curiosamente, Danielito não se movia dali, estava quieto, parado, olhando ora para um, ora para o outro.

A professora Lene disse:

— Mas, agora que você está aprovado, acredita em algum princípio básico que rege o universo, numa existência superior?

— Bem — disse ele (hesitou) —, de certo modo...

E o professor perguntou:

— Conhece as virtudes teologais?

Danielito, num tom de ligeiro interesse, como se tivessem lhe perguntado se conhece a nova sorveteria inaugurada na outra quadra, disse:

— Não.

— Fé, esperança e caridade — disse o professor. — Eu sei — repetiu — que você vai gostar de filosofia.

Então Danielito disse algo inesperado, sempre com sua voz monocórdia:

— A verdade é que eu não compreendo os filósofos. Entendo as coisas como as vejo, como eu penso, de outra forma.

A professora Lene não registrou o pensamento de Danielito porque estava preenchendo o boletim. Sem escutar, disse-lhe:

— Vá, vá pra casa. Sua mãe deve estar aflita esperando por você. Tem que ver o que é a aflição de uma mãe quando seu filho faz prova. Eu o aprovo pela sua mãe.

Danielito continuava parado e não ia embora.

A professora Lene disse:

— Como é que se diz?

Ele a olhou desconcertado.

Ela repetiu:

— Como é que se diz?

Ele se deu conta e disse:

— Ah, obrigado.

E só então saiu. Lá fora, o comitê de apoio inteiro o agarrou pelo paletó aos gritos de:

— O que perguntaram, o que perguntaram?

— Nada, bobagens — disse Danielito com pedantismo.

A que mais o pressionava era uma baixinha, que usava uns sapatos grandes com forro felpudo, abotinados.

— Perguntou sobre Kant? O que perguntou sobre Kant?

— Sobre isso, nada — disse Daniel.

Tinha sido isso que ela lhe ensinara no café da esquina. Ficou calada, um pouquinho desiludida por um momento. Depois o olhou e percebeu que, só de olhá-lo, era feliz.

Ablativo em "e" ou em "i"?

O professor Bosset estava cansado de ensinar latim. Não estava cansado do idioma em si; tinha ido à Espanha nos últimos tempos e vira o *alta fagus* mencionado por Propércio, mas tinha setenta anos e fazia quarenta que ensinava latim. Havia um rigor, um compromisso com o estudo que os alunos iam perdendo pouco a pouco; mas nos últimos dez anos, sobretudo, haviam ocorrido fenômenos novos em relação ao aprendizado; os estudantes não tinham dificuldades apenas no aprendizado da língua; isso sempre acontecera; o que acontecia agora é que os estudantes acreditavam que um texto latino podia trazer qualquer coisa; isso significava que os estudantes não tinham a menor consciência histórica nem astúcia e sensatez para perceber quais orações um autor de textos pode escolher para uso escolar.

As frases que deviam traduzir, no início dos estudos, eram deste tipo:

"As filhas dos marinheiros dão uma guirlanda de flores aos filhos dos agricultores".

"Oh, serva diligente, prepara a comida para a boa senhora."

"Oh, agricultor, não mates essa pomba com tua flecha."

Em geral, até aqui, a aprendizagem não apresentava dificuldades. Nem comentários, na verdade. Ninguém comentava nada sobre as servas, os marinheiros ou as filhas dos agricultores. Quem sabe onde estariam!

Mas no segundo ano havia leituras mais amenas.

Uma delas contava como Flavio fez uma viagem à cidade de Roma e viu todos os belos monumentos e as construções notáveis que havia nela. A leitura termina assim: "Flavio ficou impressionado com a beleza da cidade". Uma aluna, numa prova, traduziu assim: "Toda a cidade ficou impressionada com a beleza de Flavio", e em vez de traduzir: "Flavio olhava tudo", ela traduziu: "Todos o olhavam".

O erro mais grave dessa aluna não era o equívoco ao traduzir: era que ela não tinha a menor noção do que pode estar num livro de latim. O professor Bosset achou a tradução curiosa e quando a leu disse em tom histriônico:

— Que curioso! Que curioso!

Mas a srta. Danton não achou aquilo curioso; achou abominável. A srta. Danton fazia parte da banca examinadora junto com o professor Bosset e com sua amiga e colega ainda mais qualificada que ela, a srta. Suárez.

A srta. Danton gritou com a menina e a mandou sentar-se; disse-lhe para não abrir mais a boca.

A menina, ali sentada, parecia que nunca mais abriria a boca na vida.

Quanto ao professor Bosset, as duas professoras pensavam que era um homem abandonado, uma espécie de excêntrico que lançava por terra todos os esforços que elas empreendiam em prol do ensino de latim. O professor Bosset era diretor do departamento; ele devia convocar reuniões para a melhoria do ensino, mas sempre as adiava. Durante uma semana, a srta. Danton foi atrás dele pelos longuíssimos corredores do colégio para conseguir ao menos uma reunião, ainda que breve, a fim de expor alguns problemas. O professor Bosset dizia:

— Amanhã.

Sempre cordial, amável, dizia: "Amanhã, minha estimada senhorita". Ele perguntava à srta. Danton como tinham sido suas férias e como estavam aqueles alunos, como se fossem uns marotos que a faziam resmungar, e seu tom de voz lhe dava tanta raiva que a deixava imobilizada. Só conseguia dizer: "Gostaria de uma reunião para...". "Ah", dizia o professor Bosset com renovado entusiasmo, como se tivesse levado isso em conta, mas motivos misteriosos o tivessem impedido de fazê-lo. Com um sorriso, dizia: "Amanhã".

A srta. Danton ia furiosa comentar com sua colega, a professora Suárez, que o professor Bosset era um cretino; a srta. Suárez não queria que comentassem coisas óbvias com ela, que jamais pediria uma reunião ao professor Bosset.

A srta. Danton, furiosa, anotava num caderno todas as promessas não cumpridas do professor Bosset e também outros descumprimentos como, por exemplo, aquela vez que o professor não tinha a chave da sala dos mapas. E aquela vez que o professor Bosset fez uma coisa inclassificável: arrancou duas folhas do livro de atas numerado e rubricado e passou o conteúdo dessas folhas para outras. Isso foi tão terrível que a srta. Danton julgou oportuno não lhe dizer nada, nem que tinha agido mal, nem nada. O conceito das duas a respeito do professor podia ser medido por este episódio: antes do sucedido com o livro de atas e depois. Esse fato foi tão inclassificável que motivou o distanciamento total das duas. A srta. Danton dizia: "Dele se pode esperar qualquer coisa".

A srta. Danton era alta e magra; teria sido um garboso cavalheiro do século XVIII. Prendia seu cabelo meio grisalho com uma fivela e suas feições eram proeminentes e esfumadas ao mesmo tempo; tinha um quê de cabra, um quê de ave, principalmente os olhos, que eram brilhantes como os dos passarinhos. Mas o cabelo meio grisalho esfumava aquele nariz e todos os traços. A srta. Danton começou a comentar com outros professores de latim o cúmulo que era o professor Bosset; mas não podia empreender uma ação conjunta com eles, porque não eram pessoas muito dedicadas ao latim. Alguma coisa deviam ensinar, sim, mas vá saber que nebulosas ensinavam.

De maneira que a única colega em quem confiava era a srta. Suárez, sua amiga. Mas a srta. Suárez era uma pessoa que tinha aprendido a não esperar que tirassem leite de pedra; além disso, sabia agir sozinha no momento certo. Quando a srta. Danton falou horrores do professor Bosset diante de outros professorzinhos de latim, um deles disse:

— Uma vez que demos uma prova juntos, ele disse a um aluno:

"Um ablativo em 'e' ou em 'i'
depois de vinte anos não interessa
nem a você nem a mim".

— Inacreditável! — disse a srta. Danton.

E ela tinha vontade de fazer uma petição às autoridades; porque se começa confundindo um ablativo, depois se prossegue com o mau uso do acusativo, sem falar da confusão que se pode armar com os falsos imparissílabos. Nunca se atreveu, "ele", a dizer semelhante coisa perante "elas".

A data das provas se aproximava. A srta. Danton e a srta. Suárez deviam fazer parte da banca examinadora com o professor Bosset. Deviam ser cuidadosas no trato com ele porque iam apresentar uma queixa às autoridades. Era um dia de outono, de ventinho fresco, desses que predispõem a bons pensamentos e intenções. Depois de falar longamente sobre o professor Bosset, a srta. Danton, com voz de dúvida e como quem não quer nada, disse para a srta. Suárez:

— Será que não está com problemas em casa?

A srta. Suárez sorriu sem dizer nada. Esse sorriso queria dizer: "Não seja ingênua".

Havia, em geral, duas teorias a respeito dos problemas em casa: uma, que os problemas de casa não se levam para a escola, e outra, que o homem é um *continuum*, uma totalidade, e, portanto, não pode ser dividido em compartimentos estanques. E por último havia os súcubos e íncubos que não tinham casa, ou, se tinham, aquilo não podia ser chamado de casa, e tampouco tinham família, e, se tinham, aquilo não podia ser chamado de família.

E dessa vez só havia três alunos para avaliar.

— Só três! Mandaram só três! — disse a srta. Danton. — Você não mandou nenhum?

— Sim — disse a srta. Suárez. — Mandei esses três. Foi uma divisão bem abrangente.

— Então — disse a srta. Danton —, "ele" não mandou ninguém.

Nesse momento, "ele" apareceu.

— Bom dia, caras senhoritas. Como foram de férias?

— Bom dia, professor. Não há nenhum aluno seu, não é?

— Não, senhorita, este ano eles trabalharam maravilhosamente bem, se você visse...

— Perfeito — disse a srta. Suárez. — Era o que queríamos saber.

E começaram a fazer as planilhas.

— Fui pra Espanha — disse o professor Bosset. — E vi o *alta fagus*.

E declamou:

Alta fagusque descendit sub mare trans oris
Cuspide nuda, albis capellis

A srta. Danton se concentrou em sua planilha e enrubesceu; não levantou a vista. A srta. Suárez lhe disse:

— Que ótimo! Sente-se, professor.

Ele se sentou, sempre animado, e o primeiro aluno a ser examinado entrou. Era uma aluna, Marisa Gamora. Marisa parecia esperta, sem exagerar, e parecia eficaz. Era uma garota que a gente instintivamente enviaria para procurar um mapa dentre muitos e com certeza ela o traria. Além disso, havia algo nítido, limpo, em seu aspecto e pessoa: não despertava nenhum sentimento profundo nem conflituoso; nem proteção, nem repreensão, nem pena. Era uma aluna confortável. Marisa começou a declinar corretamente, disse os verbos com circunspecção, claro que se equivocando muito de vez em quando com a pronúncia de algum e diligentemente retificando ela mesma quando a professora a corrigia. Sua tradução não era brilhante, mas não tinha cometido nenhum absurdo.

A srta. Danton lhe disse:

— Por que você ficou de recuperação? No primeiro ano você era ótima aluna.

Marisa esboçou um sorrisinho de circunstância, agradável, como de quem não sabia, e se manteve reticente e amável. O professor Bosset adquirira um novo hábito: quando Marisa dizia um tempo verbal, ao terminar, ele falava:

— Mas muito bem! Mas muito bem!

E quando Marisa declinou "O bom cônsul" no singular e no plural, o professor Bosset repetiu:

— Mas vejam que ótimo!

Como se se tratasse de algo espantoso.

A srta. Danton lhe lançou um olhar terrível e ele saiu para ver se encontrava em outra sala de provas um velho colega que estivera doente. Quando ele saiu, a srta. Danton disse para a srta. Suárez:

— Marisa teve problemas em casa. A mãe dela é uma louca.

Pelo tom de voz com que dissera "louca", a srta. Suárez sabia de que loucura se tratava. Não era louca da cabeça, mas de outra parte.

O segundo aluno era Martín Pertierra. De aparência tranquila, um garoto muito bonito, um pouquinho superalimentado. Era bonito demais; teria de mostrar que, pelo menos, prestara tanta atenção no latim quanto no topete. Ele traduziu bem a fábula "A mosca vaidosa". A mosca vaidosa pousava em todo canto; ora na cabeça de um careca, ora no altar dos deuses, ora na mesa dos grandes festins. Sentia-se dona de tudo e se exibia diante da formiga, e a formiga lhe disse: "Eu sou dona do que é meu, já tu és serva porque te expulsam a golpes de guardanapo". Então a mosca vaidosa ficou atordoada de tanta tristeza e acabou caindo numa vasilha cheia de merda. Martín traduziu tudo corretamente, mas errou o lugar onde a mosca caiu. Errou porque pensou que isso não cabia numa versão latina. Então ele pôs que a mosca caiu numa vasilha de cobre. Por sorte, e com a ajuda da srta. Suárez, ele se deu conta de onde a mosca caiu; Deus o ajudou, porque já estavam lhe perguntando como ele consultava o dicionário; e a certa altura a srta. Danton começou a pensar que o cabelo de Martín estava muito bem lavado e tinha uns reflexos dourados dentro do loiro, bom, podia ser do sol ou da praia. Quando o professor Bosset voltou da sua visita, a srta. Danton lhe disse:

— Professor, ele traduziu corretamente "A mosca vaidosa" e declinou "A abelha diligente". Nós o aprovamos.

— Senhoritas — disse —, não tenho nada a dizer. Está tudo em boas mãos.

O professor Bosset se sentou; veio o moço do café e trouxe café para todos.

E depois do café veio o terceiro aluno, Serafín Piana.

— Aqui seu nome está errado — disse a srta. Danton cotejando a lista com o documento, como se Serafín tivesse feito a lista.

— Aqui diz Plana.

— É Piana — disse Serafín, com uma voz que estava mudando.

Todos sabemos o que é a mudança de voz nos adolescentes, mas aquela voz estava em carne viva. Quando disse Piana, sorriu com um sorriso aberto, confiante na bondade humana, e como era muito magrinho, os dentes pareciam grandes e um pouco salientes. Tinha um tórax muito estreito e o peito pouco desenvolvido, e uma atitude tão tensa e expectante que parecia que o desenvolvimento do seu peito dependia dele. Tentara dar a melhor impressão possível, e isso era visível em seu cabelo e em seu blazer. Cortara o cabelo bem curto, segundo as normas do colégio, mas, como era um cabelo de cachinhos bem marcados, tinha áreas da cabeça que lembravam um monte devastado. O blazer azul fora lavado recentemente, mas tão lavado que tinha virado um violeta-lilás. Era possível imaginar, ao ver aquele blazer daquela cor e aquele sorriso tão confiante, duas coisas: ou que Serafín ficara debaixo de chuva por dois dias seguidos, ou que se jogara alegremente dentro de uma grande travessa de salada de fruta, por exemplo, para depois dar-se ao trabalho de limpar o blazer, ele mesmo, provavelmente, mas contente, porque se deu a esse luxo, com os resultados saltando aos olhos.

De pé diante da mesa, olhava com confiança, enquanto torcia as mãos apoiando-as na escrivaninha.

— Deixe as mãos em paz — disse a srta. Danton.

Então ele apoiou suas longas mãos ossudas entrelaçando-as e olhou mansamente, esperando.

— Decline "A cegonha veloz".

— Como se diz "cegonha", por favor? Eu faltei no dia em que ensinaram isso.

"Faltou", pensou a srta. Danton. "Decerto pra cometer algum desatino ou alguma estupidez."

Começou a declinar bem, porque tinha estudado bastante. O professor Bosset, seguindo a moda recentemente adquirida, dizia-lhe:

— Mas, meu caro amigo, muito bem, muito bem!

Como se aqueles conhecimentos fossem espantosos, Serafín apoiava seus olhos nos do professor. Quando chegou ao ablativo, ele se equivocou. Aqui é preciso fazer uma digressão. Acertar um ablativo ou acentuar devidamente uma palavra, em latim, tem a ver com conhecimentos teóricos, mas também com as boas e sensatas intuições. E na vida as intuições sensatas levam a soluções corretas e ponderadas dos problemas. Serafín continuava olhando com seus olhos bondosos; olhou para o velho professor, que lhe disse:

— Caro amiguinho:

"Um ablativo em 'e' ou em 'i'
depois de vinte anos não interessa
nem a você nem a mim".

Por que ele foi dizer aquilo! Serafín riu, mas sua risada era um pouco descontrolada, seus olhos riam e ele olhava para o velho com a alegria de um carente. A srta. Danton ficou vermelha; não conseguia falar. Então a srta. Suárez começou a fazer as perguntas com toda a calma.

A srta. Suárez começou a complicar as coisas para ele. Quando o professor Bosset viu que lhe perguntavam o verbo *fero*, *fers*, *ferre*, *tuli*, *latum*, disse:

— Desculpem, senhoritas, preciso ir até a secretaria.

Foi tomar um pouco de ar porque estava fazendo muito calor. Quando Serafín viu que o velho professor estava saindo, seguiu-o com o olhar até a porta e perdeu o foco do seu objetivo: o verbo *fero*, *fers*, *ferre*, *tuli*, *latum*. Esse verbo é totalmente caprichoso e irregular, mas de um modo singular; dentro do caprichoso, tem uma coerência perfeita. Serafín lembrou que era irregular e sorriu com alívio; como se tudo já estivesse dito, afirmou:

— É irregular.

Ele pensava que aquele verbo, com aquele enunciado tão volúvel, era uma curiosidade linguística, algo absolutamente incontrolável.

— Conjugue-o — disse a srta. Suárez em tom suave e encorajador.

Ele não disse nada. Ficou quieto, calado, e seus olhos ficaram levemente úmidos. Exércitos de pessoas sabiam conjugar o verbo *fero*, ele não. O professor Bosset voltou e Serafín o olhou com uma última esperança. Mas a srta. Danton comunicou:

— Não sabe os verbos irregulares. Não podemos permitir que passem sem saber os verbos irregulares.

O professor Bosset disse rapidamente:

— Ah, não, não, não, estou de acordo com você, senhorita, não, não, não, não.

Disse isso naquele tom histriônico que ultimamente costumava usar. Então Serafín, além de aprender que o verbo *fero* se conjuga apesar de ser irregular, aprendeu que era um infeliz, uma espécie de folha na tempestade. Foi reprovado. O professor Bosset se aposentou e hoje lê Horácio sob a parreira, olhando de vez em quando para o formigueiro. Quanto às senhoritas, continuam ensinando latim.

As abelhas são rentáveis

Sou de uma família de doze irmãos; dou risada porque me viro sozinho. Quando tinha sete anos, comecei como criadinho na casa de duas velhas senhoras muito finas, na cidade de 25 de Mayo. Elas eram muito boas, mas nessa casa só comiam essas coisas de aperitivos, biscoitos, sanduíches e coisas salgadas. Comiam quando iam a uma festa e traziam um pouco. Eu já estava cansado dessa comida e falei para minha mãe; ela me tirou de lá e me pôs para trabalhar num hotel para limpar os quartos e levar recados, também em 25 de Mayo. Os donos, que eram dois irmãos, brigavam o tempo todo; gritavam; quando um deles me mandava varrer, o outro me perguntava aos gritos o que eu estava fazendo. Aprendi a dizer que estava varrendo por conta própria, como se ninguém tivesse me mandado, para ver se a briga parava; mas não; de noite eles também continuavam brigando e vociferando. Eu não conseguia dormir à noite, mas não podia dizer para minha mãe que queria ir embora de lá e pensava em como fazer isso. E justamente, o que são os acasos, num desses dias vi na praça um padre velhinho, baixinho, montado num cavalo velho e pequenininho. Eu me aproximei. Ele pôs a mão na minha cabeça, me deu um santinho e perguntou se eu não queria ser sacerdote.

Eu lhe disse:

— Como seria isso?

— Pra apaziguar as almas — disse ele.

Aquilo me pareceu uma coisa boa e necessária, eu disse que ia pensar, que quando ele voltasse, dali a uma semana, eu daria minha resposta. Porque o velhinho partiu em direção ao campo, em busca de vocações. Ele me disse que estava muito cansado e que seu cavalo estava muito velho. Esta frase me causou grande impressão: "Pra apaziguar as almas", e também o padre velhinho com seu cavalo.

Estava em dúvida, tinha onze anos, mas era como se eu não pudesse falhar com ele, pois precisava de um ajudante. Fiquei pensando: "E agora, como conto pra minha mãe?". Tomei uma pinga no armazém da esquina para me dar coragem e lhe disse, com muito medo:

— Mãe, quero ser padre.

Minha mãe é muito brava e rebelde, tem muito caráter. Contei-lhe a história e, ao contrário do que eu estava pensando, ela disse:

— Se você está decidido, filho, vá.

Minha mãe chorou. Nunca a vi chorando antes; agora a via de um jeito diferente. Disse ao padre que sim e fui para um seminário pequeno, no campo; éramos quatro seminaristas; um deles foi embora e ficamos em três. Agora vou lhe confessar uma coisa que me enche de vergonha, não sei se devo falar, isso me deixa muito envergonhado... porque, sabe? Eu... eu sou padre, bah, dou risada porque me viro. Sabe de uma coisa? Eu sou padre e não sei latim. Porque como éramos muito poucos no seminário, quando estavam ensinando latim me mandavam cuidar dos coelhos. Se não, quem cuidaria deles? Eu, como era pequeno e não entendia, preferia cuidar dos coelhos. Mas agora, quando rezo o breviário, sinto uma espécie de inquietação; gosto do que entendo e, quando não entendo, é como se tivesse culpa. Quando vejo o padre Frers, que é latinista, lendo, sinto uma admiração... Vou lhe confessar outra coisa: quando rezo o breviário e há partes que não entendo, me invade uma sensação estranha, uma espécie de medo, não sei como dizer. Um medo físico, eu diria; não sei se pode me entender.

Como eu dizia, éramos três seminaristas e num verão ficamos só em dois; Julio e eu. O outro moço tinha saído de férias. Julio disse ao nosso superior que queria aprender hebraico. A única pessoa que sabia hebraico na cidade era a filha do farmacêutico; Julio foi aprender com ela, se apaixonou, deixou o seminário e se casou com ela. Aí comecei a pensar muito e acabei adoecendo. Pensava: "Por que me sinto mal? Será que eu queria fazer o mesmo e me casar? Não. Sinto falta de Julio porque ele foi embora? Não. Me sinto sozinho? Sim, talvez me sinta um pouco sozinho", mas não era isso. Comecei a entender que a vontade de Deus é incompreensível e aprendi que a gente não lê a vontade de Deus antes, só muito tempo depois dos fatos.

Mas como eu ainda era muito jovem, a vontade de Deus às vezes me parecia terrível e incompreensível. Então pensei: "Vou analisar tudo que puder por minha conta, do meu jeito; tudo que estiver dentro do humano, do meu alcance, vou olhar por todos os lados; o que eu não puder, o que não estiver ao meu alcance, deixo pra Deus". Isso é fácil de falar, mas difícil de praticar. Ordenei-me sozinho e foi um baile quando comecei a confessar. Eu não conhecia nada da vida, das pessoas, nada de nada. E as pessoas me pareceram totalmente diferentes de como eu as via antes. Além disso, as pessoas sempre eram culpadas de outro pecado diferente daquele que vinham confessar. Vinha alguém e me dizia:

— Padre, tenho o pecado da inveja.

E eu, me aprofundando um pouco, descobria que não era inveja, era desesperança.

Nessa época, comecei a sonhar com meu padrinho de sacerdócio, o que me recrutou e me disse que ser sacerdote era apaziguar as almas. Num momento de amargura, pensei que as almas não queriam ser apaziguadas, mas momentaneamente acalmadas, para depois voltar à luta terrível de sempre. Então pensei que era preciso consolar as pessoas, protegê-las, tratar todas como as crianças que no fundo eram, alegrá-las. Consegui formar muitos grupos de *boy scouts*, de pais de família. Ia a muitas casas e não podia sair sem comer um pouco de torta ou tomar um copo de vinho. Eu dizia firmemente que não, que já havia comido, mas não tinha jeito; provava a torta que a menina tinha feito, me abriam o vinho que estava reservado. Nessa época em que ia tanto às casas, comecei a questionar se não estaria me desequilibrando. Sentado diante de um monte de tortas, às vezes tinha uma vontade quase incontrolável de rir; então disfarçava com uma piada.

Um dia, uma senhora que eu visitava me disse:

— Padre, não me dá um santinho?

Eu não levava santinhos, e entre os sacerdotes mais evoluídos às vezes fazíamos piadas às custas dos padres que os levavam.

— Não carrego santinhos — disse, condescendente.

— Mas tem que me conseguir um, hein? — disse.

— Tudo bem, tudo bem, vou lhe trazer.

E toda vez que ela perguntava eu dizia que não tinha, que havia esquecido, fingindo um esquecimento desmedido. Não queria levar santinhos. Comecei a pensar em como as pessoas são curiosas. Essa senhora, por exemplo, de grande caráter, capaz de brigar com cinco caminhoneiros juntos, incontrolável, ingovernável, queria um santinho a todo custo. Desculpe-me se eu rio, acho engraçado esse contraste entre ela e o santinho.

Depois considerei o assunto de outra forma: eles querem me dar alguma coisa, torta ou vinho, e exigem que eu lhes dê alguma coisa, nem que seja um santinho, de lembrança minha. Evidentemente, eu não podia receber deles nada além das tortas que tanto elogiava ou do vinho. E eles queriam alguma coisa. Por que nesse momento eu não podia receber outras coisas das pessoas? Evitava o centro dos problemas; quando eu, tateando, tentava chegar ao centro de um problema pessoal, defendiam-se com unhas e dentes e eu pensava: "Talvez precisem disso". "Talvez este não seja o momento adequado."

A cada dia eu estava mais gordo e pesado e já me acostumara a levar santinhos. Um fato insólito veio me tirar desse aboletamento. Entre as casas que visitava, havia a de um casal, ainda jovem, beirando a meia-idade, que estava se confessando; eles eram das poucas pessoas com as quais eu podia conversar à vontade, com confiança e certa intimidade. Tinham belos filhos, lindos mesmos, bem abastecidos sem ser ricos. A casa deles era acolhedora; tinham feito da cozinha um lugar caloroso e muitas noites nos reuníamos para conversar; eles mesmos, quando tinham vontade, me chamavam para jantar. Eu me sentia confortável com eles porque eram praticamente os únicos que me diziam o que pensavam de mim, que eu estava me demorando um pouco.

Não sei do que eu gostava mais nessa casa, se dessa confiança, dessa possibilidade de ir quando eu queria, acho que de tudo; as crianças, o cachorro, tudo ali me fazia bem. Eu, por minha vez, limava certa intransigência, certa teimosia deles em assuntos religiosos e políticos, que me parecia uma frivolidade própria de pessoas bem abastecidas, que não tiveram de aguentar uma infância como a minha. Suas teorias sobre os plantadores de batatas diferiam muito da realidade; toda a minha família tinha sido plantadora de batatas, de maneira que eu podia contribuir bastante com minha experiência. Mas sempre tive dificuldades para me expressar: sei como as coisas são, sinto-as e talvez desista de explicá-las porque me dá trabalho. Por isso admiro no padre Frers, que fala em latim e se expressa de forma perfeita em castelhano, o dom das línguas, que é um dom do Espírito Santo. Um dia, continuando, Pablo, o menino mais velho deles, vem me buscar e diz:

— José, vai logo lá em casa, o pai, o pai... quer matar a mãe.

Nesse momento, não consegui ir imediatamente. Fiquei petrificado por uma espécie de choque que sacudia todo o meu corpo; suava, tomei um copo d'água e fui andando como dava. Pablo me dizia:

— Vamos, vamos.

Eles moram quase do lado da paróquia. Passei pelo jardinzinho meio descuidado e encantador e ele então me pareceu sinistro. Entrei e ele estava com um revólver na mão e ela, sentada no chão com as pernas abertas, aturdida. Ele me viu chegar e disse:

— Olho no ferro, que é de prata.

Pedi ao Espírito Santo que me iluminasse rapidamente sobre o que devia fazer. Não tinha tempo para pensar. Então o Espírito Santo me iluminou para que falasse assim:

— Imbecil, idiota, que belo revólver você tem. Gosta dos ferros, hein? Que machinho que você é.

Tudo isso dito num tom de violência contida, era um tom, como dizer?... Como o tom de um canalha, depois até eu me surpreendi de ter usado. Consegui assustá-lo, nunca imaginou que eu falaria assim, abaixou o revólver e começou a andar. Pablo olhava tudo com máxima atenção. Ela se levantou e isso indicava que tudo havia passado.

Eu disse para ele:

— Olhe a cara do seu filho.

Ele o abraçou e chorou, os três se grudaram, se abraçaram e choraram todos juntos. Ainda bem que o caçula não estava lá. Depois ela foi pôr Pablo na cama. Fiquei com ele, conversando na cozinha. Usei de uma coragem que o Espírito Santo me deu, que não era minha. Eu me sentia mal fisicamente, mas tinha de superar, porque ele precisava de ajuda naquele momento. Usei de uma coragem que não tinha e isso me fez mal, porque adoeci. Acho que me fez mal e me fez bem. Por um lado me fez mal, para o corpo, mas fez bem para minha alma. Não sei se você pode entender isso. Meu corpo adoeceu, mas, depois que tudo isso aconteceu, eu senti uma espécie de alívio e uma necessidade de ir embora dali, daquele lugar. Esse fato me fez ver que já fazia um tempo que eu queria ir embora dali. Muita coisa me passava pela cabeça. Embora o Espírito Santo tivesse falado por mim naquele tom canalhesco para acalmá-lo, eu, cada vez que o via, não podia deixar de pensar no que tinha dito para ele e naquele tom. Era como se aquele espírito tivesse grudado em mim. Por outro lado, via as casinhas com seu gramado bem cortado, os chalés com seus lampiõezinhos e pensava: "Que desastres não estarão acontecendo lá dentro!". As casas tinham perdido aquela sensação de paz que me davam antes, e, apesar dessa sensação que me perseguia, sentia minha alma reviver; à medida que minha alma revivia, eu voltava a encontrar a alma nas outras pessoas, porque eu as perdera. E embora estivesse impelido a ir embora, e estava, embora me surgisse toda uma série de fantasias sinistras, eu sentia uma espécie de gratidão. A ideia de ir embora dali me alegrava. Disse ao meu superior que queria ser transferido, e meu superior me transferiu para o colégio, aqui, onde você me vê agora. Na verdade, vou ser franco, não sirvo para o colégio.

O sinal de entrada toca, hasteamos a bandeira e, quando vão para as salas de aula, eu penso: "O gado já está no seu curral".

Tenho de tomar muito cuidado para não dizer isso em voz alta; alguns professores ficariam horrorizados. Eles vêm e me dizem:

— Padre, compramos um microscópio.

E eu digo:

— Mas que bom! Me alegra muito que tenham comprado algo tão útil, tão bonito!

— Venha, padre, venha ver como é.

Vou, olho para ele, olho um pouco pelo microscópio. Digo:

— Extraordinário!

Mas não sei o que é, não consigo atinar. A verdade é que estou pensando em outra coisa. Desde que vim para o colégio vivo pensando em outra coisa e isso me ajuda a superar bem todo o resto; me dizem que compraram o telescópio, que a professora de castelhano brigou com o professor de história, e atendo as mães. A sra. Luchesi me procurou cinco vezes até que me encontrou: era para saber por que tinham dado 9 para seu filho em vez de 10; veio para brigar e acabamos amigos. E eu tenho paciência, e estou de bom humor porque acho que, quando puder, vou para o campo criar abelhas. As abelhas, sabe o quanto são rentáveis?

GUIANDO A HERA

[1997]

Guiando a hera

Aqui estou eu ajeitando as plantas, para que não estorvem umas às outras, nem tenham partes mortas, nem formigas. Sinto prazer em observar como crescem com tão pouco; são sensatas e se ajeitam em seus recipientes; se eles são pequenos, elas diminuem, se têm espaço, crescem mais. São diferentes das pessoas: algumas pessoas, com uma base mesquinha, adquirem frondosidades que impedem que se perceba seu tamanho real; outras, de grande coração e capacidade, ficam esmagadas e aturdidas pelo peso da vida. Penso nisso quando as rego e transplanto, e também penso nas diferentes formas de ser das plantas: tenho uma que é resistente ao sol, dura, como se fosse do deserto, que tomou para si apenas o verde necessário para sobreviver; depois, uma hera grande, bonita, comum, que não tem a menor pretensão de originalidade pois é parecida com qualquer hera que se pode comprar em toda parte, com seu verde iridescente. Mas tenho outra hera, de um verde uniforme, que ficou pequena; ela parece dizer: "Iridescências não são pra mim"; responde crescendo de maneira muito lenta, sombria e segura em sua cautela. É minha planta preferida; de vez em quando eu a guio, entendo para onde ela quer ir e ela entende para onde quero guiá-la. Às vezes chamo a hera iridescente de "estúpida" porque ela faz uns arabescos inúteis; a planta do deserto eu respeito por sua resistência, mas às vezes ela me parece feia. Mas me parece feia quando a observo com o olhar de outras pessoas, quando vem visita: em geral, gosto de todas. Por exemplo, há uma espécie de margarida pequena, silvestre, que é chamada de falsa-camomila vermelha; não sei com que critério ela se distingue da margarida. Às vezes, olho meu jardim como se ele fosse de outra pessoa e descubro dois defeitos: primeiro, que poucas plantas caem graciosamente, com certa frondosidade e movimentos sinuosos, minhas plantas parecem mais quietinhas, miudinhas, metidas em seu vaso. O segundo defeito é que tenho uma grande quantidade de vasinhos pequenos, de todos os tamanhos, em vez de grandes maciços estruturados, bem pensados; porque adiei muito essa tarefa de jogar o lastro, digamos, e a própria expressão, jogar o lastro, ou sanear, em relação às minhas plantas, tem algo de maligno. Retardei o máximo possível o uso da malignidade necessária para sobreviver, ignorando-a em mim e nos outros. Vinculo a malignidade à mundanidade, à capacidade de discernir imediatamente se uma planta é uma falsa-camomila ou uma margarida, se uma pedra é preciosa ou depreciável. Vinculo ou vinculava malignidade a desprezo eletivo em função de alguns objetivos que agora não me são estranhos: o trato com as pessoas, com muitas pessoas, os rancores, a reiteração de pessoas e situações; enfim, a substituição do assombro pelo espírito detetivesco também me contaminou de maldade. Mas algumas coisas continuam me assombrando. Há quatro ou cinco anos, roguei a Deus ou aos deuses que não me tornassem drástica, depreciativa. Eu dizia: "Meu Deus, que eu não fique como a mãe de *Las de Barranco*". A vida dessa mãe era um perpétuo conciliábulo; invadia os assuntos dos que a cercavam, vivia sua vida através deles, de maneira que não dava para saber quais eram seus verdadeiros desejos; não tinha outro prazer que não fosse a astúcia. Eu, antes de ser um pouco como a de Barranco, achava esse modelo uma coisa espantosa, e, uma vez incorporado, me senti mais confortável: o conforto de jogar o lastro e esquecer, quando há tanta coisa para recordar que não se quer voltar atrás. Agora de manhã penso uma coisa; de tarde, outra. Minhas decisões não duram mais que uma hora e estão isentas do sentimento de embriaguez que costumava acompanhá-las antes; agora decido por necessidade, quando não tenho saída. Por isso dou pouco valor a meus pensamentos e decisões; antes meus pensamentos me apaixonavam; eu queria o que pensava; agora penso o que quero. Mas o que quero se confunde com o que devo, e perdi a capacidade de chorar; devo me distrair muito do que quero e devo, ou estou simplesmente numa espécie de limbo onde se sofre um pouco:

algumas contrariedades (cujo efeito pode ser antecipado), pequenas frustrações (suscetíveis de serem analisadas e compensadas). Descobri a parte de invenção que as necessidades e os deveres têm: mas os respeito a esmo, sem grande adesão, porque organizam a vida. Se choro, é na verdade sem meu consentimento, devo me distrair do que quero e devo; só permito que aflore um pouquinho de água. Os sentimentos para com as pessoas também mudaram: o que antes era ódio, às vezes por motivos ideológicos muito elaborados, agora é só dor de barriga; um aborrecimento se traduz em dor de cabeça. Perdi a proximidade que facilita o trato com as crianças e, embora eu saiba que isso pode ser recuperado com três corridinhas e duas caretas, não me animo a fazê-las, porque invejo tudo que elas fazem: correr, nadar, brincar, querer muito e pedir até o infinito. Recentemente passei boa parte do tempo criticando a educação das crianças portenhas com quem quer que fosse, sobretudo com motoristas de táxi. Em geral, concordamos: sim, as crianças portenhas são muito mal-educadas. Mas é uma concordância tão triste que esse assunto não rende nenhuma outra conversa.

Agora penso que o motivo da queima das bruxas não foi nem andar pelos ares com a vassoura nem as assembleias que faziam; era mais porque picavam ossos, picavam miolos até deixá-los bem moídos. Também deixavam orelhas de porco de molho e usavam o caldo para dar brilho aos pisos; de quebra, alguém podia escorregar e cair, isso como um benefício muito ulterior; elas não lhe davam maior importância. Assim as bruxas matavam três coelhos com uma cajadada só e era esse seu poder. Ruminando reconstituíam os pensamentos, cozinhavam-nos e também cozinhavam o tempo para obter o mesmo produto sob diferentes formas. Por exemplo, o gato; a bruxa não tem antepassados, nem marido, nem filhos; o gato representa tudo isso para ela, com o gato ela anula a morte. A bruxa trabalha como os jivaros, para reconstituir uma ordem do semivivo; por isso põe de molho, ferve e mistura perfumes com substâncias asquerosas: é para resgatar do esquecimento as substâncias asquerosas; ela faz os que querem esquecê-las se lembrarem delas em nome do encanto, da estética e da vida viva. Não, não é por vencer distâncias que elas foram punidas; foi pela trama secreta da experimentação que podia alterar a proximidade dos sentimentos, das decisões, dos seres, que a vida sustenta com as regras que lhe são próprias. E não recua diante da cruz, como se diz, porque é um objeto inanimado; recua diante do cordeiro pascal.

Agora que sou um pouco bruxa, observo em mim um veio grosseiro. Como direto da panela, bem rápido, ou faço o contrário, vou a um restaurante onde todos mastigam de forma regulamentar seis vezes cada bocado, pensando na saúde, e me dá prazer mastigar como se fosse um cavalo; eu me apaixono por chinelas velhas, jogo água demais nas plantas depois de lavar a sacada para que o barro caia e suje o que foi lavado (anulo o tempo, já que limpo de novo), cozinho muito, porque tenho prazer em ver o cru se tornar cozido, e menosprezo totalmente os argumentos ecologistas; se o planeta se destruir daqui a duzentos anos, gostaria de ressuscitar para ver o espetáculo. Troco impressões com algumas bruxas amigas e nossa conversa se reduz a fugazes comunicados, histórias de obstinações diversas, controles mútuos de bruxarias, para aperfeiçoá-las; por exemplo, aprender a matar três coelhos de uma cajadada só, não necessariamente para fazer maldades, mas também para ganhar tempo, para não perder tempo dando pérolas aos porcos, para não achar que tudo que reluz é ouro, pois na verdade o brilho é algo muito difícil de avaliar.

Mas nem sempre foi assim, não foi assim. Antes que eu pensasse em jogar o lastro e em matar três coelhos de uma cajadada só, sofri em dois anos o que nunca havia sofrido na minha vida; certa manhã chorei com a mesma intensidade por dois motivos diferentes. Entendi o que acontece com os que morrem e com os que partem; voltam em sonhos e dizem: "Estou, mas não estou; estou, mas estou partindo", e eu lhes digo: "Fique mais um pouquinho", e não dão nenhuma explicação. Se ficam parecem alheios, atentos a outra coisa, e me olham como visitas distantes. Nessa região do esquecimento para onde foram, têm outras profissões e adquiriram outro modo de ser. E tudo pelo que lutamos, o que falamos, comemos e rimos passa para o esquecimento, e não quero conhecer pessoas novas nem ver meus amigos; quando começo a falar com alguém, logo eu mesma o mando para a região do esquecimento, antes que chegue sua vez de partir ou de morrer.

Acordo e percebo que estou viva, amanhece. Nenhuma ideia me vem à cabeça; nada para fazer, nada para pensar. Não pretendo continuar fumando na cama sem nenhuma ideia na cabeça. De repente, sou tomada por propósitos muito bons mas sem relação com algo concreto: eu me lavo, me penteio, aqueço água; vou me animando e os bons propósitos aumentam. É um dia de março e a luz vai chegando uniforme, os passarinhos trabalham, vão de cá para lá. Também vou trabalhar. Já sei o que vou fazer: vou guiar a hera, mas não com um fio grosseiro; vou amarrá-la com um fio vegetal. Ela está ali, firme contra a parede: arranco as folhas mortas da hera e tudo o mais que vejo pela frente. Poderia dizer que estou tendo um ataque de arrancar folhas mortas, só que essa expressão não é adequada porque meu ataque é tranquilo, mas não pretendo terminar até ter tirado a última formiga e a última folha imprestável. Amontoo todos esses vasos pequenos, eles vão para outras casas, talvez com outras plantas. Um avião passa bem alto e de repente sou tomada por uma felicidade e uma paz tão grandes ao fazer esse trabalho que o faço mais devagar para que não termine. Gostaria que alguém viesse e me visse assim, de manhã. Mas todos estão fazendo outros trabalhos diferentes, talvez sofram ou se recusem ou peguem uma gripe; não importa, isso passa e em algum momento eles terão alguma felicidade como essa minha. Eu me sinto ao mesmo tempo tão humilde e tão gentil que agradeceria a alguém, mas não sei a quem. Examino meu jardim e sinto fome, mereço um pêssego. Ligo o rádio e ouço falarem da onça troy; não sei o que é, nem me interessa: arre, a vida é bela.

Como volto?

Não sou muito linguaruda e não pense que o que vou lhe contar possa se dizer por aí, muito menos em minha cidade: só lhe conto porque você é uma desconhecida; se eu contar a alguém de lá, em dois minutos estou perdida. Moro numa rua que vai dar na estrada; ali, meu marido e eu temos um posto de gasolina; está indo bem, graças a Deus; ele é um bom homem e não me deixa faltar nada: tenho minha geladeira, minha televisão e um carrinho usado; andamos pouco com ele. As crianças foram morar em Venado Tuerto, para fazer o segundo grau. Meu marido e eu nos revezamos para atender no posto de gasolina. Também trabalho na escola: sou professora, diretora e zeladora, tenho dez alunos no total. Lá onde eu moro, são quatro quadras com casas; no inverno, às oito da noite já estão todos recolhidos. E agora que estou longe e os vejo daqui, não entendo como pude viver vinte anos naquele lugar. Eu não devia estranhar, porque nasci num lugar parecido, perto da estrada; os carros passavam sem parar pela estrada e eu os olhava de pé numa porteirinha, e queria demais — inocência de criança — que algum carro me levasse embora. Eu não pensava em nenhum lugar em especial: poderia ser qualquer um. Subia na porteira para que me vissem e dizia: "Alguém vai olhar pra mim". Os carros passavam como um raio e demorei muito a perceber que ninguém me olhava nem ia me olhar, e ao me ver ali plantada, sozinha, foi uma espécie de desencanto. Por isso, eu já devia estar curtida, mas no início, quando me casei, também fiquei ressentida. Lembro que, no início, um dia pensei: "E se o posto de gasolina pegar fogo? Um incêndio grande, digamos. Necessariamente vamos ter de ir morar em outro lugar". Mas eu já era adulta e a gente fica mais sensata, sabe que são maus pensamentos, sabe afastá-los. Nunca disse isso a meu marido: ele tem outro temperamento, é mais equilibrado, sempre está de acordo, e isso porque ele não tem vícios. Mas nos últimos tempos, depois de tantos anos lá, um pouco daquela tristeza de quando me casei voltou, e nas noites de inverno fico olhando para fora; não há uma alma viva e me dá um não sei quê. Por isso, quando chegou a carta que dizia que tínhamos sido sorteados para ir a Embalse — as crianças da escola e eu —, demorei um pouco para mostrá-la a meu marido, em parte porque estava tão confusa que nem acreditava que fosse verdade. Ele me repreendeu depois por eu tão ter lhe contado logo. E eu deixei claro que aquilo não me importava muito; vai que, se eu demonstrasse que me importava muito, a viagem fosse por água abaixo. Além disso, gosto de pessoas bem situadas, sensatas, tranquilas: até pela tevê a gente percebe como as pessoas são; olho os atores e os artistas e já vejo se são pessoas confiáveis, responsáveis ou, falando sem papas na língua, se são sem pés nem cabeça. A carta dizia que era para levar roupa esportiva, mas eu pensei que devia levar um vestido, e como foi preciso preparar a roupa das crianças da escola, eu trouxe um vestido assim-assim. Como pode ver, tenho o rosto curtido pelo vento; não, as mãos estão assim de tanto lavar. Quando a noite vem e eu já terminei de fazer tudo, antes de ver tevê começo a lavar. Ao entardecer, lá é tão triste que às vezes tenho vontade de apressar o tempo, que fique noite de uma vez. Então digo: "Preciso fazer alguma coisa útil". E começo a lavar ou a organizar as coisas. Ao entardecer me vêm esses pensamentos tristes e nem a tevê me distrai. Bom, quando cheguei aqui em Embalse não podia imaginar que existisse uma coisa assim no mundo. Aqui em Embalse eu poderia viver por toda a vida: nunca mais voltaria. Quando cheguei, no primeiro dia me vi perdida naquela planície cheia de gente. Não falamos com ninguém, mas soubemos que havia gente de Buenos Aires, de Entrerríos, de Salta, do Chaco e de tantos outros lugares. Percorremos todo o lugar para ver onde dava para comprar os alfajores e os cartões-postais — não é como o comércio de lá; aqui são lojas e mais lojas todas juntas —, fileiras de burros e cavalos com seus tratadores, os balanços e as gangorras cheios e todos os grupos fazendo ginástica.

Depois falei com os professores do Chaco; eles se aproximaram para conversar e me disseram que para eles era uma delícia estar ali porque lhes serviam comida e além disso não precisavam ir à escola: eles levavam três horas a pé para ir e três para voltar; paravam no caminho e tomavam mate e também faziam suas necessidades. "Tranquilos", disseram, "não como esses portenhos", e apontaram para a coordenadora do grupo da capital, "que estão sempre apressados". Eu já havia reparado nessa coordenadora, que de longe me pareceu uma jovenzinha e de perto vi que podia ter minha idade; claro, com as mãos de uma criança e o cabelo comprido. Ela se move como se ninguém fosse olhá-la e como se não desse a mínima para nada, brinca na gangorra e não come toda a comida que lhe dão no refeitório, come do próprio farnel. Eu a ouvi dizer ao passar, como se fosse algo ruim: "Essa gente que fica o dia inteiro com a tevê ligada em casa", e pensei: eu fico o dia inteiro com ela ligada, mas é para me fazer companhia. Embora às vezes eu não a desligue porque penso: "Agora vai passar alguma coisa boa, e não posso perder". E as crianças portenhas que ela leva, elas inventaram um sistema para se comunicarem de um quarto para o outro; desde o primeiro dia foram sozinhas comprar os alfajores e elas mesmas falavam com o tratador para andar a cavalo e lhe pagavam. Eu dizia para as minhas crianças: "Não se afastem". Nem precisava, porque no começo elas só ficavam olhando, como eu. Também, com tudo que tem nesses torneios de jogos; não sei se você esteve na roda de viola ao ar livre que os professores de Mendoza fizeram; eu estava tão contente, mas me dava uma tristeza quando pensava: "Como é que eu não sabia que existia uma coisa assim?". Senti tristeza pelos anos perdidos. Bem, há três noites, acho que você não ficou sabendo porque eu não a vi, teve uma roda de viola no café, com vinho e empanadas. Deixei as crianças sob os cuidados de Aníbal, o mais velho, e fui com os outros professores ao café. As instrutoras das crianças da vila também foram, não sei como elas aguentam, coitadas; passaram agachadas na altura do dormitório das crianças e uma delas as reconheceu; logo todas gritavam lá da janela do dormitório: "Putas, putas". E pensar que essas meninas as instruem por idealismo. Fui de vestido e depois me senti um pouco deslocada: todos foram de moletom e tênis. Quanta juventude! Todos com violão e com canções novas e velhas, tocavam tanto um bolero quanto canções de protesto como "A desalambrar". Comecei a conversar com um professor de ginástica, mais jovem que eu. Não sei até hoje como foi que me deitei com ele. Em vinte anos de casada nunca fui infiel a meu marido, nunca conheci outro homem. Quero que me entenda bem: não sou nenhuma indecente nem sou uma mulher perdida; tenho grande estima por meu marido e por sorte ele nunca vai saber o que aconteceu, mas com o professor de ginástica eu conheci outra coisa, como se eu tivesse aberto a cabeça, como se houvesse entrado em outra dimensão. Ele estava com seu moletom azul — eu não poderia nem lhe dizer se ele era bonito ou não; lembro que ele me disse que eu era uma mulher interessante, no que não acreditei — e, pelo pouco que conheço da vida, sempre soube que seria uma aventura e nada mais. Entenda-me: não me apaixonei nem tem cabimento se apaixonar na minha idade, e além disso, olhando friamente para o meu professor de ginástica, até pode ser que ele tivesse pinta de folgado. Jamais me casaria com um homem assim. Depois ele me procurou e eu não quis saber dele: já tinha muito no que pensar. Sabe no que eu penso? Em como vou voltar para a minha cidade. Estou aqui, falo com os professores de Salta, que me contam a vida miserável que levam lá, mais miserável que a minha; escuto o alto-falante e penso que, se há todo um mundo aqui neste lugar, imagine quanto não deve haver fora daqui, em toda parte, e agora que estamos prestes a voltar, a única coisa que faço é me perguntar: "Como volto para a minha cidade?".

Nada mais que sombras

É curioso o que me acontece com as pessoas: na hora de conhecê-las, tenho uma ideia global de quem são; com o trato e o passar do tempo, essa ideia vai se fragmentando e já não sei mais como é o outro, me abandono às diferentes perspectivas; por um lado lhe dou pontos, por outro tiro. Tudo é visto por um lado e pelo outro; já não encontro mais o canal. Foi o que me aconteceu com Miguel, que conheci numa festa. Nessa festa estávamos juntos, mas separados, nós dois dançamos com todos os presentes e eu, de vez em quando, me perguntava de maneira vaga: "Como sei que estamos juntos?". Depois me esquecia e me vinha uma certeza. A certa altura da festa, ele disse:

— Vamos?

E fomos embora.

Nessa noite, ele teve câimbras nas pernas e não fazia outra coisa a não ser gritar intermitentemente quando elas vinham: quando não, podia falar de coisas interessantes; no meio do relato, as câimbras voltavam. Não entendi aquilo e não procurei explicação; me comportei muito bem, como uma hóspede que faz companhia com certa distância, dava uns conselhos vagos que eram recusados por serem contraproducentes. No dia seguinte, fui levar comida para ele e soube que havia outras coisas contraproducentes: acelga ele não comia porque sua barriga estufava como se estivesse grávido; o médico lhe dera uma dieta de pizza, sardinhas e vinho: essa era a melhor combinação para seu organismo. Essa dieta chamou minha atenção, mas eu a pus na conta da variedade de dietas possíveis e dos direitos individuais. Pela forma como olhou para um urso numa loja de brinquedos, adivinhei que gostava de objetos pequeninos, fossem plantas ou brinquedos. Depois me contou que estivera em Amsterdam, que parecia uma cidade de brinquedo, onde o condutor do pequeno bonde vai anunciando cada rua, todas com nome terminado em "dam": "Budesdam", "Kudasdam", "Osterdam" — ele cantou os "dam" como os condutores da Holanda, tão bem que eu fiz de conta que estava lá.

Ele gostava da Irlanda por causa dos pôneis e das carroças.

Também adivinhei as cores que lhe agradariam e como seria o veio que eu poderia explorar em função dessas cores e texturas: rosa-suave, azul, lã que não pinique nem seja áspera. Muitas vezes tive uma roupa assim, com a qual me sentia adaptada à vida, à temperatura, confortável para mim e para os outros... Mas às vezes gostaria de me vestir de um preto provocante: pensava que daria intensidade aos traços do rosto. Meu primeiro grande confronto com ele se deu quando eu estava vestida de preto; foi por motivos políticos: eu me revelei peronista e ele, radical. Quanto mais radical ele se mostrava, mais peronista eu me mostrava. Ele atribuía ao peronismo um poder de aniquilação, uma força obscura e terrível. Embora essa discussão não me parecesse relevante (os argumentos de ambos não eram nem bons nem novos), continuamos discutindo na rua. Chuviscava e cada um era guardião das suas ideias, e ao mesmo tempo as ideias eram guardiãs dos pobres corpos, meio molhados. Por um momento senti o prazer de ser frágil, mas logo o esqueci. Separei-me dele amigavelmente, mas como se fôssemos duas potências de sinal diferente. Pensei que havia naquela relação algo que dava certo e algo que não dava. Pelo lado que não dava certo eu estava disposta a terminá-la naquela noite, mas, no fim das contas, as diferenças políticas podem ser limadas, e em nome de que eu me mostrei tão apaixonada se no fundo... eu... não acreditava muito em nada. Mas ele sim, ele sim. No dia em que seu partido venceu, comprou uma bandeirinha para comemorar. Ele não comemorava numa manifestação ou com grupos: fazia isso sozinho, na sua casa, era uma manifestação solitária. Comemorava na minha frente como se eu fosse uma multidão; tinha uma alegria tão grande que era impossível desanimá-lo. Também foi impossível desanimá-lo quando ele começou a tocar gaita sem saber tocar. Tinha comprado uma, com ela emitia uns sons estranhos com tanta convicção, estava tão compenetrado no que fazia que eu não me atrevia a lhe dizer o que achava: aquilo não era música.

Agora eu o via de vários pontos de vista, ficava contente com sua alegria, mas que não comemorasse à minha custa; eu também não teria tocado gaita sem saber tocar, mas, bem, democracia é democracia.

Todos esses pensamentos, porém, eram pensamentos solitários meus; nessa época, andávamos de mãos dadas tão à vontade como se tivéssemos quatro ou cinco anos.

A segunda grande briga não foi por motivos políticos nem por debates culturais: foi por causa de uma lata de sardinhas (o médico as recomendara como parte da dieta). Eu nunca soube usar direito um abridor de latas: eles escorregam na superfície da lata, saltam e caçoam de mim. Eu as abria martelando uma faca com outra. Quando ele ouviu o barulho e veio ver esse jeito de abrir, gritou como se eu fosse uma assassina de sardinhas — ele disse algo parecido com isso. Disse que todas iam ficar desfeitas e esfaqueadas, que perderiam sua nobre consistência e seu aspecto metálico; ele jamais comeria as sardinhas depois de ver aquele procedimento. Eu nunca tinha visto o assunto daquele ponto de vista, de maneira que sozinha continuei a abrir as latas como sempre, mas com certa perplexidade. Eu me dizia: "Será que estou fazendo alguma coisa ruim e não tenho consciência disso por causa da minha falta de jeito ou de alguma deficiência irredutível e incurável?". E nesse momento pensava: "As sardinhas viriam a ser a causa de um rompimento definitivo?". Percebi que não: no dia seguinte ele veio contentíssimo; falou dos rios da província de Buenos Aires, das inundações e das diversas etnias que vivem no país. Miguel dizia que os italianos eram pães-duros na hora de pagar, mas faziam companhia nas circunstâncias emotivas, por exemplo, quando morre o ente querido de alguém; os judeus viviam fascinados por Nova York, mas eram muito corretos em seus pagamentos. Os paraguaios, péssimos; mas quando um dava de ser bom, era excelente. Eu pensava: "E agora, o que vou dizer: por que você se irritou tanto ontem?", mas a conversa seguia seu curso e não havia como mencionar isso, ele já estava examinando todos os sindicatos: o pior de todos era o dos encanadores. Essas considerações sociológicas, por um lado, me davam o senso de pertencimento a um lugar, a um país; por outro, era pouco o que eu podia acrescentar: no máximo alguma anedota com um encanador, o que só fazia confirmar a regra. Quando Miguel recordava um episódio histórico ou político importante, seu tom era o de um professor de primeira categoria que fala pausadamente a fim de que o fato se grave no discípulo (que era eu).

Quando ele me contava como era vítima das circunstâncias, suas palavras se atropelavam e eu meio que intuía o que ele queria dizer: apareciam montes de seres desalmados, sórdidos e coveiros que exploravam sua vida. Como uma das minhas paixões era a equanimidade, tentei compreender todos esses seres que ele mencionava. Fiz isso uma vez e nunca mais: era um ponto sensível.

Às vezes pedia desculpas: fazia isso muito rápido e em voz baixa como se quisesse apagar as desculpas. Também não escrevia cartas nem notas; ele não deixava rastros nem estava atento ao efeito que causava com suas elocuções. Quando estava mal-humorado, lembrava aqueles personagens de *O morro dos ventos uivantes*, proprietários rurais que soltavam os cachorros na visita. A visita ficava paralisada; não podia acreditar no que estava vendo: antes de sair ou de ficar, esperava que alguém prendesse os cachorros, mas não se sabia quando chegaria a tranquilidade. Seu lado professoral era muito simpático e espirituoso: imitava os brasileiros exagerando, com arte, suas cadências sentenciosas, os argumentos rematavam num absurdo hilariante. Eu já me sentia criticada pelo lance das sardinhas e também por uma capa de chuva amarela que me deixava muito larga. Ele ficou tão espantado com aquilo que achava que eu parecia outra, uma estranha aparição. Então, toda vez que eu o esperava num café, ficava em situação de examinada; eu me sentava um pouco antes, para me acostumar com o lugar, conferia o cabelo e o rosto no banheiro para deixá-los apresentáveis e começava a ler um livro para que ele pensasse que eu estava sentada o mais naturalmente possível e também porque, caso houvesse algum confronto, eu estava fazendo o que sempre fazia: ler livros num café.

Eu tinha a tentação de me mostrar, nem que fosse uma vez só, de maneira insólita, revelando meus aspectos mais feios; por exemplo, penteada a contrapelo e vestida com uma dissonância total de cores, mas temia o confronto. Sem querer me escapava o que eu pretendia, mas de outro modo; ficava feia sem tentar, mas não como uma aparição estranha: humildemente feia. Nunca fiz nada insólito, mas numa tarde de calor eu o recebi com uma regata velha e de calcinha. Falei:

— Desculpe receber você assim, está muito quente.

Ele disse:

— Cada um fica como quer na própria casa.

Então ele podia ser equânime e livre. Em outra ocasião lhe pedi um conselho, com longas e complicadas considerações, sobre como dar umas coisas e para quem. Ele disse:

— Ah, cada um dá o que quer pra quem quer.

E me pareceu que ele gozava de uma misteriosa liberdade; não ia esmiuçar isso. Mas, agora que o conhecia melhor, como é que uma pessoa pode avaliar os fatos com uma frieza tão nobre, resultante, sem dúvida, de decantada aprendizagem, e ao mesmo tempo se afogar num copo d'água, atormentando-se e me atormentando durante uma hora por causa de uma lata de sardinhas? Como conseguia ser um professor generoso e feliz, evocando os mais variados conhecimentos, e ao mesmo tempo esse homem iracundo, com essa angústia desgraçada que endurecia seu rosto e que o derrubava? Quanto mais me relacionava com ele, mais perdia a pista de quem ele era, como se tivesse se fragmentado em mil pedaços. Tinha apenas uma noção, à maneira dos animais, do que devia fazer para não arrumar confusão. Uma vez tentei caminhar como ele para ver como era; era um passo sem pressa e sem pausa, aparentemente relaxado, mas bem encadeado. Era uma disposição muito parecida com a que demonstrava quando fazia contas. Sim, nas contas nos dávamos bem, vinha-me um veio burguês, eu tinha definições seguras que não lhe desagradavam. Esse veio burguês tinha brotado com um namorado anterior meu, que dizia: "É preciso ter caráter firme e bom senso; quem resiste, ganha". Quando me reencontrei com ele, depois de uma separação, estava decidida a expor minhas novas ideias sobre possíveis negócios; mas nesse dia ele estava com muita vontade de me ensinar o alfabeto russo. Eu estava irritada com aquelas ideias de ganhos efetivos que ele trazia. De que valia aprender russo num dia se não iríamos estudá-lo nunca mais? Concordei porque ele estava entusiasmado como se tivesse sido russo em sua vida passada. Concordei como se um bebedor inveterado fizesse um abstêmio tomar um drinque e este bebesse com descaso total, fazendo uma coisa que não tem peso nenhum em sua vida. E assim começamos de novo a comer pizza, sardinhas e a beber vinho; eu me habituei com ele vindo temporadas inteiras, noite após noite, depois ele desaparecia, e, quando voltava, chegava como se sempre tivesse estado presente.

Perdi uma grande oportunidade de me expressar quando, num Ano-Novo, ele perguntou:

— Você é feliz?

Hesitei: a felicidade é algo muito genérico e difuso; ninguém pode saber de ciência certa se é feliz; além do mais, essa história de felicidade é uma ideia antiga. Quis dizer algumas coisas que não me agradavam, principalmente porque me lembrei do que um namorado anterior me disse um dia: "Você não impõe nenhuma condição a um homem?", e eu tinha dito que não. Na verdade, o que acontecia era que eu sempre vira, até com os cachorros, como se transgrediam as normas estabelecidas; o dono diz para o cachorro: "Fique aqui quietinho", e em dois minutos o cachorro está saltando todo tranquilo. Não é difícil impor condições: o difícil é que elas sejam cumpridas. Pensando nisso tudo, eu lhe disse:

— Sim.

E perdi uma segunda oportunidade quando, depois de não impor condições, habituei-me a contar-lhe piadas irrelevantes, dessas que deixam a vida mais leve, que causam uma suspensão do tempo porque a gente fica exatamente igual depois de tê-las contado. Um dia em que eu estava dizendo qualquer coisa, ele fez o seguinte: tapou um olho e me olhou com o outro. Era um olho que queria saber mais, era poderoso. Impressionou-me tanto que não perguntei por que ele estava fazendo aquilo; eu queria que aquele exame, ou o que quer que fosse, passasse logo e queria fazer de conta que ele não tinha me olhado só com um olho.

Continuávamos de mãos dadas, mas de um jeito diferente: nas alternâncias entre briga e reconciliação, quando chegava o encontro ele se mostrava muito apaixonado, era tão enfático que me desconcertava; eu pensava: "Uma coisa tão forte não pode durar para sempre; prefiro pouco, mas estável". E depois de tanto falar dos encanadores, dos boiardos, das classes sociais, das conveniências e das inconveniências, ele começou a ter algum interesse em saber algo sobre mim. Perguntava com um tom de descaso, como quem não quer nada, enquanto tirava a tampa de uma lata ou de uma garrafa (ele sempre abria as latas):

— E como você foi parar no...

E eu respondia rápido qualquer coisa, porque os trilhos da conversa já estavam alinhados, e era difícil sair deles. Além do mais, eu não queria responder naquela hora; ele devia ter perguntado antes. E eu também pensava que aquelas perguntas íntimas deviam ser feitas num tom especial e ele perguntava como se tivesse uma sócia ou uma companheira incidental de estrada que um acaso qualquer pôs em seu caminho. Eu sentia prazer em me fechar num rancor animal e, quando o esperava num café e ele às vezes não vinha, eu me dizia: "Melhor assim". Ou se ele anunciava que iria embora cedo, eu me dizia: "Melhor assim". Eu estava curtida como uma órfã de asilo e, embora ele não notasse, eu estava mais irascível que ele quando se mostrava taciturno e insuportável. Eu era como uma órfã de asilo em quem infundiram normas muito fixas, por exemplo, que é preciso ser amável com a visita, mas então a visita podia ser qualquer um. Claro, não podia prescindir totalmente da visita, senão ficaria sozinha no mundo.

Depois nos víamos menos e evitávamos entrar em qualquer confronto. Como não havia explosões, estávamos agradecidos como quem fica contente desde que faça sol, só isso. Começamos a caminhar muito; quando caminhávamos não havia briga. Numa noite de janeiro, seguíamos por uma área de casas com jasmins, e eu lhe perguntei, timidamente:

— De que tango você gosta mais?

E ele cantou:

Íbamos tomados de la mano
bajo un cielo de verano.

Sim, era muito bonito. Mas tive uma premonição; estávamos sob um céu de verão e eu quis lhe dizer: "Não me deixe". Mas ele já estava apontando para uma casa rosada e me dava explicações; perdi a oportunidade de dizer. Quando o momento de dizer passa, eu não consigo mais. Naquele momento, eu devia ter dito para pararmos de andar e então esse pedido teria sido melodramático: todas aquelas casas velhas que nos rodeavam me olhariam com espanto.

Há pouco tempo sonhei com Miguel. Com minha sombra, eu cobria a dele; a dele era uma sombra civilizada, discreta e correta; a minha ia ficando cada vez maior enquanto eu a olhava; ele tinha razão, mas eu não quis dar o braço a torcer. Falei:

— Não tenho culpa de ter essa sombra.

Por um momento o vi aflito e dolorido, quis me reconciliar. Ele disse alguma coisa complicada, como se falasse de um protocolo jurídico, levantando um dedo:

— Vamos estabelecer o deslinde definitivo?

Eu, encorajada, disse:

— Sim, vamos fazer isso.

Sabia que aquela qualquer coisa definitiva ia me custar caro. Depois o sonho se esfumou.

A gente vai ficando

Tinha de ser logo comigo, porque tudo acontece comigo. Estava voltando de uma reunião na cidade onde os perrengues são resolvidos de baixo para cima, os rascunhos de atas, o registro anual de matrícula... Eu tenho vinte alunos e de longe vejo quando estão vindo. E elas ainda me olham dos pés ao turbante, não sou turca nem fiz voto de usá-lo: meu cabelo é uma palha e não consegui esquentar água para lavá-lo porque o Negro se esqueceu de bombear. E Cucú foi não sei para onde: quando sai, só volta ao anoitecer. Quis ir de qualquer forma à reunião da cidade; eu sabia que não estava nas melhores condições, mas preciso ir à cidade de vez em quando: no campo a gente vai ficando. Também queria levar Chinchín ao médico, mas o médico não estava.

Lá em Moreno deu meio-dia, a hora do puchero, então o arrastei de volta, coitado, mas pelo menos ele percorreu toda a escola Número Um, de cabo a rabo. Eu disse a ele:

— Esta é a escola Número Um, é a principal da cidade. Sua mãe estudou aqui.

Não terminei de falar e Chinchín já galopava pelos pátios e eu pensava: "Que se familiarize com uma coisa diferente de vez em quando".

Voltava dessa reunião, como dizia, com as planilhas quadrimestrais, as anuais e as complementares quando vejo na portinha de entrada da minha escola uma figura grande, com um terninho cinza-elefante, óculos e uma pasta. Tinha de acontecer logo comigo: era a sra. Artacho, a inspetora. Chinchín tinha tirado os sapatos e vinha descalço; eu os levava na bolsa, com as planilhas e o pão que tínhamos comprado em La Aurora de Moreno. Ela me disse:

— Sou a dona Arrrtacho.

Não disse "Artacho", dizia "Arrrtacho".

— Muito prazer, senhora, eu a conheço de vista — eu disse a ela.

Eu disse a ela e não sei por que estou contando a você: o cavalo estava na frente para comer a grama, que estava muito alta, o cavalo deixa tudo liso, feito uma pintura; mas tive a impressão de que a Artacho tinha medo dele. Chinchín é muito pequeno para amarrar o cavalo e Cucú não voltava; por outro lado, é melhor, pensei, porque ele volta mais negro que o pai; depois que o pai sai, volta com ninhos, galhos e por um momento não há quem o acalme. A cobra morta também estava ao lado da porta de entrada, mas por sorte ela não a viu: era uma peça que tínhamos pregado no jesuíta jovenzinho. Ele vem de bicicleta toda quinta-feira para dar aula de religião; gostam muito dele, mas eu já estava me cansando daquela cara de sol toda quinta-feira, então falei para os do quinto ano:

— Vamos pregar uma peça no padreco?

E eles puseram a cobra morta na porta de entrada. Ele vinha embalado, porque sempre vem com entusiasmo, mas dessa vez vacilou, desceu da bicicleta, olhou para todos os lados. Nós o espiávamos da janela da cozinha: Cucú, Chinchín, os do quinto ano e eu. Ele fez um rodeio e por fim vimos que, dessa vez, ele estava com uma cara diferente daquela de perpétuo entusiasmo e, em vez de entrar de bicicleta com as mãos soltas dando uma de exibido, entrou a pé, arrastando a bicicleta.

Bom, a Artacho entrou com uma pasta grossa, com todas as folhas, segura, e os cadernos dentro: parecia um elefante de saia. A Artacho avançava para a escola com aquele ar do que não tem remédio; nem olhou para o pomar. Chinchín me olhava como quem diz: "O que aconteceu, mamãe?".

— Vá ficar com seu pai — falei.

E ele logo entendeu, porque foi, descalço, para a cozinha.

Ela disse:

— Quero ir à diretoria.

A diretoria era menor que o banheiro, e o cachorro dorme na cesta de papéis. Quando o viu, ela disse:

— Tire isso daqui.

Tirei o Puchi e o levei para a cozinha, com o Negro e Chinchín. Quando se sentou na cadeira de palha que fica ao lado da escrivaninha, ela pediu:

— Me mostre o arrrquivo.

Não dizia "arquivo", dizia "arrrquivo"; e aí comecei a tremer.

— Não sei se vou conseguir abri-lo — falei.

No arquivo ou arrrquivo eu tinha posto uma galinha choca com pintinhos e agora precisava da ajuda do Negro.

— Negro — falei. — Faça de conta que está me ajudando a abrir a gaveta da galinha, mas não abra.

O Negro, em caso de apuros, responde.

A caminho do arquivo, a Artacho viu alguma coisa e disse:

— Tem perrrcivejos aqui.

Não dizia "percevejos", dizia "perrrcivejos". E continuava olhando ao redor. Dizia:

— Que sujo! Mas que sujo!

Admirada, como se fosse uma curiosidade.

O Negro veio e não estava muito apresentável, uma pena, tão bonito que meu Negro fica bem-vestido e de banho tomado. Quando o viu, nem o cumprimentou; dirigiu-se a mim e disse:

— Vou fazer um relatório.

Sentou-se na diretoria. Perguntei se queria um copo d'água. Não quis e me advertiu:

— É necessário que você abra o arrrquivo.

Ainda bem que o armário não estava na diretoria e por sorte ela não me perguntou por quê. Falei:

— Um momentinho, senhora.

Fui até a cozinha e disse para o Negro que desse uma arrumada, vai que esse elefante tem a ideia de entrar na cozinha; o Negro disse que aquela era a casa dele, que a casa é um lugar de hospitalidade, quem entra tem de se sentir contente com o que vê, caso entre com bondade. Eu poderia matá-lo, mas não quis discutir porque as coisas não andavam muito bem com ele. Sugeri que fosse com Chinchín à casa do seu Salvador e ele disse que não tinha por que sair da sua casa.

Mas era a casa-habitação do diretor da escola, que vinha a ser eu, e é dada pelo Ministério; e então tudo bem, a Artacho podia examinar a casa se quisesse.

Voltei à diretoria e ela escrevia e escrevia sem parar. Enquanto aquela massa enorme escrevia sem falar comigo, eu não sabia o que fazer: se devia me sentar ao lado dela ou desaparecer; andava perto dela e pensava: "Sou professora, zeladora e diretora, tudo junto. Diretora do cacete e olhe lá". Quando terminou de escrever, ela me disse:

— Faça três cópias manuscritas e encaminhe-as imediatamente. Sinto muito, mas preciso fazer uma queixa. Vou me retirar — e me estendeu uma mão mole e fria como uma lagartixa.

Tive de acompanhá-la até o portãozinho, para não correr o risco de o elefante pisar num formigueiro, com o que a teria como hóspede forçada. Antes de sair, ela disse, como se eu tivesse culpa:

— Ai, quando é que vão fazer o asfalto!

— Não sei, senhora — falei. E pensei: "Tomara que a lama nos cubra até o pescoço, assim não vou te ver nunca mais".

Porque quando tem lama os inspetores não vêm. Aparecem quando tem sol, quando tudo começa a secar e as pessoas saem do confinamento da chuva; aí aparecem.

Voltei para ver o que ela tinha escrito: "No dia de hoje, visito a Escola Rural Número 42 correspondente ao Distrito Número 2, estando presente a diretora e professora da mesma. Encontro o prédio em notável estado de abandono. Vejo-me impossibilitada de referendar as atas, as planilhas quadrimestrais, as anuais de estatística e os relatórios semanais, bem como os livros de presença, os boletins, os formulários de perfil biossociopsicológico por ausência de arquivo, o que constitui uma falta grave".

No dia seguinte, comecei a copiar o relatório em três vias e errava. O Puchi estava na gaveta dos papéis, bem tranquilo, como se nada tivesse acontecido; eu atirava na gaveta bolas e bolas de papéis mal copiados e, como vi o cachorro tão tranquilo e aquilo não me ajudava em nada, dei-lhe uma surra daquelas — no Puchi, que é minha adoração.

Coitado, não se ofendeu e aquilo me deu mais pena ainda. Sim, eu choro, nem sei mais por que choro. E pensar que me eduquei na María Auxiliadora, usava gola, colarinho, golilha; e nem me lembro de todos aqueles perrrcivejos.

Moço na pensão

O compadre disse:

— Então você vai mandar o moço pra Buenos Aires. Lá tem muito carro, é tudo extremamente caro e tem pouca religião!

O compadre sempre sabia do que estava falando; tinha estado em Caracas, conhecia uma cidade grande. O pai queria mandar o filho para Buenos Aires porque gostava de tango, principalmente de um que se chamava "Vida mía". Certa vez, uma cantora loira foi a Portofino e cantou "El día que me quieras", "Mi noche triste" e "Vida mía"; mas ele se lembrava mais deste último. Além do mais, a mudança para Buenos Aires era favorável e, se tudo continuasse igual, em um ano ou dois ele poderia ir encontrar Arturo, que já seria um homenzinho, para ouvir essa cantora ou outra bem parecida.

O compadre continuou:

— Pastor mandou seu filho pra Rosario, o irmão da minha cunhadinha também; estão fazendo grandes progressos lá, e você quer dar a nota? Já seriam três de Portofino em Rosario.

Como sempre, o compadre tinha razão; iria mandá-lo para Rosario nesse mesmo ano e na semana seguinte iriam a Portofino para lhe fazer dois ternos: um azul-marinho e outro cinza, que com meias cinza caem muito bem.

Arturo ouviu seu destino atrás da porta e o que mais o impressionou foi o lance dos ternos. Será que se sentiria bem nesses ternos, seriam feitos de acordo, sob medida, ou ele seria obrigado a usar calças muito compridas por não tirar as medidas? Ele era bem baixinho, bem moreno, e um dia perguntou ao padre Esmeralda, o que recolhia o dízimo:

— Padre, por que será que eu não cresço?

— Pelo vício solitário — disse o padre Esmeralda.

O padre Esmeralda vinha todo mês e recolhia o dízimo: de abóboras, de tomates e de frutas; Arturo via de longe como seu pai arrumava tudo direitinho no caminhão do padre. Seu pai, que nunca perseguia ninguém por nada, quando arrumava as frutas no caminhão maltratava as crianças que o ajudavam.

E mesmo que ele agora fosse abandonar o vício solitário por um tempo, não surtiria efeito porque seria uma coisa feita às pressas...

A pensão de Rosario ficava longe do centro, a duas quadras do terminal de ônibus. O terminal de ônibus, com todo aquele barulho, era uma perdição tão grande quanto Buenos Aires. Diziam pelo alto-falante: "Ônibus que sai para Mendoza", "Ônibus que vem de Córdoba está próximo de chegar à plataforma 102". E se a gente não chegasse na hora? E se o filho do Pastor, o de Portofino, não o encontrasse? Não tinha a quem perguntar; ninguém sabia que ele estava à espera do filho do Pastor, de Portofino. O filho do Pastor encontrou Arturo sentado em sua mala; não estava de terno, usava calça azul e uma jaqueta de couro. Gritou-lhe com uma censura afetuosa:

— Arturo! O que está fazendo aí?

— Nada, acabei de chegar.

— Sim, estou vendo, mas vamos andando, homem — disse e pegou a mala da mão dele.

O filho do Pastor era alto e moreno, porém mais claro que Arturo; levava a mala todo empertigado como se ela contivesse um tesouro. Arturo não dizia nada; estava um pouco amolado porque ele tinha pegado sua mala, mas não era o caso de lhe dizer isso. O filho do Pastor deu uma olhada em Arturo e disse:

— Não há vagas na minha pensão; vou levá-lo pra um lugar muito bom.

Por sorte, todo aquele barulho do terminal ia se afastando; entraram num bairro de casas baixas, diferentes das de Portofino; as de lá eram pintadas de amarelo e azul-claro com molduras azuis; aqui parecia que os habitantes não ligavam para a cor das casas nem para nada, e essa ideia se confirmou ainda mais quando viu um homem regando o jardinzinho: jogava grandes baldes de água sem olhar onde caía; a mesma coisa acontecia com as pessoas que tinham posto sua cadeira na calçada; não eram como as de Portofino. As de Portofino cumprimentam todo mundo que passa e se, por acaso, passasse um desconhecido, não olhariam para ele desse jeito tão descarado como aqui, sem cumprimentar. Além do mais, não estavam sentadas à porta com decoro; entravam, saíam e as crianças que andavam de bicicleta ou de patins pela calçada não davam passagem nem olhavam para ninguém.

Quando chegaram à pensão, foram atendidos por uma senhora de uns quarenta anos e o filho do Pastor pediu alojamento para Arturo; atrás da senhora apareceu uma idosa que fazia gestos e movimentos com a boca, como se quisesse dizer alguma coisa; os movimentos eram constantes, automáticos, como se tentasse falar bem rapidinho mas sem voz. Talvez a filha não a deixasse falar. A senhora olhou para eles, não muito amável, e disse:

— São mil e quinhentos pesos por mês.

O filho do Pastor disse:

— É muito, por mil e duzentos se consegue...

— Como quiser — disse a senhora.

A velha seguia com os olhos todo o processo, extremamente interessada. Arturo, sem olhar para a senhora, dirigiu-se à velha:

— Eu sou Arturo, senhora. Sou um moço decente e trago meu dinheiro; fico com um quarto.

A velha movia a cabeça; Arturo não sabia se estava assentindo, se estava a seu favor, mas procurava nesse rosto algum sinal positivo.

— Um momentinho — disse a filha e levou a velha para dentro a fim de falar a sós. O filho do Pastor o beliscou e disse:

— É caro; deixe que eu cuido disso.

— Quero ficar aqui, se me aceitarem — disse Arturo e começou a preparar o documento de identidade, o certificado de estudos cursados, o diploma de formatura com uma foto de todos os alunos e também pegou uma foto sua com a irmãzinha e seu gato. Quando o filho do Pastor viu a foto, disse:

— Tire isso, homem.

Mas as duas mulheres se aproximaram e Arturo mostrou toda a documentação que quis; a foto das crianças com o gato agradou à mãe, e a filha disse:

— Entre, Arturo.

O filho do Pastor lhe disse, aborrecido:

— Faça como quiser.

Arturo pegou sua mala, o filho do Pastor olhou o quarto e disse:

— Não é ruim. Se precisar de mim, aqui estão meus dados. Qual é o telefone, senhora?

— O telefone é pra ligar de fora pra dentro, de dentro não dá pra ligar.

— Bem — disse o filho do Pastor. — Ligo quando você estiver instalado.

Quando Arturo ficou sozinho, sentou-se na cama e passou a observar tudo: a cama, o colchão e a colcha eram duros, como que feitos para gente empreendedora. Tinha uma mesinha só para ele! A mesinha tinha uma gaveta e ele já ia pôr ali o dicionário em dois tomos; seu pai lhe dissera:

— Todas as palavras do idioma estão aí; quando tiver alguma dúvida, recorra ao dicionário.

Quando estava pondo o dicionário sobre sua mesa, agora a chamava de "sua mesa", bateram à porta. A senhora lhe disse:

— Precisa de um ferro de passar?

— ...

— Posso emprestá-lo.

E para não dizer que não, ele aceitou; não sabia passar roupa, mas não queria dizer nada; talvez em Rosario os homens passassem as roupas. Pendurou seus ternos e enrolou a roupa feito uma trouxa com uma toalha grande que seu pai lhe dera. Quando olhava pela janela em direção a uma calçada larga, bateram à porta de novo; dessa vez era a avó. A avó perguntou:

— Já passou a roupa?

As palavras da avó pareciam ligadas ao movimento da sua cabeça e da sua boca; ele disse:

— Sim, obrigado.

— Vamos ver — disse a avó.

Ele não sabia o que dizer; por fim, muito envergonhado, confessou:

— Não sei passar, vó — e lhe mostrou a trouxa de roupa.

A avó caçou a trouxa e o ferro enquanto dizia: "Onde já se viu, onde já se viu, mas esse moço!".

E quando estava saindo com o ferro de passar e com a roupa, a filha a deteve e disse:

— Mas, mamãe!

Ele fechou a porta, mas ouviu uma discussão entre a filha e a avó; a filha dizia: "É a última vez".

Que última vez seria? A última vez que veria sua roupa? A última vez que a avó deveria passar na vida porque talvez passar roupa acentuasse sua doença?

Na pensão, o jantar era às nove. Ainda bem que levaram a Arturo sua roupa para o jantar; a senhora veio e disse:

— Depois das dez não se serve mais comida.

Não sabia por que tinham dito isso para ele; não pretendia infringir nenhum horário. Sentou-se à mesa às nove em ponto: os pães estavam servidos, mas não se deve comer pão antes do jantar; às nove e dez chegou uma moça muito branca, de cabeça erguida e nariz empinado; começou a comer um pão da cesta. Arturo estava com fome, mas não a imitou: talvez ela tivesse algum foro especial.

Ela perguntou:

— De onde tu és?

O "s" soava taxativo, fechado.

— Sou de Portofino, ou melhor, de um lugar a trinta quilômetros de Portofino.

— E onde fica isso?

— Fica no Equador, na região Norte, mas...

Ela interrompeu:

— Longe de Quito?

— Ah, claro! É outra região.

Ela pareceu perder o interesse quando ele lhe contou que não morava perto de Quito; foi até um quarto e disse:

— Mabel!

E, em vez de Mabel, apareceu vindo da rua um moreno magrelo de camiseta amarela com desenhos vermelhos. O moreno lhe perguntou com certa autoridade:

— Qual é seu nome?

— Arturo, às suas ordens.

— Que às minhas ordens que nada, homem! Você é da minha terra? Eu sou de Maracaibo, que devia ser a capital e só não é porque os usurpadores de Caracas venceram.

— Por que os usurpadores venceram? — disse a moça branca chamada Ana.

— É uma longa história. E agora estou com fome. Na Argentina não tem feijão, nem maionese, nem frango com batata frita.

Ana já ouvira o venezuelano de Maracaibo dizer aquilo várias vezes: na noite anterior o ouvira dizer que na Argentina não há melões; pegou um livro e começou a folheá-lo. Arturo pensou que era falta de educação ler durante a refeição; talvez a dona a repreendesse e quase desejava que a repreendesse, porque essa moça tão branca, com sapatos sem salto, era como uma norte-americana que ele tinha visto uma vez quando foi a Quito; e, como se sabe, as norte-americanas são marcianas.

Quando a filha da senhora começou a servir, Mabel apareceu. Devia ter trinta ou trinta e cinco anos. Tinha a mesma cor de pele do venezuelano de Maracaibo, mas a dela era lustrosa e seus olhos escuros também pareciam lustrados. Estava de robe, com um pouco de batom nos lábios, e disse sorrindo:

— Boa noite a todos. — E, olhando para Arturo, disse: — "Bem-vindo".

— Muito obrigado, senhora — disse Arturo.

Ana e o venezuelano riram. Chamar Mabel de senhora!

— O que foi, crianças? — disse Mabel.

— É que Arturo é educado, é isso — disse a filha da avó, e a avó, que ouviu "educado", disse movendo a cabeça:

— Sim, sim, viu só? A educação é o principal. Em tudo, em tudo.

A filha pegou a sopeira e foi com a mãe para dentro. O venezuelano de Maracaibo, dirigindo-se principalmente a Mabel, disse:

— Agora, falando sério, eu notei em Rosario uma falta de educação impressionante. As pessoas não dão passagem, não dão o lado da parede pras mulheres...

Mabel, sorrindo, com cara de quem está pensando em alguma coisa bonita reservada só para ela, disse:

— São os costumes...

Arturo tomava a sopa e não dizia nada. Essa senhora tão linda olhara para ele e dissera "Bem-vindo"; tinham rido dele, mas a avó o salvara. E talvez, um dia, ele se acostumasse a chamar de Mabel essa senhora, que estava vestida como quem está indo dormir. Passava batom para ir se deitar?

Quando eram dez da noite, hora em que não se servia ninguém, ouviu-se a campainha de uma bicicleta que se aproximava e nela um rapaz com chapéu de palha posto com certa janotice. Entrou com a bicicleta direto na cozinha, provou a comida do dia, direto da panela, e ouviu-se a voz da dona da pensão, gritando com falso alarmismo:

— Jorge!

Quando Jorge entrou com a bicicleta, o jantar ficou mais animado; não, sopa ele não queria (Arturo observou que Ana também não quis sopa; como é que podem desprezar um alimento que ajuda criança a crescer e adulto a prevalecer?). Jorge queria um sanduíche com carne e depois iria embora porque tinha uma reunião no C.I.R.; lutaria por aquilo até vencer. Jorge disse ao venezuelano de Maracaibo:

— Tudo bem, irmão?

— Tudo bem.

Jorge era venezuelano de Caracas. Ele mesmo fez o sanduíche de carne e, enquanto comia com o chapéu na cabeça, disse:

— Se ganharmos as internas, não vamos parar até a regional, e esta noite se decide por um votinho só e não pretendemos ceder nem um palmo.

Gritou para a cozinha:

— Não é verdade, vó?

Dava para ver que a avó não tinha reparado nem nas internas, nem na convenção regional estudantil, nem nos mecanismos de captação de votos, mas quando ele foi até a cozinha e pegou um doce que a avó mantinha escondido num canto, ela gritou:

— Moço atrevido!

Jorge pegou um pedaço de pão doce e sua bicicleta e foi para as convenções internas. Mabel se olhou num espelhinho e disse:

— Como estou cansada e abatida! Vou dormir.

Ana foi ler no pátio; se Mabel queria dormir, ela não podia ler no quarto, também não ia querer conversar. Arturo ficou com o venezuelano de Maracaibo, que lhe disse:

— As mulheres daqui não valem. Não sei na sua terra, mas na minha elas têm cabelo comprido até a cintura; as brancas têm um cabelo frágil, vi mulheres carecas em Rosario. E quando envelhecem ficam com umas veiazinhas azuis nas pernas, chamadas varizes, entende? E lá em Maracaibo eu nunca vi isso. Você já viu?

— Não — disse Arturo.

— Veja essa garota — disse se referindo a Ana, que estava no outro extremo do pátio. — Veja essas pernas brancas, está vendo?

— Sim — disse Arturo.

Arturo só via uma moça lendo num canto.

— Pois essas lindas pernas em dez anos vão estar cheias de varizes. Agora veja.

O venezuelano de Maracaibo foi até o banheiro e na volta disse a Ana com voz áspera:

— Sempre lendo, você; vai arruinar os olhos.

Ana levantou a vista por um momento e continuou lendo sem dizer nada.

— Reparou? — perguntou a Arturo.

— Não, ora — disse Arturo.

— Falei com ela e ela não respondeu.

Agora Arturo olhou-a de uma maneira nova; essa moça era alguém com quem não se podia falar: se alguém falava com ela, ela não respondia.

— Eu me chamo Gualberto — disse o venezuelano —, mas me chamam de Fredy; pode me chamar assim também.

— Como quiser, Gualberto — disse Arturo.

Gualberto o olhou de um jeito estranho e disse:

— Até amanhã.

Por que, por que teria olhado para ele assim? Agora devia ir para seu quarto e ele, que antes estava contente com sua mesa, uma mesinha só para ele, agora a viu de outra maneira; talvez a mesa também se deteriorasse como as mulheres por causa do clima de Rosario, como tinha dito esse Gualberto, que parecia ser um moço de pavio curto. Lá em Portofino agora eram sete da manhã, seu pai estava carregando o caminhão e lhe dizia: "Venha, filhinho, me ajude um pouco". Sua irmãzinha não queria acordar para ir à escola e seu pai lhe dizia: "Vá acordá-la, faça com que ela se vista; organize os livros dela, rapaz". Não conseguia dormir; começou a pensar em Mabel, ela sorria, tirava um seio para fora do robe e o oferecia a ele; depois aparecia irritada, pois com que direito ele tinha se apropriado da sua figura; mas isso foi só um momento, Mabel sorriu de novo, pegou seu espelhinho e ficou se olhando. Deixava seu peito de fora como se dissesse que não se incomodava com nada que ele fizesse; fechou a porta à chave, entregou-se ao vício solitário e dormiu na mesma hora.

Jorge, o venezuelano de Caracas, falava ao telefone com a voz baixa, clara e num tom sério. Não parecia aquele que Arturo vira de bicicleta com seu chapéu janota. Fazia uma ligação atrás da outra e de repente veio uma ligação de fora. Disse a Arturo:

— Pra você, o pastorzinho, e que seja breve.

Arturo pensou: "Será que Honorio Pastor ouviu como esse linguarudo o chamou? Chamar o filho do dr. Pastor desse jeito!".

Honorio lhe disse:

— Passo pra pegá-lo daqui a meia hora. Vou ser seu guia na cidade.

Arturo vestiu um terno e as meias cinza; lavou bem o rosto, sua cabeça estava cheia de belos pressentimentos. Honorio ia ser seu guia! Olhou as meias, estavam bem calçadas; seu paletó estava escovado. Sentou-se na poltrona de vime do pátio e viu Mabel sair apressada para o trabalho; a avó cortava cebola e alguma coisa verde, demoradamente; não o vira. A casa estava silenciosa, não parecia uma pensão; a filha da avó não estava lá. Parecia mentira que um dia antes aquele lugar tivesse estado cheio de gente e de risadas. Honorio apareceu com um terno xadrez com listras pretas, lilás e amarelas; olhou o relógio e disse:

— Vamos lá, venha.

Arturo disse para a velha:

— Vó, eu volto logo. Vou sair com o Honorio.

A velha não sabia se Honorio estava entrando ou saindo; olhou-o como se fizesse um esforço para reconhecê-lo e disse:

— Bom dia, moço.

— Vamos, homem, venha.

A velha disse algo que ele não entendeu, mas não podia parar porque Honorio não ia gostar.

— Levo dinheiro? — disse para Honorio.

— Não, vamos logo.

Arturo reconheceu a rua, mas não o caminho que levava ao terminal; ele teria ido para o outro lado. Pegaram um ônibus e Honorio lhe disse:

— Pro centro, você pede um bilhete de cem; pegue o 30 que diz "Centro" e não confunda com outro 30 que diz "Cemitério". Lembre-se disso.

E se ele não conseguisse ver direito e pegasse o 30 que diz "Cemitério"? Esse era um problema que teria de resolver, perguntaria mil e uma vezes; muitos olhos veem mais que um e, aliás, as duas palavras começam com "C".

No ônibus, Honorio lhe mostrava as notas de dinheiro:

— Esta, de um vermelho-vivo, é de cem; esta mais verde que tem o San Martín impresso é de mil pesos.

— Quem é San Martín?

— Bom, é este que está aqui. Lembre-se dessa cara.

Quando voltasse para seu quarto reuniria as marrons e as de San Martín para estudá-las. Honorio disse:

— Descemos aqui; essa é a Bolsa de Cereais, lembre-se dela pra descer.

Era um prédio cinza, com a base de mármore preto; muitos prédios eram assim, iam por uma rua pela qual as pessoas caminhavam. Honorio apontou para um beco e disse:

— Aí está a cantina. Se você estiver no centro e não quiser voltar, aqui se come bem barato.

— Vou levar isso em conta, Honorio; me diga: tem muito mofo em Rosario?

— Que tipo de mofo?

— Um que põe a perder as mulheres e os objetos.

— Deixe disso, homem! Vamos entrar neste café.

No café havia um garçom que parecia um príncipe; loiro, de cabelo levemente ondulado, estava de paletó verde com lapelas pretas. Esse príncipe viria se a gente o chamasse? Milagrosamente, sim. Honorio o chamou e ele veio. Honorio disse:

— Dois cafés. Quer alguma outra coisa?

— Não, Honorio.

— Agora escute bem — disse Honorio, fazendo um movimento amplo com o braço para olhar o relógio: — Vou dar três regras de ouro pra você se orientar. Primeiro, não fique saindo e voltando da rua o tempo todo; quando sair, aja com tino e acumule todas as tarefas numa viagem; nada disso de vou sair pra buscar uma apostila, ou vou até a banca de jornais, ou me esqueci de um livro e vou voltar pra pegá-lo. Assim, em surdina, a manhã passa. Em segundo lugar — disse enquanto mexia seu café com uma colherinha esquisita, não era como a de Portofino —, estabeleça um ritmo, um horário pro estudo; o maior rendimento é obtido com cinquenta minutos de trabalho e dez de distração. Sabia?

— Não, Honorio.

— Agora já sabe. Em terceiro lugar, quando tiver uma prova, que é coisa séria, você se tranca em casa.

— E como seria isso, Honorio?

— Fique dentro de casa até conseguir reter todos os conhecimentos na cabeça.

— Deve ser difícil, não é, Honorio?

— Muito — disse Honorio, com voz de homem experiente, e chamou o garçom, que dessa vez não vinha; não, tinha sido um milagre ele ter vindo antes; estava atendendo uma mesa ao lado onde havia duas mulheres loiras, lindas e gordas que tinham o cabelo salpicado de mechas de um loiro-claro. Uma criancinha, que devia ser de uma delas, dava voltas ao redor da mesa com uma cartucheira e um revólver; uma das loiras disse para a criança:

— Chispa daqui. Estou podre de cansaço.

A criança foi calmamente com o revólver até a calçada e Arturo ficou impressionado porque ela tinha dito "podre". Isso é algo espantoso, algo que fede, que lança fedor. Quem sabe esse Gualberto ou Fredy tivesse razão; em Rosario talvez houvesse algo relacionado a mofo e podridão. Quando o garçom principesco milagrosamente se aproximou para cobrar o café, Honorio disse a Arturo:

— Preciso ir; você volta tudo reto por umas cinco quadras, daí vira uma à esquerda pra pegar seu ônibus.

Ao sair, descobriu que num trecho muito extenso, até onde a vista alcançava, as pessoas andavam pela rua. Ela era bem ampla e quase branca; nem bem saiu, esbarrou numa senhora.

Ele disse:

— Desculpe, foi sem querer.

A senhora seguiu ao largo e não disse nada; olhou-o como se fosse perfeitamente normal as pessoas se esbarrarem. Quando avançou alguns metros, esbarrou nele um homem alto e gordo; deve ter sido — pensou Arturo — por ele ser muito baixo; devia andar de outra forma e ficar mais atento. Logo descobriu que havia três fluxos de pessoas: um que ia no sentido da pensão, outro no sentido oposto e no centro uma massa flutuante e mais rarefeita; ele seguia com aquelas que caminhavam no sentido da pensão, mas viu na calçada oposta uma livraria como nunca tinha visto na vida: até onde sua vista alcançava, havia livros. Ia atravessar para ver o que era, ia atravessar devagar para que ninguém esbarrasse nele. Olhou para todos os lados e estava cheio de gente; quando estava para atravessar, passou por ele um homem de uniforme azul e lhe disse:

— Documentos.

— Pois não tenho aqui comigo, estão na pensão. Eu sou Arturo Zaldúmbide, de Portofino. Sou um moço obediente e estudioso e...

— Quanto dinheiro tem aí?

— Pois agora percebo que não tenho dinheiro comigo, senhor; ficou por conta do Honorio.

— Está de sacanagem ou o quê? — disse ele, mais forte. As pessoas se aproximaram e apareceu outro homem de uniforme azul.

— Pois eu cheguei do Equador pra estudar, senhor. Sou um moço de bons hábitos e lá na pensão estão a senhora idosa e sua filha que podem...

Outro uniformizado se aproximou e disse para o primeiro:

— Verdolaga.

— Se tiver dinheiro escondido eu te levo — disse e ali mesmo o revistou, diante de todo mundo.

Arturo estava a ponto de chorar. Enquanto era revistado, começou a dizer:

— Sou um bom moço, senhor. Nunca fiz mal a ninguém.

— Quieto! — disse o de azul. O outro uniformizado, impaciente e em tom depreciativo, afirmou:

— Eu não disse, Verdolaga?

O primeiro uniformizado disse:

— Saia da minha vista.

Arturo não conseguia se mexer. Como poderia sair rápido da sua vista se esta via longe?

— Vamos, se manda — disse-lhe.

Arturo estava paralisado; um senhor que estava do lado o levou pelo braço até o outro extremo; parecia bom, mas para onde o estaria levando? Levou-o para longe do policial e Arturo lhe disse, quase chorando:

— Juro que sou um moço de bem, senhor, eu não fiz...

— Está bem — disse o homem —, não se preocupe.

— Eu — disse Arturo — agora não sei onde devo pegar meu transporte.

E esse homem, que devia ser o arcanjo São Gabriel que desceu à terra quando viu tamanha injustiça, acompanhou-o até o ônibus, recomendou-o ao motorista e lhe deu uma nota marrom para a passagem. O arcanjo São Gabriel, quando o guiava até o ônibus, disse:

— Não sei quem você é, nem me interessa saber; mas aquele tira é um grandessíssimo filho da puta.

Agora estava na cozinha, onde a avó cortava cebolinha. Durante aquela semana, Jorge, o venezuelano de Caracas, ganhara as convenções internas; Ana estudara a diferença entre o "eu" transcendente e o "eu" transcendental de Kant; o venezuelano de Maracaibo encontrara sete carências para sua lista do que falta à Argentina; e Mabel saíra de vestido branco, depois vermelho, depois verde e novamente branco. Só Arturo ficara na pensão, sem sair. Ia do quarto até a poltrona branca do pátio, segurava a cabeça.

— Vó, estou com dor de cabeça.

— Viu só, viu só? Isso acontece por tomar muita cerveja.

Protestando com voz fraca, Arturo disse:

— Não tomei cerveja, vó.

— A cerveja estufa a barriga e sobe à cabeça — disse a avó.

Cortava com energia e se virou, movendo a cabeça como costumava fazer, e lhe disse:

— Veneno. É isso que é.

Virou-se e continuou cortando, muito convicta do que fazia. Não havia ninguém na casa; o gato, livre dos habitantes, estudava pelos cantos. Arturo, depois de ficar quietinho por um instante para ver se a dor passava, disse de novo:

— Vó, estou com muita dor de cabeça.

Meu novo amor

Tenho um novo amor e com ele aprendi muitas coisas. Por exemplo, os limites. Tantos anos indo ao psicanalista para ouvi-lo sempre repetir: "Mas você se joga numa piscina sem água". Essa frase me deixava consternada, porque uma piscina sem água é uma das coisas mais tristes que existem. Ou então ele me dizia: "Se valorize, você tem uma imagem muito depreciativa de si mesma; você é inteligente, é criativa". Isso me dava uma centelha de coragem por um momento e depois me parecia um consolo, como quando alguém apresenta para outra pessoa um fulano ou uma fulana inapresentáveis e, para consertar, diz: "É historiador" ou "Viajou para Tânger". E como acredito que o que sinto é amor verdadeiro, não preciso ser linda nem criativa nem viajar para Tânger: ele me ama pelo que sou. E não liga que eu seja um pouco velha, porque é como se não registrasse essas coisas: para meu espanto, ele me ama incondicionalmente. Com ele aprendi a expressão do olhar, que vale por mil palavras: não me assusta se vejo em seus olhos uma chispa de ódio; sei que não é por minha causa, como antes eu imaginava, ou talvez a análise anterior tenha surtido efeito *a posteriori*; de repente podemos ter uma chispa de ódio nos olhos por coisas que recordamos, motivos particulares. Com ele eu sei quando devo me aproximar porque não é violento na rejeição e assim — e sempre considerei isso um teste de convivência que o analista elogiaria — cada um de nós pode ficar em seu quarto, pensando em seus próprios assuntos sem necessidade de se perturbar perguntando: "O que você está fazendo?", torrando a paciência um do outro. Com ele me surgiu uma feminilidade insuspeita, porque diante da sua simplicidade — tem hábitos regulares e deseja coisas simples — depus qualquer rivalidade ou competição. Compartilhamos essa qualidade neutra que o tempo tem depois de certa idade, em que não há dias terríveis nem festas luminosas, pois os dias se enlaçam no comer, dormir, trabalhar e ver um pouco de tevê.

Claro, televisão ele não vê. De noite, para separar um dia do outro, massageamo-nos a testa. Os únicos problemas acabariam sendo a dieta e um único hábito que não me agrada, porque em geral é muito delicado: só come carne moída e coça as pulgas na frente dos outros.

Querida mamãe

Querida mamãe,

Já é a terceira vez que lhe escrevo esta carta; da primeira carta não gostei e a segunda perdi. Agora, quando não gosto de uma coisa, eu não a jogo fora, eu a perco, ainda que depois ela me interesse de novo e sei que em algum momento voltará. Agora sempre tento fazer duas coisas ao mesmo tempo: por exemplo, enquanto limpo as estantes acho alguma coisa que eu necessitava e quando varro o chão escuto rádio; se tomo sol, cuido das plantas. Eu ficava com tanta raiva quando você dizia: "No caminho, faça tal coisa", e eu não queria fazer nada no caminho para não perder a ideia da atividade principal. Agora não sei se a atividade principal é varrer o chão ou ouvir rádio. E entendo quando você dizia para si mesma: "Sim, sim, sim...", como se alguma coisa fosse se animando, como se a vida começasse a andar na gente prescindindo dos próprios desígnios.

Ainda que, acredite, eu também trate de jogar fora tudo que está sobrando, junto um monte de papéis e provas dos alunos, porque agora, desde que estamos numa democracia, trabalho na universidade. Só que você foi embora antes da democracia, e foi assim: os militares lutaram contra a Inglaterra, ocuparam as Malvinas e a frota inglesa inteira veio para cima de nós. Perdemos a guerra, os militares ficaram desprestigiados e tiveram de sair do poder. Depois Alfonsín governou, e ele teve de sair antes da hora por causa da situação econômica: de manhã as coisas tinham um preço; de tarde, outro. Agora quem governa é Menem, não sei se você se lembra dele. Parece que temos um azar dos diabos. A situação econômica é ruim, mas eu me viro, não moro mais no apartamento de Gascón, me mudei para um com uma grande sacada, coloquei muitas plantas e tenho um caramanchão que eu chamo de parreira; bom, era isso que eu queria contar. Eu me esqueci de varrer as folhas da sacada, o ralo entupiu e me inundou toda a casa. Coloquei um monte de provas dos alunos e papelões para estancar a água, mas ela é ardilosa como poucas e irrefreável: chegou até o elevador. Agora isso não acontece mais e não tenho nenhuma barata porque fiquei muito limpa, às vezes lavo roupa para não fumar tanto e também corrijo provas, porque enquanto se corrige não se gasta dinheiro. Quando chega o fim do mês, começo a procurar automaticamente um dinheiro que escondi num livro e que nunca encontrei. Mas isso só acontece por um ou dois dias. Houve tempos piores com os militares; uma vez éramos sete para comer e todos nós juntos só tínhamos dinheiro para comprar farinha e uma lata de tomate: Luis, o marido da Lea, o artesão, fez talharim pela primeira vez na vida, organizou o corte daquelas aletrias, trabalhamos em grupo e comemos muito bem. Mamãe, tenho um gato que se chama Andrés, Marabú, Misho e Catito. É lindo, branco, cinza e dourado. Eu lhe dou peixe para que seu pelo brilhe, ele arranha um tapete que você não conhece, arranha meu jeans e de tarde em tarde me arranha um pouco, quando está muito frustrado. Dorme a meus pés, e não vá dizer "Santa Madonna", porque ele não tem pulgas, se tem não passa para mim e, se passa, elas não me mordem. Come nos pratos de porcelana que você me deixou e guardava para as grandes ocasiões, mas por mim tudo bem, e só acho o assunto um pouco estranho quando alguém me chama a atenção para isso e, para que não pensem que estou meio louca, prometo comprar um prato de gato, mas depois me esqueço. Ainda guardo tacinhas de cristal, só que elas foram quebrando em diversos festejos e assim do nada. Dos jogos de chá não sobrou nem um caco; o chinês eu tive de vender num verão para pagar impostos. Certa vez vendi um prato de porcelana para um cigano. As toalhas de linho eu dei de presente para as primas; você estava certa, eu não combino com toalhas de linho; aliás, agora tem umas laváveis de tecido sintético, coloridas, baratas, são descartáveis e assim variamos um pouco. Você estava certa em muitas coisas que agora percebo; por exemplo, quando eu ia tomar sol no verão logo depois de comer e você dizia: "Que ideia, com esse calor!". Eu também penso agora em como é que eu tinha uma ideia dessas porque agora, depois de comer, quando posso, faço a sesta. Você estava certa quando dizia que a sesta é uma coisa bonita. E também estava certa quando eu pedia que você despedisse aquela senhora que em vez de limpar a casa a sujava, e você não queria e dizia: "Deixe que ela fique aqui. Quanto pontapé ela vai levar se for para a rua". Eu agora tenho uma senhora boliviana recém-chegada, tive de ensiná-la a usar o elevador e mesmo assim volta e meia ela fica presa lá, não sei como. Se encontra a tampa de um recipiente que não existe mais, ela a coloca feito um chapeuzinho em outro recipiente e monta uma espécie de enfeite inútil; me dá um pouco de raiva, mas por outro lado eu adoro ver a mão de outra pessoa na casa, inovações, formas de organização diferentes. Como eu gostaria, mamãe, que você viesse se sentar debaixo da parreira com sua bengala. Eu jamais brigaria com você por nada, como quando você recebia e comprava um vinho do Porto e um pacote de balas. Eu a acompanhava, impaciente e entediada, e dizia: "Por que você quer ter se não vai comer?". E você me dizia, hesitante: "Só pra ter, caso alguém apareça". Mamãe, nós tanto brigamos e nos quisemos bem que depois que você partiu eu pensava: "Como é possível que tudo isso que existiu não exista mais e que agora ela ignore tudo o que acontece comigo, que deem na mesma o branco ou o preto?". Acho que esta carta me dá trabalho porque não quero chorar. Não sei por que não quero chorar, pois já faz tanto tempo que não choro que me faria bem, talvez com algum filme. Chorei tanto, mamãe, quando você partiu e depois por causa daquele namorado que você só conheceu por telefone, que num dia de manhã eu chorava pensando em você e depois por causa desse namorado. Agora vivo sozinha e acho que não quero namorado, mas talvez a vontade seja um hábito como qualquer outro. E, falando em vontade — porque ela me dispersa, dou uma enrolada nela e deixo que passe —, queria pedir uma coisa a você. Desconfio que há alguma pequena graça para mim, algum dom, mas o fato de eu já ter muitas lembranças, e elas são um peso grande, pode atrapalhar. Eu pediria que você, que era crente, encomende a Deus suas lembranças, assim eu cuido só das minhas. Então, mais leve, poderei receber essa graça.

Sua filha que tanto trabalho lhe deu, mas que também a amou muito.

Meu gato

Quando toma iogurte, lambe o corpo todo com ele e parece me dizer: "Até que enfim eu me refresco". Quando lhe dou peixe, ele agradece passando o rabo por minhas pernas e, quando não gosta da carne, ele a recusa com uma patadinha que quer dizer: "Está intragável". Também não bebe água velha ou com cheiro de formiga acidentada dentro do líquido: ele mesmo põe o selo de invalidação na água jogando um pedacinho de comida para gato nesse prato. Lambe o requeijão cremoso de uma bolachinha e eu sei se está gostando muito ou pouco. Se gosta muito, lambe com cuidado a bolachinha até o fim, em pequenas parcelas exaustivas. Dirá: "Vamos aproveitar esta, pois quem sabe se vai ter mais". Às vezes se aproxima da comida, ou vai visitar a senhora do lado, não de maneira mecânica ou habitual, mas como se se lembrasse de que esqueceu alguma coisa. Dá para perceber isso porque ele muda o ritmo da marcha: vai correndo, decidido, em direção a seus objetivos. Se o encaro, ele desvia o olhar no melhor estilo humano de se fazer de sonso; também se faz de sonso porque se assusta quando cerco os olhos com as mãos em concha. Com a bola também se assusta, porque os quiques têm um destino incerto; deve pensar que a bola está louca. Gosta de brincar com argolinhas de plástico; eu as jogo e ele vai buscar; ao apanhá-las, ele as firma com a pata como quem diz: "Aqui está". Prefere umas argolas a outras e é sensível ao interesse que eu mostre por essa brincadeira: quando a brincadeira foi boa e satisfatória, ele me devolve a argola perto dos pés, reforçando o "aqui" com a pata. Sua argola preferida é uma espécie de triângulo, e tenho uma teoria: ele percebe melhor o angular; quando era pequeno, explorava muito as junções das paredes, na área do ângulo.

Se eu o beijo e acaricio quando não está a fim, ele se sacode como as crianças que limpam os beijos, mas quando lhe dou um beijo muito sincero, ele não tem saída a não ser aceitar, e não oferece resistência. Tem controle absoluto sobre o efeito das suas unhas e dosa seus arranhões: se está um pouco incomodado, só as mostra de leve. Se o incômodo vai *in crescendo*, ainda não as mostra totalmente, só faz uma advertência: causa com elas uma sensação um pouco incômoda, parecida com a picada de uma injeção dada para a anestesia geral: um calor entre picante e pungente, como as pinicadas de um tecido quente e áspero. É perigoso pôr a cabeça perto dele e deixar que toque no cabelo, porque ele tende a investigar a consistência do couro cabeludo, deve achar que há um ninho de tarântulas ali.

Quando está muito generoso e à vontade — para ele é a mesma coisa —, deixa que eu brinque com a ponta do seu rabo: dá batidinhas a intervalos regulares na palma da minha mão. Além de odiar o vento, detestar a chuva e se apavorar com o granizo, em relação ao que se pode fazer ou não com ele não há regras fixas: pode-se tocar seu rabo e seus bigodes em certas circunstâncias. Não dá para acariciá-lo quando tem chuva de granizo, pois, como ele é um animal, seu terror é sagrado. Talvez toda a inteligência humana não tenha sido senão vencer o terror; que todas as fórmulas de cortesia, "como vai", "tudo bem", sejam apenas fórmulas para espantar o terror que outro ser humano nos provoca. Mas, ao contrário de nós, que quando aprendemos algo novo nos sentimos repletos de estímulos e de vitalidade, se ele aprende uma brincadeira nova mais difícil, não a repete: uma vez aprendeu uma brincadeira difícil e fugiu apavorado. Cheira e se delicia com o couro e a lã da camiseta que, como diria Platão, fazem parte da animalidade e rejeita os simulacros de gato e de cachorro de porcelana. Quando arranha a madeira e a palha com as unhas não é só por necessidade, é também um ritual. Faz isso sempre que eu demoro muito para voltar, e aí talvez queira dizer: "Graças a Deus". Suas unhas também arranham quando passo de uma atitude sedentária a outra mais agitada: aí indica a passagem de um tempo para outro. Cortar suas unhas significa impedi-lo de imaginar os tempos. Sabe então o que é "aqui" quando firma com a pata os objetos e sabe também o que é "nós". Quando a visita vai embora, ele também fica arranhando algum lugar como se dissesse "enfim sós", ou "até que enfim um pouco de sossego".

Convido alguns amigos que têm crianças. As crianças brincam no quintal dos fundos. Enquanto falamos do Mercosul, de que compraram um computador ou de que é inadmissível que alguém faça isto ou aquilo, o gato vai ver o que as crianças estão fazendo; elas modificam o lugar inteiro em dois minutos: enchem a mesa de fichinhas que caem, mudam os vasos de lugar para a brincadeira das visitas e sempre estabelecem uma nova ordem com os objetos. Vou até o quintal toda contente para investigar a nova ordem e o gato está exclusivamente perto delas, fascinado e aterrorizado, sem poder acreditar em toda a ousadia que está vendo, como acontecia com os espectadores da tragédia grega diante da transgressão do herói.

Sabe que espero visita porque ajeito as cadeiras, ponho a toalha e as taças, dou voltas, olho o relógio, e quando a mesa está posta vai sentar-se em cima da toalha para esperar. Ele não se importa se o telefone toca, mas, se ouve o interfone, desce da toalha até a porta para ver quem está chegando e espicha a cabeça como uma vizinha enxerida. Também sabe antes de mim quando a visita acaba: quando se produz um silêncio na conversa, nesse estar se despedindo, nesse fico só mais um pouquinho ou já vou indo, ele já está atento e sentado perto da porta, como que se despedindo.

Quando algumas amigas vêm tomar sol, enquanto conversamos sobre conhecidos nossos — que se ele, que se ela, que se é maduro, que está verde, que se não fosse, que devem ter se separado —, ele se instala sob o sol junto conosco: toma sol e se vira para cima e para baixo, como um frango que está assando.

Olha para algumas pessoas com cara de prognóstico reservado: seguia muitíssimo com o olhar uma menina da limpeza que era quase professora de história e ex-freira. Ela deixava cair as coisas o tempo todo, se afastava e cantava baixinho, mas com uma voz muito esquisita; parecia estar alheia e à parte. O gato a seguia de quarto em quarto observando tudo que ela fazia, com as patas e a cabeça bem firmadas no chão e com o traseiro levantado. Talvez esperasse dela algum fato fascinante e novo, talvez ficasse inquieto com o modo de ela se mover pela casa. De repente, depois do canto da menina — inquietante, na verdade —, senti um grito lancinante e pensei que ela estivesse à beira da morte ou algo assim — qualquer coisa podia acontecer com essa menina —, e ela gritou porque, sem que pudesse perceber, o gato tinha subido em seu ombro, feito uma coruja. Porque ele tem relações diferentes com as pessoas: quando Clara vem fazer planilhas, espalha todas pelo chão para ver simultaneamente diversos dados. Ele não se assusta por dois motivos: Clara exibe um domínio eficiente do espaço e coloca as planilhas com um movimento rasante sobre o chão; não o faz com uma revoada aleatória. Ele fica a uma distância prudente para observar seus movimentos certeiros e parece outro gato, um jovem cavalheiro tímido e educado; e claro, sem que ela perceba, cheira prudentemente seus sapatos. Quando o gato era pequeno, chegou um ex-namorado com o qual conversávamos amigavelmente sobre a situação política, e ele se aproximou rápida e decididamente, como se o enfrentasse e lhe desse uma advertência, sem agressividade, embora tenha ficado de frente para ele, cara a cara. Com essa advertência, queria dizer: "O namorado dela agora sou eu". Meu ex-namorado riu do gesto e eu também: ninguém fez nenhum comentário porque ficou tudo entendido.

Para ele, o homem deve ser um animal maior que o alimenta, que lhe faz companhia e o abandona. Por isso ele passa a vida estudando meus hábitos: sabe pela bolsa se vou longe, se vou perto, e eu sei por ele quando estou inquieta e insegura: dou voltas pela casa, não acho o que procuro, não sei se saio ou se fico em casa. Quando dou muitas voltas e ele me segue, acaba por me dar uma patadinha que quer dizer: "Pare com tanta volta que está me deixando nervoso". E de noite, quando me sento com um copo de alguma coisa na frente da tevê, ele pode ir tranquilo para a sacada, de onde volta de vez em quando para controlar se ainda estou ali. Se nesse meio-tempo entra uma pessoa que fugiu ao seu controle — o que é raro —, olha com cara de quem diz: "Como é que essa novidade acontece sem minha presença?".

Pergunta pelos arcanos, ou melhor, investiga-os: dentro do armário, da caixa de ferramentas, do ralo por onde a água escorre e da minha mala de viagem. Minha mala de viagem é arcano e *fatum*. O que há além, o que há em cima, o que há embaixo? Tira a grelha da canaleta e mete a pata dentro. O elevador é o arcano maior e é o inferno. O movimento e a batida das portas causados por uma ventania antes da chuva para ele são o prenúncio do fim do mundo. O fim do mundo é o granizo, e ele não espera a salvação inventando um mundo novo, coitado; ele a espera escondido debaixo da cama.

Tem um miado diferente para cada coisa, mas um totalmente diferente para o estranhamento metafísico: é longo, alquebrado, enquanto olha ao redor com cara de desconhecimento e espanto, como se observasse tudo pela primeira vez: é uma cara e uma atitude que me lembram os exercícios de estranhamento que Stanislavski recomendava aos atores para que vissem seu entorno com um olhar novo.

Quando o tempo está bom, a comida gostosa e estou tranquila, ele me faz, raras vezes, uma carícia muito especial e esquisita: passa bem suavemente sua língua pela palma da minha mão, uma carícia que não tem nada a ver com as apressadas lambidas habituais. Eu interpreto que essa carícia quer dizer: "Obrigado por existir" (abarca sua existência e a minha) e é similar ao agradecimento que os apresentadores de programas de tevê fazem a seus entrevistados famosos — mas também quer dizer: "Esta casa é um cosmos". A intuição da unidade do cosmos que Schopenhauer atribui ao santo e ao gênio, que venceram os estratagemas da razão, ele tem sem nenhuma necessidade de ascetismo nem de vencer a si mesmo. A única diferença é que, se um passarinho lhe aparecesse, ele abandonaria sua intuição cósmica e esse estado de beatitude para fazê-lo de bola e depená-lo em dois minutos.

O padre Calderón e seus ajudantes

O primeiro padre que conheci foi o padre Calderón, pároco da igreja. No começo, ele não precisava de ajudantes: distribuía santinhos para as crianças; todo domingo fazia um sermão que ninguém entendia. Dos conceitos, nem se fale: modulava as letras como se fossem parecidas, e as palavras idem; não pronunciava o "r" direito, e todo sermão era como um zumbido de abelhas que a gente escutava respeitosamente. Não se pode dizer que monologasse nos sermões; era como se falasse para ninguém por alguma obrigação, mas não parecia incomodado. Na hora da confissão, a penitência era "três pai-nossos e três ave-marias para a Virgem" qualquer que fosse a falta; nunca perguntava nada em relação à falta e se atinha ao que lhe contavam. Punha seu colchão para arejar no átrio da igreja e bebia o leite molhando o pão dentro, com a cabeça bem perto do prato, com a porta aberta para qualquer um que circulasse pela casa paroquial. Os jovens podiam permitir-se um grito brincalhão: "Padre Calderón!", mas ele continuava o que estava fazendo, as brincadeiras não o afetavam. Talvez as pessoas dissessem que o padre Calderón era um santo porque dava a impressão de que, se sobreviesse uma guerra ou uma inundação, todos poderiam se refugiar na paróquia, pois para ele dava na mesma um ou mil. Se por acaso houvesse vinte e uma mil pessoas refugiadas por alguma hecatombe, pequeninho como era, o padre Calderón teria se esquivado para ir rezar a missa ou beber o leite.

Nos feriados nacionais, instalava-se uma tribuna de honra na praça onde ficavam as autoridades; a banda tocava diante da tribuna e os colégios desfilavam. Antes de tocar o hino, diziam: "Falta o padre Calderón".

Esperavam-no pacientemente como quem espera um ônibus ou uma lancha. Já estavam presentes as autoridades, as damas, a banda, e ele, baixote e gordo, vinha andando lá da paróquia, situada junto à praça, com o mesmo passo de pato com que se dirigia a seu banco de praça habitual para distribuir santinhos. E a gente via como, no caminho, ele ia ajeitando às cegas seu barrete preto para a cerimônia, mas não de uma vez; fazia várias tentativas até que ele ficava fixo. Usava-o como usam toucas os bebês ou os cavalos.

Mas começaram a dizer que precisava de um ajudante, que ele sozinho não dava conta. Principalmente para as cerimônias concelebradas, quando o bispo vinha e o padre Calderón tinha de pôr a casula em público. Por mais que o coroinha o ajudasse, ele não conseguia acertar o buraco da manga. Se não fosse pelo olhar nervoso daquele bispo que parecia tão fervoroso, tão correto em seus rituais, as pessoas teriam preferido não procurar um ajudante. Mas além disso, nos últimos tempos, quando ele distribuía santinhos ao entardecer, muitas crianças se aglomeravam e se armava uma confusão: pegavam os santinhos um do outro e ele sempre castigava o que não tinha culpa, com uma palmadinha tão pouco agressiva quanto a do batismo. Então começaram a dizer: "Não consegue mais fazer tudo, coitadinho. Já não dá conta". Além do mais, permitia que as crianças inspecionassem o relógio da igreja, e elas passavam o tempo desmontando-o.

O bispo mandou como ajudante o padre Werner. Só os ignorantes o chamavam de ajudante; seu título era padre coadjutor. Esse título era tão notável quanto sua pessoa. Ele era alemão e contou que tinha fugido da Alemanha nazista unindo-se a uma maratona, de roupa de baixo, mas levava escondido nos sapatos um pedaço de ouro para presentear Eva Perón, e ela aceitou. Esse padre tinha se habituado a uma dieta de bananas e chocolate desde a guerra. Se o convidavam para uma casa, ele aceitava uma taça de licor e nele molhava seu bolo, mas de forma diferente da do padre Calderón: comia como se cumprisse uma obrigação inevitável. Ele era químico e dizia que no futuro nos alimentaríamos com pílulas. Devia querer isso, assim a cesta da sua bicicleta pesaria menos ao sair o dia todo e só voltar de tarde: ia fazer experimentos junto ao rio. Ele pensava que no futuro muitas atividades inúteis seriam abreviadas: por isso, em vez de se vestir para rezar missa no quarto que ficava antes do altar, abriu uma brecha pelo outro lado (onde dormia o sacristão), que era mais direta, e emergia para o altar agachado, para poupar tempo. Apesar de ser estrangeiro, era mais inteligível que o padre Calderón quanto à emissão da voz. Lembro que ele dizia: "A comunhão é como uma torta, grande, grande, com muito fermento". Não entendia bem o significado porque prestava atenção em seu modo de falar: acentuava os "r". Eu pensava que, se era de tortas que se tratava, a comunhão seria como uma torta menor; mas, para uma pessoa que dizia "grrande, grrande" como ele (o primeiro boquiaberto e o segundo fechado), talvez o grande e o pequeno fossem diferentes do que eu achava. Ele também dizia: "E os meninos puxam as tranças e os laços das meninas" (esse sermão era sobre o mal e suas consequências), mas eu não entendia aonde aquilo ia dar, porque era tudo descritivo. Ele não aconselhava ninguém nem parecia disposto a parar o mal. Tampouco perguntava sobre as culpas das pessoas, mas sofreu objeções. Não por seus sermões, porque essas descrições do mal não afetavam ninguém, mas por seus hábitos e omissões:

1) Alimentava-se de bananas e chocolate;
2) Andava o dia todo em cima da bicicleta;
3) Tinha uma mala (a que levava ao rio) cheia de bússolas, caixas metálicas e aparelhos desconhecidos, que às vezes conectava a seu corpo;
4) Não acompanhava o padre Calderón no café da manhã (o padre Werner beliscava alguma coisa em pé).

Permitiu que o padre Calderón saísse na rua de qualquer jeito e então esse pobre velho chegou a sair com um hábito curto que deixava à mostra as ceroulas.

Mas o que fez as pessoas perderem a paciência foi que permitiu ou não viu que havia frequentadores que iam à missa de short. Reclamaram para o bispo e ele o mandou para a paróquia de Bella Vista, onde uma grande quantidade de gente ia à missa de short. Mas, como seus experimentos estavam muito avançados, ele sumia por dias e dias para comprar aparelhos na capital. Até a liberal comunidade de Bella Vista reclamou das ausências do padre Werner, e então o mandaram dirigir uma casa de padres idosos e inválidos. O padre Werner comprou um queijo inteiro enorme, sacos de pão e uma lata de doce grande, grande, e deixou-os para que eles administrassem a si mesmos.

Bom, enviaram outro ajudante para o padre Calderón. Seu nome agora era padre substituto (o pároco continuava sendo o padre Calderón). Não dava para medir o grau de envelhecimento do padre Calderón, porque, exceto pelo episódio das ceroulas e do hábito curto, tudo continuou igual: não se entendia nada do que ele dizia nos sermões, mas nunca se entendera mesmo; no máximo, os mais observadores podiam ver que se tornara permanente nele um meio-sorriso, que antes ele só tinha às vezes. Mas isso era até benéfico: ouvir aquele murmúrio de abelhas com aquele sorriso fazia bem para o espírito.

Do padreco novo dava para entender tudo, e ele parecia disposto a fazer grandes coisas: queria salvar as almas, orientar os jovens, instalar uma mesa de pingue-pongue e se ocupar da moralidade. Como se não bastasse, cuidava do padre Calderón: fechava a porta para que ninguém o visse molhando o pão no leite (para o padre Calderón dava na mesma que a porta ficasse aberta ou fechada), e quando ele ia distribuir santinhos na praça e ficava lá muito tempo, dizia:

— Entre, senão vai se resfriar.

Esse padre Víctor, esse era seu nome, ficava desconcertado com aquela comunidade. Parecia uma comunidade não trabalhada, não tinham verdadeira consciência do que significava ser cristão; ele estava aflito com tudo que devia fazer e pensar para levar luz àquelas almas e então rezava sozinho, apoiando a cabeça nas mãos. As pessoas pensavam: "Como ele está concentrado, coitado, tão jovem, tão bonito". Ele vivia atormentado: entre os maus pensamentos que tinha e que o faziam se sentir uma porcaria e com muitas dúvidas — além das dúvidas da fé —, ele se perguntava: "Quem será o culpado por tudo andar assim? Eles ou eu?" ("eles" eram os paroquianos). O padre Calderón o olhava ir e vir, ir e vir da mesa de pingue-pongue às visitas domiciliares; olhava-o com seu eterno meio-sorriso, como se esperasse algum espetáculo divertido, por exemplo: que o padre Víctor andasse pelas paredes.

O padre Víctor via muita imoralidade nas pessoas; não recriminável porque talvez não tivessem consciência, mas era preciso combatê-la. Começou a insistir para que as jovens da paróquia não usassem vestidos sem manga, para que usassem meias compridas no verão e saída de banho. Aí não houve nenhum problema, porque a distância das praias era inversamente proporcional à proximidade com o padre Víctor. Mas houve problemas com as noivas: ele avisava nos sermões para que não fossem à cerimônia de casamento com um decote muito pronunciado, porque ele tinha umas capinhas preparadas. Mandou fazê-las de vários tamanhos, para magras e para gordas, de um algodão branco-acinzentado: tinham cheiro de sacristia; mais que capinhas, eram casacas com mangas. Quando passou a pôr duas ou três casacas sobre o vestido, não sem luta (se não pusessem a casaca, ele não as casava), algumas foram se casar na cidade de Merlo, mas não era o caso. Ele teve tanto desgosto com esse assunto que ficou doente do fígado; mandaram-no para casa por um mês para que se restabelecesse. Durante esse mês, muitas noivas aproveitaram para se casar como se deve: em sua paróquia e com o querido padre Calderón, com seu lindo vestido; e todos diziam que o padre Calderón era um homem de alma grande, que não se detinha em miudezas.

O padre Víctor voltou do seu descanso mais reflexivo, mas seu rosto tinha um tom amarelado que nunca mais o deixou. Agora ele dizia:

— Olhemos em nossos corações.

Mas eles não queriam; alguns não tinham tempo, outros se aborreciam que ele lhes dissesse aquilo, outros tentavam e tentavam olhar em seus corações, mas não achavam nada de diferente. De maneira que as pessoas foram se afastando. Algumas iam à capela de Paso del Rey, dos franciscanos que são monges, não pastores de gente, então em seus sermões não refletem sobre isto ou aquilo, contam sempre a história de São Francisco. Outras pessoas começaram a dizer que não se é religioso pelo fato de ir à igreja; elas falavam com Deus sem necessidade de igreja; outros viam a missa pela tevê, porque tinham dor nas pernas. De maneira que, ao ficar mais sozinho, o padre Víctor redobrou o esforço e a prédica com as garotas e os garotos paroquiais, os *habitués* de sempre: mas eram tantas as recomendações e prevenções "que os tíbios eram vomitados pelo Espírito Santo". Metade deles não aguentou e foi embora. Então o bispo mandou o padre Víctor para uma paróquia onde as pessoas eram muito espirituais e durante um longo tempo o padre Calderón ficou sozinho de novo. O relógio da igreja estava sempre quebrado e, como ele não queria mais ir lá fora, autorizava os coroinhas, que tinham uns doze anos, a comandar as procissões na rua. Uma vez um deles levou a procissão debaixo de chuva e tiveram que se refugiar no cinema, mas ninguém reclamou.

O macaco Alberto e a antropóloga norte-americana

Linda Johnson é parecida com qualquer antropóloga norte-americana e seu macaco Alberto é semelhante a qualquer outro: mas Alberto conseguiu compreender uma quantidade tão grande de palavras e frases que superou as expectativas correntes. Se lhe dizem: "Ponha a cebola no molho de tomate", ele vai e põe um bocadinho. Entre outras coisas, aprendeu o significado de "bem", "mal", "por quê", "duro", "mole", todas as cores, e também "cansado" e "contente". A mãe de Linda era uma mulher muito bonita que gostava dela, mas não dava para saber direito em que consistia esse afeto: era um pouco distraída e gostava de todo mundo. E não fazia diferença entre o meu, o seu e o nosso: abria as gavetas dos armários dos outros e não ligava que olhassem suas próprias gavetas. Por isso Linda tinha um grande senso do próprio, desde pequenininha. Eram "suas gavetas", embora ela não costumasse guardar muita coisa, por assim dizer. Quando sua mãe se separou e se casou de novo com seu padrasto, pôde ver nela um novo traço — parecia alegre sem se importar se seu casamento ia durar ou não. Linda começou a brincar com seus bichos. Fazia corridas de gatas peludas e experimentos de bloqueio com as formigas. Por volta dos vinte anos teve uma fase de dissipação que sua mãe viu com bons olhos, pensando que de tanto dar voltas ela encontraria sua alma gêmea, mas Linda saiu desse caleidoscópio como se nada tivesse acontecido: não teve culpa, nem reflexão, nem frustração, nem se perguntou de qual deles gostava mais nem se se casaria ou não. Poucos anos depois, à luz de alguns estudos de antropologia que havia feito, essa forma de sexo lhe pareceu responder apenas a mais uma necessidade: respondia a uma fase de sua vida, e ponto-final. Ela sabia perfeitamente quando encerrar as fases. Encerrava uma fase como se fecha uma porta. Depois teve uma relação mais estável com um antropólogo, com quem viveu na Flórida para estudar o lagarto. Era uma relação de intercâmbio intelectual e de tarefas comuns: medir o lagarto, pesá-lo, marcá-lo etc. O sexo, nesse ambiente cálido e verdejante, acontecia de forma tão natural quanto comer e beber água. Mas ele conseguiu uma bolsa para estudar o lagarto africano e ela não: obteve um subsídio da Universidade de Minnesota. Foi aí que fez a mudança mais importante de sua vida: iria se especializar em macacos; não se importou de perder todos os antecedentes ganhos com os lagartos. Quando viu os macacos no grande parque da reserva de animais, soube que queria trabalhar com eles. Nessa noite não dormiu; foi uma noite de revelações, longa e breve ao mesmo tempo. Quando foi à casa de sua mãe visitá-la contou-lhe ao que se dedicaria e Linda a ouviu dizer com entusiasmo a uma de suas muitas visitas:

— Agora a destacaram para o estudo dos macacos.

E a visita disse:

— Que bom!

Quando Linda viu a expressão de sua mãe ao falar desse assunto, descobriu um desânimo em seus olhos, uma pequena reticência que só alguém que a tivesse observado muito poderia notar. Não soube bem o que pensar. Dizia para si: "Mamãe está envelhecendo". Ou então: "Talvez esteja frustrada". Mas não ia mexer nesse complicado vespeiro.

Desde o primeiro contato que teve com os macacos, soube de duas coisas: 1) que aquele trabalho ia durar um longo tempo; 2) que, de todo aquele grupo, ela escolhera Alberto para o experimento.

Antes que ela o chamasse de Alberto, ele respondia pelo nome de Ricky. Isso foi objeto de polêmicas na comunidade científica, em função do eventual atraso do macaco por bloqueio de identidade. Mas, como na prática o macaco respondia contentíssimo ao nome de Alberto e como até nas comunidades científicas as pessoas se cansam ou se esquecem de polemizar, manteve-se Alberto. Tinha uma índole gentil, sociável, não era ouriçado como Penny, que parecia sempre carrancuda. Por trás dos olhinhos brilhantes de Alberto parecia haver uma súplica por um véu que devia ser dissipado. E antes da chegada de Linda ele fora medido, pesado, marcado, vacinado e tabulado: dava para perceber tudo isso no ar de resignação do seu corpo, como se estivesse à espera de que fizessem alguma coisa com ele. Aprendera com Linda: "Colhemos cocos grandes", "Nos sentamos debaixo do olmo", "Numa corridinha estaremos lá". Cada vez que obedecia às ordens, Linda sorria e lhe dizia: "Bom garoto, Alberto".

Quando a macaca Penny via Linda sorrir para Alberto, ia decidida com sua cara fechada e dava um pontapé no traseiro dele. Então Linda ensinou a Penny umas bobagens menores, como pôr prendedores de roupa numa corda e organizar cubos por tamanho. Depois lhe dizia: "Boa garota". Ou o contrário, se ela fizesse bagunça ou desse pontapés. Penny aprendeu a não bater em Alberto na presença de Linda, mas, nem bem ela saía, Penny o enlouquecia e Alberto se isolava num canto e a deixava correr, esperando ansiosamente que Linda chegasse com seu gravador, os fones de ouvido para as ordens (Alberto os punha com uma espécie de distinção) e todos os papelões com desenhos de frutas, de macacos do grupo, que Alberto reconhecia perfeitamente pelos nomes. Depois aprendeu os verbos no futuro do pretérito e os aplicava a diversas circunstâncias. Por exemplo: "Eu comeria uma maçã verde". E Linda o deixava esperando por um bom tempo, horas. Ele sabia que a maçã verde estava distante. A maçã vinha como um prêmio, mas muito mais tarde, e nessa espera Alberto adquiriu uma expressão peculiar: as comissuras da sua boca se alongavam numa espécie de generosidade e seus olhos pareciam sentir falta de algo que não estava presente. Linda julgou que era o momento de mostrar a seus colegas os progressos de Alberto. Quando viram aquilo, pensaram que havia algum truque. Além do mais, como Penny estava rondando, apesar de Linda chamá-la de "Boa garota" e "Divina" (esse era o ponto máximo e só era usado em ocasiões excepcionais), Alberto, que olhava Penny de soslaio, escreveu no quadro: "Eu daria um pontapé na Penny". Linda se assustou, ficou confusa e disse para Alberto alternadamente: "Bom garoto" e "Prêmio abolido". Alberto começou a brigar com Penny de tal maneira que houve um tumulto. Os colegas pesquisadores disseram que lamentavelmente não fora possível avaliar o progresso por causa da interrupção do experimento. Desapontada com a mesquinhez acadêmica, com a mediocridade dos seus colegas, que eram incapazes de admitir o que estava evidente, resolveu se dedicar totalmente aos progressos de Alberto, ensaiando todos os dias novas formas de aproximação.

Certo dia, Linda foi com um colar de bananas e começou a dançar diante de Alberto. Primeiro ele ficou perplexo porque as bananas eram um prêmio, mas como agora elas estavam associadas à dança, e além disso havia uma distância sagrada (ele não podia se aproximar dela a não ser que Linda fosse para a frente com os braços estendidos), ele ficou rabugento. Caminhava para lá e para cá e emitia uns ruídos que pareciam resmungos. Linda pôs de novo no quadro várias imagens de macaca para que ele escolhesse. Para a primeira, que era uma macaca feia e com cara de estúpida, ele só olhou e virou as costas. Depois lhe mostrou uma macaquinha jovem que usava um chapéu decorado com frutas e ele a apontou com entusiasmo: gostava dela. Também lhe mostrou a imagem do cavalheiro e da dama tomando chá e praticaram a situação. Alberto servia chá do bule, ensinou-lhe a primeiro servi-la e depois se servir. Para obter um líquido inócuo para o macaco e que ela também pudesse tomar (o macaco percebia se ela tomava algo diferente), fez duas árduas consultas ao departamento de biologia da Universidade de Illinois. De lá lhe foi enviado o preparado. Alberto serviu desse chá do bule, primeiro Linda, depois se serviu, mas ela o achou esquisito: Alberto não comunicava nada. Quando ela não estava vendo, ele cuspia o chá muito disfarçadamente. Ela viu o que ele estava fazendo e escreveu no quadro: "Um cavalheiro não cospe o chá".

E ele escreveu no quadro: "Não sou um cavalheiro. Sou o macaco Alberto".

Decidiu abandonar o jogo do cavalheiro e da dama, que beirava um tema muito delicado, o da identidade, e optou por promover um pouco de chacota. Alberto descobriu que todos os macacos têm o traseiro protuberante: isso lhe dava verdadeiros ataques de riso. Mas Linda, para honrar a realidade, a verdade e os progressos experimentais, lhe disse:

— Você também, Alberto.

Alberto fez um sinal que poderia ser interpretado como "tua vó".

Então Linda montou um silogismo no quadro: "Todos os macacos têm o traseiro protuberante. Alberto é um macaco. Portanto, Alberto tem o traseiro protuberante".

O macaco lhe deu uma banana, foi até o quadro e escreveu: "Linda traseiro chato".

E foi tamanha a alegria desenfreada que Alberto sentiu por sua observação que Linda não conseguiu fazê-lo se sentar para ler o silogismo correspondente.

Alberto adorava posar para fotos, ficava com os braços cruzados, com as mãos na cintura, com uma mão atrás da cabeça (levantava graciosamente a cabeça para cima). Sua pose preferida era o gesto de pegar a bola, como o dos jogadores de basquete prestes a encestar: segurando com delicadeza a bola na base da mão aberta, na altura da cara. Aprendera a encestar e a jogar pingue-pongue. Depois Linda lhe mostrava as fotos. Alberto notou que Linda ficava muito nervosa quando não encontrava logo a bola de pingue-pongue e então a jogava longe, para ver o que ela faria; de início Linda supôs que ele fazia isso porque não conseguia manter a atenção num processo de regularidade mecânica. Ele também viu que ela ficava muito nervosa quando não encontrava os óculos. De manhã, ele tinha a obrigação de varrer todo o local onde era treinado, e quando ela chegava a primeira coisa que ele fazia era esconder seus óculos e depois, com sua melhor cara de anjo, a observava ir e vir de lá pra cá procurando-os.

Alguém tinha de ver esses progressos. Escreveu para Illinois, de onde haviam mandado o preparado para o jogo do cavalheiro e da dama, e veio o dr. Joshua, chefe de comportamentos avançados. Trouxe uma caixa muito bem embalada com garrafas do preparado que ele considerava fundamental para a saúde dos macacos: vivera vinte anos na África e àquela altura da sua carreira se preocupava mais com a saúde dos macacos que com seus avanços mentais. O dr. Joshua vestia um conjunto desbotado de camisa e calça, de uma cor incerta. Sua pele estava desbotada pelos sóis da África: não ficara curtido, ficara diluído. O macaco o olhou como se não descobrisse qual era seu ponto e por fim viu onde estava: os óculos dele estavam pendurados por uns cordões e, quando o percebeu distraído, deu-lhes um puxãozinho leve. O dr. Joshua estava acostumado com os gracejos dos macacos e não lhe deu atenção. Alberto foi espiar a caixa do preparado e viu que tinha cheiro; depois começou a dar voltas ao redor do antropólogo: ele tinha o mesmo cheiro da caixa, porque ultimamente andava distribuindo garrafas por toda a região.

Começaram a fazer os testes no quadro diante do dr. Joshua e, quando as ordens eram simples e já exercitadas, Alberto as cumpria com algum movimento adicional, prosopopeico, como se quisesse enriquecer o ato. Mas o dr. Joshua viu Penny e um outro macaco — eles observavam a uma distância prudente — e com um sorriso lhes passou uma garrafa do preparado. Dividiram-na alegremente, como dois amigos bêbados. Alberto escreveu no quadro: “Eu tiraria seus óculos”. Linda apagou aquilo. E enquanto o dr. Joshua olhava os macacos com sua mamadeira, Alberto se sentiu estranho: fez toda a sua tarefa com relutância, com vontade de desaprender. O dr. Joshua disse que efetivamente esses progressos estavam muito bons, mas Linda não se dava conta de quão bons lhe pareciam. Linda desabou, era como uma médium que tivesse perdido suas capacidades mediúnicas, um caracol sem casa. Sentou-se no chão, pôs a cabeça entre os joelhos e ficou assim por um bom tempo. Quando Alberto viu que ela continuava assim durante muito tempo — nunca a vira naquela posição —, deu-lhe uma palmadinha suave no braço, mas Linda continuava na mesma. Então ele, por conta própria, ajeitou o quadro, varreu o espaço de trabalho e preparou os fones de ouvido. Quando ela o viu, não lhe disse: "Bom garoto". Disse "Está bom, Alberto", com uma voz calma, triste e humilde. E para Alberto restou um gesto de vaidade vencida e de suspicácia incipiente; já não enriquecia as respostas com gracejos e firulas: aprendeu a fazer tudo por obrigação.

Ele

Estava para entrar na faculdade nesse verão. No ano anterior, tinha as omoplatas sobressalentes como as de um anjo, obtidas com uma dieta de bife e tomate cortado em dois (uma vez desmaiei na banheira). Agora estava com um leve sobrepeso e toda noite controlava numa cadernetinha a quantidade de calorias ingeridas: cenoura, oitenta calorias; alface, quarenta e cinco. Folhas de nabo, li numa revista, oitenta e quatro. Não queria ampliar minha dieta com folhas de nabo, que deviam ser uma porcaria como quase tudo que chegava a oitenta calorias. Meus pensamentos também tinham mudado: em vez de pesquisar em alguns dos meus livros se Jesus Cristo era filho de Deus ou um homem qualquer, passei a um ensaio sobre verdades da fé e verdades da razão. O autor tratava de conciliá-las assim: "Quando se objeta o relato bíblico pela atribuição de novecentos anos a Noé, devemos ter em conta que se trata da medição do tempo para Deus... que é muito diferente da nossa". Não me parecia possível que houvesse uma tabela de conversão do tempo de Deus para o nosso, e esse hiato entre as verdades da fé e as da razão tinha o efeito de um remendo para mim. Em todo caso, nesse momento eu não estava disposta a seguir essas teses até as últimas consequências; só bisbilhotava. Depois desse ano em que me perguntara de maneira vital se Jesus Cristo era filho de Deus ou um homem qualquer, que coincidia com comer bife e tomate cortado em dois, eu voltara ao estado dos meus onze anos. Aos onze anos, uma amiga me disse: "O inferno está nesta vida". Achei aquela afirmação muito interessante; nunca a ouvira antes. Aquilo me parecia possível, mas improvável; para mim, a afirmação tinha menos sentido em si mesma do que no modo como eu via minha amiga depois de ela ter pensado aquilo: era como uma pessoa misteriosa que não se sabe por quais caminhos estranhos viera a dizer: "O inferno está nesta vida".

Mas, aos dezessete anos, dançava sozinha e acompanhada. Sozinha, dançava com grandes movimentos e voltas até ficar tonta "Aba Daba Honeymoon" — a "lua de mel dos macacos" me parecia mais fascinante que a dos humanos. Também ouvia um cantor chamado Frankie Laine; eu sentia que a vida era uma doce perversidade e só estava disposta a compartilhar isso com Frankie Laine: ele cantava para mim. Quando ouvia Frankie Laine, o que vinha a ser todos os dias, eu adquiria para mim mesma um grande encanto: o de uma moça desencantada da vida. Esse desencanto era transitório; se fosse sábado e houvesse baile no clube ou numa casa, eu tomava banho bem mais tarde; punha meu vestido numa cadeira no banheiro e não tinha de aguentar o jantar; comia qualquer coisa, de passagem. Em vez de jantar, eu dançava "Skokian"; era uma música muito agitada, o aperitivo do baile, e tudo ficava impregnado de "Skokian", até o manco que eu via passando pela rua todo dia às oito da noite. Por que não? Ser manco podia ser uma coisa encantadora. No baile, um operariozinho adorável que me apoiava me tirava para dançar. Gostava muito de dançar com ele, mas quando ia embora eu o esquecia. Uma vez dancei com Guillermo Echecopar, cabelo à escovinha, ombros estreitos e corpo frágil; ali ouvi pela primeira vez que a história devia ser revista. Sua fragilidade me deixou desconcertada e fiquei com vontade de passar a mão por seu cabelo à escovinha, mas não conseguia conciliar o tema da revisão da história com os supracitados sentimentos; andavam separados como as verdades da fé e as da razão. Dancei a noite inteira com ele e não o vi mais porque era de Mendoza.

Sim, eu ia fazer filosofia; quando me perguntavam por quê, eu dizia: "Por descarte". Perguntavam de novo: "Por Descartes?". "Ah, não, por descarte das outras carreiras", dizia eu, com aparente cansaço e certo sentimento de superioridade em relação a essa humanidade tão reiterativa. Foi isso mesmo que eu disse a um visitante, Ernesto, que pretendia fazer amizade com meu irmão; cada vez que ele vinha, meu irmão mandava dizer que não estava. Como ele não o recebia, eu o ouvia. Era gordo e pesado; queria estudar filosofia, embora já tivesse começado medicina. Copiei meu irmão e também não queria recebê-lo, então minha mãe o ouvia; ela o apreciava muito porque ele tinha contado que na sua casa ele encerava o chão. Parece que ele se conformaria se meu irmão ou eu o recebêssemos, qualquer um dos dois, e eu no fim conversava um pouco com ele porque minha mãe tinha dito: "Mas que antipáticos e grosseiros! Um rapaz que vale ouro...". Certo dia, ele me disse que tinha comprado todas as apostilas para o ano seguinte; me convidava para estudar na sua casa, que ficava numa cidade próxima. Sua casa tinha o dobro do tamanho da minha, mas eu não conseguia admirá-la. Seus pais estavam fora e uma tarde ele pôs "Skokian" e acompanhou o disco com umas onomatopeias espantosas em inglês, umas onomatopeias babonas e repugnantes; nessa época, comecei a elaborar a convicção de que conhecemos muito mais intimamente as pessoas pelas onomatopeias ou pelo jeito de espirrar do que pelas mais variadas ideias que possam sustentar. Quando o disco acabou, ele disse que no andar de cima havia um quarto isolado; no quarto, uma cama, e que na cama ele tinha se deitado com uma antiga namorada. Disse que a cama rangia. Pensei que a cama devia ranger com uns ruídos similares às onomatopeias com que acompanhava "Skokian" e mudei de assunto; logo fui embora e não quis mais voltar a essa casa para estudar filosofia. Ernesto continuava indo à minha casa toda semana, minha mãe o recebia e tinham avançado em suas conversas sobre a qualidade e a aplicação da cera.

No ano anterior ao meu ingresso na filosofia, eu tinha examinado meu corpo de frente, de perfil e a parte de trás com um espelho. Estava totalmente insatisfeita, não gostava dos meus pés nem do meu tórax, que me pareciam grandes, nem do meu cabelo ondulado; embora fosse relativamente alta, queria ser mais alta, loira e ter cabelo liso. Mas além disso me repreendia por ser tíbia, tanto externa quanto internamente. Talvez tivesse preferido ser de uma feiura dessas que assustam. E como os tíbios são vomitados pelo Espírito Santo, eu me vestia de preto, para cobrir minha terrível feiura interior e meu nada exterior. Eu me cobria para não ofender o próximo; mas, quando dançava com o operariozinho e com Guillermo Echecopar, punha vestidos mais bonitos, passava batom e cheguei a me considerar aceitável; no entanto, alguma coisa me faltava. Nesse ano fui a uma festa enorme; no centro, uma loira de corpo perfeito dançava sem parar e, ao seu redor, estavam os quatro rapazes mais interessantes da festa. Era preciso considerar que ela era mais velha, devia ter uns vinte e três anos; mas não era escolhida só por ser loira e bonita: era engraçada, inteligente, coquete, ensimesmada e sorridente. Seus triunfos não a levavam a cometer nenhuma grosseria, como, por exemplo, sair galopando por toda a pista de dança, algo que eu faria se tivesse um sucesso daqueles. Primeiro tive uma sensação dolorosa, "nunca seria como ela", mas depois, quando todo mundo se sentou para olhá-la e ver como dançava, passei a fazer parte de todo mundo e era como se eu dançasse com aqueles rapazes. A outra garota que dançava muito não era linda e no entanto fazia quase tanto sucesso quanto a loira: mas tinha *savoir faire* desde os nove anos. Aos nove anos todas queríamos sair com Mirta, e ser amiga dela era uma espécie de consagração; ela era amiga de todas e de ninguém; era amiga do grupo. Uma vez me convidou para ir à sua casa brincar; éramos muitas. A coerência do grupo pareceu tão grande, tão compacta e perfeita, com códigos tão sofisticados e fora do meu alcance, que eu não conseguia entender o que diziam; estavam discutindo. Intervir ou discutir me deixava muito perturbada; peguei um bastão e fui brincar sozinha. Com uma bolada, esparramei um pouco da terra de um vaso e ela, num tom duro, me disse:

— Você vai ter que varrer.

Varri sem dizer nada e fui para casa chorando, sem me despedir, para que não me vissem chorar; nunca mais ia voltar à casa dela. Lá na casa dela estava o grupo, triunfante e glorioso, e eu tinha ficado sozinha e ela tinha me mandado varrer; isso eu nunca perdoaria.

Mas agora, aos dezessete anos, uma espécie de *status quo* se produzira entre nós duas; éramos grandes e eu aprendera a arte de falar de uma coisa e pensar em outra e a de falar sem dizer nada que me importasse. Cada vez que eu a via e trocávamos algumas palavras, eu pensava: "Você se lembra de quando me mandou varrer?".

Encontrei-a num dia de setembro; estávamos de bicicleta e ela sugeriu que déssemos uma volta pelos arredores da cidade, onde os chalezinhos se espaçavam, havia troncos de árvore soltos que pareciam assentos naturais, acácias floridas e, ali perto, o rio. Quando avançamos um pouco, eu contente porque ela me dera bola e porque eu estava muito bem nesse novo estado de adulta e ela contente porque pensava que não merecia outra coisa na vida, ela me disse:

— Vamos dar oi pra um amigo meu que mora ali.

Paramos num chalé mais velho que os outros, com o mato crescido no jardim da frente; parecia desabitado, se seus donos o habitassem daria na mesma eles morarem ali, na intempérie ou na cidade. Ela tocou a campainha como uma pessoa habituada a ir àquela casa e apareceu, sonolento, o homem mais bonito que eu já tinha visto em toda a minha vida; era um homem, não era um garoto como os que dançavam comigo; devia ter vinte e sete anos. Tinha a barba um pouco crescida, de uns dois dias; devia ser alguém que não ligava para bobagens como fazer a barba. Seu corpo e sua cabeça eram perfeitos; os lábios, muito grandes e sensuais; e o olhar, irônico. Ela disse:

— Tudo bem com você? — Mirta tratava sem formalidades, de igual para igual, aquele rapaz tão adulto!

Eu tinha ficado muda com o impacto da sua presença e ele percebeu: ficou mais negligente, bocejava, falava como alguém que acabou de se levantar da cama. Meu fascínio aumentou. Ele disse:

— Querem entrar?

— Não, não, outro dia — disse Mirta, como se estivesse acostumada a entrar na casa dele e agora não o fizesse porque assuntos mais importantes a chamavam. Eu estava tão impactada com a presença dele quanto pelo fato de que nela não causara nenhum impacto.

Quando fomos embora (eu quase caí da bicicleta, mas por sorte Deus me ajudou), falei para Mirta:

— Faz muito tempo que você o conhece?

— Sim, uns dois anos. Nos conhecemos numa festa.

Fazia uns dois anos que ela tinha o privilégio de se relacionar com alguém assim; disse isso como uma coisa natural. Acrescentou:

— Ele não mora aqui o ano inteiro, está de passagem. Mora em Buenos Aires.

"É claro", pensei. "Não podia ser diferente; devia ter uma casa hirsuta quando queria deixar a barba hirsuta; talvez viesse pra cá a fim de se esconder, mas devia ter outra casa esplêndida em Buenos Aires na qual faria coisas esplêndidas."

Mirta me disse:

— Ele come tangerinas na cama e joga as cascas no lençol.

Isso era o máximo que eu conseguiria ouvir. Estava na cara que ele era um ser totalmente livre, podia ser civilizado ou selvagem segundo seus desejos...

— É muito companheiro — disse ela. — Da outra vez eu o vi pelas bandas do rio com uma loira magra, alta.

Como um príncipe podia ser muito companheiro de alguém? Era um mistério que eu não estava a fim de investigar, e não disse nada. Escondi a impressão que ele me passou e a traduzi numa superficial.

— É muito bonito — falei.

Ela mudou de assunto e chegamos ao centro.

Desde então, não consegui parar de pensar nele: "Estava com uma loira magra e alta". Claro, com quem mais estaria, não ia sair com uma ovelhinha de cabelo ondulado como eu. Talvez ele trocasse bastante de mulher, mas devia preferir a loira magra e alta porque formavam um casal totalmente diferente dos outros. Com certeza as unhas dela eram bem compridas; era bonita, um pouco mais velha que ele e com aquelas unhas de bruxa devia tirar as cascas de tangerina da cama sem tocar no assunto; nunca uma censura. Às vezes de noite, antes de dormir, eu o imaginava sozinho. Via seu rosto como se estivesse vendo de verdade; imaginava que morava comigo nas seguintes condições: ele me punha numa espécie de canil que havia nos fundos da sua casa e me deixava amarrada lá o dia todo. Saía o dia inteiro e, quando voltava, me desamarrava; me tratava com formalidade. Eu preparava o jantar e ele falava comigo só o indispensável. Depois comecei a imaginá-lo também de dia, e ao entardecer meus passos se encaminhavam sozinhos até seu bairro; eu não ia até a casa dele.

Quando me aproximava da sua casa e dava a volta, era como se tivesse me salvado de algum perigo; olhava detidamente os troncos caídos, as casinhas, os bancos de pedra que ficavam junto às portas, como se meu único propósito fosse dar um passeio agradável. Certa vez, num dos meus tantos passeios por esse bairro, passei por uma quadra paralela à da sua casa. Fui com uma sacola para comprar frutas numa quitanda que havia por ali, para ter um álibi caso o encontrasse, embora eu detestasse ir por aqueles campos com uma sacola de compras. Ao chegar à altura da sua casa, sentia que ele estava escondido em casa; tinha certeza de que não era um homem de ficar andando pelo bairro; não era alguém que se encontrasse facilmente na rua; como cabe a uma pessoa importante, ele não ficaria dando voltas ao léu.

Um dia, eu disse: "Vou passar pela porta da casa dele". E me encaminhei para lá; ia dizendo: "Tomara que ele não esteja"; eu sentia que estava.

Estava, estava consertando sua grade, mas é possível que fosse um produto da minha imaginação. Sorriu como se tivesse me visto um dia antes e disse:

— O que faz por aqui?

— Nada, estava passando pelo bairro...

Não sabia o que dizer. Depois ele disse:

— Quer entrar?

— Não, obrigada — falei. — Preciso ir.

Eu me despedi e fui embora. Como ele pôde pensar tão naturalmente que eu entraria? Talvez eu entrasse e ele me amarrasse na cama, ou sabe-se lá o quê, naquela casa que devia ser escura por dentro. Quando eu estava voltando para casa, pensei: "Eu me salvei de uma boa; se entrasse lá, talvez não saísse nunca mais".

Quando cheguei em casa, Ernesto estava conversando com minha mãe; explicava-lhe o pensamento de Tales e o de Anaximandro, comparados. Minha mãe não se interessava por filosofia; se interessava pela Segunda Guerra Mundial. Disse a nós dois:

— Que interessante! Vou deixá-los a sós.

Então ele continuou explicando para mim, eu pensei que todas aquelas reflexões estavam viciadas de nulidade e eu não estava disposta a ouvi-lo nem a lê-lo mesmo que escrevesse uma história da filosofia que refutasse todas as anteriores. Enquanto Ernesto falava comigo, eu o ouvia envergonhada: se "ele" soubesse que eu tinha um amigo como esse, nunca mais olharia para mim; sentiria desprezo. Antes eu achava que Ernesto me entediava, nesse momento comecei a achar que Ernesto me contaminava; se o ouvisse muito, iria me contaminar com tédio e gordura.

— Muito interessante — falei. — Preciso ir.

— Eu te acompanho — disse ele.

— Não, não, até outro dia.

A partir de então, ele começou a vir dia sim, dia não; tinha se resignado definitivamente com o fato de meu irmão não aparecer, pois ele nunca mais apareceu, e dava para ver que minha mãe, por mais que o apreciasse, não sabia o que lhe dizer. Ela continuava dizendo que Ernesto era uma graça de rapaz, mas depois da conversa de Tales e Anaximandro, cada vez que a campainha tocava, ela me dizia: "O Ernesto está aí".

Eu o atendia na porta; invariavelmente lhe dizia que tinha de sair, ele me olhava com a cara aturdida, de cachorro espancado, e ia embora; eu não sentia nenhuma pena dele.

Entrei na faculdade de filosofia e passei a conhecer uma série de pessoas fascinantes. Cristina, por exemplo, de vinte anos, já tinha uma filha de seis, uma menina de óculos com lentes grossas. Ela a apresentava assim: "Minha filha. É um pouco menos estrábica que Sartre". Ester também; quando lhe disse para pararmos num lugar para tomar um café, ela disse: "Aí eu não entro; tenho fantasmas aí". Primeiro me assustei infantilmente e depois compreendi o que era uma imaginação refinada: claro, eram fantasmas particulares. E Mario também, que entabulava longas discussões com seus amigos, debates que eu não entendia porque eles eram mais velhos e além disso falavam em francês e em inglês; quando alguém o vencia na argumentação, Mario fazia um gesto como quem se desarma e dizia: "Touché".

Com essas novidades todas, eu tinha me esquecido "dele". Num dia de inverno, fui à estação para pegar o trem; ele estava na plataforma e o reconheci meia quadra antes. Não estava com a barba crescida; estava com um belo sobretudo. A emoção de vê-lo era tão grande que eu tinha que concentrar todo o meu esforço para que ele não notasse; queria parecer indiferente. Na escada de acesso à plataforma, ensaiei como enfrentar aquilo: decidi que o melhor era eu fingir que não o estava vendo e depois desviar o olhar, meio que por acaso. Mas, quando emergi da escada, ele me viu, sorriu, e eu fui imediatamente até onde ele estava.

— Oi — ele disse.

— Oi — disse eu.

O trem chegou e ele perguntou:

— Vamos nos sentar aqui?

— Sim — eu disse, mas tanto fazia me sentar no chão ou no teto do trem.

Perguntou onde nos sentaríamos com certa hesitação, eu não entendia como um deus pode perguntar onde deve se sentar; mas tudo era tão extraterreno que eu me disse: "Vou agir como se tudo fosse natural".

Eu tinha dito "sim" com voz de taquara rachada. Precisava consertar isso, precisava me mostrar desenvolta e exigente. Ele me viu com uns livros grossos e perguntou:

— O que tem lido?

— Baudelaire — falei.

Baudelaire me pareceu uma leitura apropriada para contar a ele.

— Já leu Hermann Hesse?

— Sim — disse eu. Precisava consertar essa voz de taquara rachada. Falei:

— Li também Neruda e Guillén. Mas não gosto muito de Guillén.

— Por quê? — perguntou, levemente irritado, como um professor severo.

Eu lia os suplementos literários dos jornais: "O Picasso da primeira fase", "O primeiro Vallejo". Não conseguia diferenciar "O primeiro Guillén" de qualquer outro, mas disse:

— Porque tem muitas onomatopeias.

Ele ficou calado e eu tive um ataque de desespero. Que Deus me ajudasse daí para a frente a não fazer nada que não estivesse em meu plano de comportamento! Ele continuava sem falar, olhei pela janela, passavam umas cinco ciganas.

— Ciganas! — falei com entusiasmo exagerado, como se o espetáculo me apaixonasse.

Ele sorriu e continuava sem falar. Então perguntei:

— Alguma vez você já sonhou em tecnicolor?

— Ah, não tenho esse privilégio — falou.

Disse isso como se fosse um privilégio duvidoso ou pouco interessante. Eu notei a sutileza da expressão: talvez ele quisesse dizer "Não ligo pra isso", mas disse isso de maneira elegante. Pensei: "Não, não é um deus, é um cavalheiro inglês". Embora estivesse impactada com a resposta, falei:

— Eu sonho colorido.

Contei-lhe um sonho com grandes flores tropicais, e as descrevi.

Tinha sonhado com ele, mas isso eu não contei; podia se irritar comigo por um abuso desses. Quando acabei de contar o sonho, ele disse:

— Chegamos.

Estava sorridente, se espreguiçava no assento e me olhava, um pouco divertido e um pouco cansado.

— Sim — disse eu.

Era um cavalheiro inglês.

Três dias depois desse episódio, minha mãe me disse:

— Alguém te mandou flores.

Eram rosas vermelhas, lindas, recém-chegadas e envoltas em um papel. Eu não conseguia saber quem as mandara; pensava e pensava. Minha mãe disse:

— Não vai colocá-las na água?

Não ia colocá-las até saber quem as mandara; eu não gostava muito de flores, teria preferido frutas ou bombons... a não ser que fosse ele que tivesse mandado. Sim, pensava nisso cada vez mais convicta; ele deve ter mandado, porque, se eu não gostava de flores, dessas eu gostava muito, pareciam tão bonitas, tão presentes... Sim, ele que havia mandado. O dia todo não pensei em outra coisa; olhava para elas toda vez que entrava e saía de casa. Coloquei-as na água e as reguei cinco vezes nesse dia para que fossem eternas. No dia seguinte, quando os botões se abriram e estavam em seu esplendor, minha mãe me disse:

— O Ernesto veio.

— ...

— Ele te mandou as rosas. Era previsível.

Disse isso e saiu com o jornal para fazer a sesta.

— Não pode ser — falei.

— Sim — disse ela lá do quarto.

O que era previsível? Eu a odiei, como se sua previsão fizesse parte do golpe.

É possível que minha mãe trocasse a água daquelas rosas, pois não suportava desperdícios nem tarefas inacabadas; eu não olhei mais para elas; por mim, que todos os jardins pegassem fogo e que aquelas rosas torrassem para sempre no inferno.

DO CÉU À CASA

[2003]

Natal no parque

Eram nove horas da noite e havia no parque uma movimentação estranha. As pessoas andavam apressadas, mas não como quem se prepara conscientemente para fazer *footing*; estavam vestidas de qualquer jeito, como quem termina uma tarde de idas e vindas e por fim, depois da última voltinha, vai se trocar e tomar banho. Um garoto passeia em sua bicicleta nova; as luzes do pinheiro iluminado do parque a fazem brilhar. Uma mulher muito bonita passeia um cão esplêndido, saudável, com a língua para fora de puro deleite. O cão é de lã branca e seu tronco é uma massa enorme que desliza acariciando o chão com seu pelo. Na calçada, dois velhos vizinhos com seus pacotes se cumprimentam como se há muito tempo não se vissem; ficam de conversa fiada antes de se despedirem.

Diante do parque fica a clínica veterinária San Gabriel: lá atendem cães, gatos, papagaios e também uma ovelha. A maioria dos animais tem convênio e paga uma mensalidade. Na sala de espera, uma funcionária diante de um computador registra os clientes e lhes dá um tíquete. Fala o tempo todo "San Gabriel, boa tarde" ao telefone e o computador registra os nomes dos animais, e assim desfilam Felipe, Celeste, Duquesa, Pituco, Beethoven. Ela pronuncia seus nomes com absoluta neutralidade; claro, são clientes. As paredes têm azulejos brancos até em cima; a luz é amarelada e uniforme; não se sabe de onde vem; nem um foco, nem uma lâmpada. No parque, a luz do pinheiro iluminado realça a passagem das pessoas, que depois atravessam uma zona de sombras: na sala de espera da veterinária, a luz neutraliza as particularidades das pessoas, como se fossem um só paciente. Uma senhora segura um gatinho nos braços, os dois quietos, esperando o momento do remédio. Parece estar esperando há algum tempo na mesma posição; parece uma mãe triste e um pouco pobre, como que envergonhada da doença do filho. Bem afastada, uma mulher mais jovem de olhos coléricos está com um vira-lata inquieto sentado a seu lado. Penteou-o com uma fitinha vermelha; fez um penacho assimétrico que o cachorro usa com total inconsciência, como se fosse independente do seu corpo. Fala com ele num tom de voz sufocado — uma voz que deve ser muito mais alta e enérgica em casa —, fala para que saibam que ela é uma mulher de ordem e progresso:

— Pamela, sente direito.

E mais ao longe, sozinho, um casal de velhos com um cachorro que os acompanha há muito tempo: esse cachorro tem de tudo e dá para ver que é tratado pacientemente de todos os seus males; olha para os donos com olhos suplicantes, como se perguntasse: "O que o destino irá me preparar hoje?". A única voz cantante é a da funcionária: as consultas telefônicas continuam. Nome? Faroleiro. Problema? Otite. Nome? Jasmim. Problema? Papeira.

Talvez o conhecimento de que há tantos bichos com problemas neste mundo abata um pouco as pessoas da sala de espera; não são só eles; o mundo está povoado de problemas: sentem-se uma agulha no palheiro. E talvez essa sensação seja reforçada pela entrada de uma moça, magra e elegante, com um galgo que é sua cópia em escala canina. Entram com um ar de visita frequente e displicente, como de quem só dá uma passada e vai para destinos melhores: esse animal está completamente saudável. A funcionária diz para o cão:

— Oi, bebê...

Lá dentro, depois da sala de espera, o ambiente muda por completo. Há três enfermarias, onde dão soro para gatos e cães. Aqui a luz é diferente; há lâmpadas centrais que iluminam macas e cones de sombra. Num deles há um casal com um gatinho: ela é loira e ele, moreno; parecem sorridentes e tranquilos, como se estivessem papeando debaixo de uma árvore. No outro quarto há mais gente cuidando do soro dos seus animais; o ambiente é muito cordial, todos conversam, e um veterinário jovem e bonito que chamam de Román se desloca a passos largos como se andasse pela rua. Um casal de ar suburbano cuida de um cão que toma soro: os dois estão precariamente vestidos, ela está um pouco despenteada; os dois exibem grande vitalidade: dão a impressão de ter quatro cães, cinco gatos e uma ovelha. A mulher diz ao veterinário, com certa coqueteria:

— Román, tome cuidado pro Popi não dar uma mordida em você.

Parece absolutamente impossível que isso aconteça, porque Popi está num estado letárgico. Román não responde e anda para cá e para lá; ela volta à carga:

— Román, dou ração A-D pra ele? Da outra vez não caiu bem.

— Isso — disse Román, com ar de quem ecoa a primeira sugestão.

E sobre uma mesa maior, sozinho, há um homem mais velho de idade indefinida. Seu cabelo está tingido de castanho, mas ele não exibe nenhum sinal de sedução: é como se há muito tempo tivesse adotado o costume de tingir o cabelo e agora o fizesse por hábito; sua roupa lembra a dos jogadores, que se vestem com o que encontram para se cobrir; seu casaco marrom também é como um velho hábito. Seu aspecto apagado contrasta com sua energia; quando Román passa, diz em voz alta:

— O atendimento de ontem foi melhor que o de hoje. Ontem o apalparam assim pra que fizesse cocô. Não tem comparação.

Román anda que anda e finge que não é com ele. O homem está segurando a pata de um gato em que está colocado o soro. É um gato de rua que apareceu em sua oficina mecânica, diz. Por sorte, uma senhora muito boa dá comida a esse e a outros. O gato é esplêndido, sujo e, com o que lhe resta de saúde, mal-humorado. O homem lhe diz, várias vezes:

— Vamos, Chiquito, se deite um pouco, assim, assim.

E segura sua pata sem olhar ao redor para que o soro não escape.

— Deitado, deitado. O atendimento de ontem era muito melhor. Estou aqui desde as oito.

São dez da noite e esse homem continua segurando a pata por todo o tempo que for necessário. De repente, seu telefone toca e ele diz:

— Não, não vou jantar agora, ainda estou aqui.

O gato está aborrecido, mas aguenta a quietude como se fosse um mal necessário; de quando em quando quer se levantar, mas seu dono o faz se deitar para que ele não escape da sagrada cânula do soro. O gato olha para ele de vez em quando como se dissesse: "Se você acha isso, você que sabe". E para agradá-lo ele se deita, só que sobre o traseiro, como se fosse tirar uma soneca.

O homem diz para o casal do cachorro:

— É tão esperto, assim que me vê ele se aproxima. Ontem fizeram assim com ele.

E lhe dá palmadas nas ancas sem deixar de segurar sua pata. O traseiro do gato parece dizer: "Vou fazer cocô quando me der na telha".

Román passa como se circulasse por um salão de baile.

— Está bem de soro? — pergunta o homem.

Não recebe resposta. Então diz:

— Talvez seja a água que ele bebeu. Quando estava na rua não bebeu água boa. Não vão dar mais soro pra ele?

Román, como resposta, só atira elegantemente o jaleco numa cadeira; como num passe de mágica, veste uma jaqueta e já está na porta; seu substituto estava chegando. O substituto é um homem velho; tem uma expressão dolorida, canina; tem cara de quem já viu muita coisa e de sentir pena de alguém uma vez ou outra. Diz a ele:

— Por hoje está bom de soro; vamos mantê-lo enquanto der.

E depois, como se sofresse pelo gato, como se fosse dele, diz:

— Por um lado ele está muito doente e por outro tem muita vitalidade.

— Volto amanhã?

— Volte amanhã, estaremos aqui. Boa noite, e sorte.

— Obrigado, doutor.

O homem pegou a caixa de papelão com sua inscrição: "Transporte de animais pequenos". Era decorada com cães, gatinhos e flores; uma caixa alegre e clara como as de piquenique. A porta de vidro da clínica também era decorada com os mesmos desenhos: pequenos gatos e cães, flores. A proximidade do parque verde dava uma lufada de esperança. Na porta, o homem hesitou e foi até o único café aberto que ficava numa esquina. Começaram a soar uns rojões e o gato se mexeu dentro da caixa.

— Vamos, Chiquito, já vamos pra casa.

E entrou no café com sua caixa.

No café só havia um freguês, um bêbado afável, desses para os quais um copo, dois ou cinco surtem o mesmo efeito. O homem pigarreava e o garçom lhe levava mais vinho. O garçom via televisão à vontade; espiava uma partida de futebol da liga europeia e um teleteatro venezuelano; o bêbado pigarreava para marcar presença e o garçom lhe trazia mais vinho. O homem pôs a caixa com o gatinho junto dele, sentou-se e pediu:

— Chefe, uma taça de sidra e azeitonas.

Alguns garotos, longe do café, soltavam rojões no parque; o barulho chegava amortecido e o gato estava quieto em sua caixa, como numa casinha. O homem passava a mão pela caixa e pensava: "Quem sabe se ele vai sobreviver, não, não, hoje o atendimento não foi bom... Se aquele alto de ontem estivesse lá... E se ele não sobreviver? E se não sobreviver? Então eu doaria os órgãos pra medicina. Eles estudam". Distraiu-se pensando na ciência: "Que coisa grandiosa, com esses avanços que nem se imaginavam há cinquenta anos! E como eles estudam e conhecem esses corpinhos tão pequenininhos!". Mas de repente pensou em Chiquito morto e disse para si: "Não, ele inteiro não; só alguns órgãos".

— Garçom, outra taça de sidra e azeitonas.

Não ia beber mais que duas taças. Na segunda, pensou que enterraria o que restasse de Chiquito nos fundos da sua casa, com uma madeirinha plana, com o nome inscrito. Talvez ele sobreviva, talvez não. Seu entusiasmo pela ciência acabou, pois pensou: "Eles morrem sem conhecer as palavras. Morrem como se nada estivesse acontecendo". Ele sempre lia a seção da contracapa do jornal, onde havia frases de homens ilustres que ao morrer deixavam algum conselho, algo que queriam que se soubesse, algo. Mas aqui... não, não dava para admitir.

— Garçom, um café, por favor.

Ia ficar mais um pouco. Ia voltar à clínica veterinária; quem sabe nesse plantão houvesse troca de pessoal. Ia sugerir outra rodada de soro e umas boas palmadinhas.

— Garçom, feliz Natal.

— Ah, igualmente — disse o garçom, sorrindo, e foi tentar outro canal.

Congresso

Chegou uma carta dizendo que estou convidada para um congresso de escritores na Alemanha. Sou convidada pela Casa das Culturas do Mundo e isso me soa como a Casa da Cultura de Marte. Quem me convidou, e como saber? Nunca pensei em ir à Alemanha, nunca tive nenhuma relação com os alemães. Isso me soa como ter ganhado na loteria sem ter comprado nenhum bilhete. Quem o comprou e não me avisou? Sim, a carta é verdadeira; está lá a lista de nomes dos escritores; o convite é também da Casa da Literatura — vê-se que dão muita importância à casa. Não posso perguntar para os outros escritores, não sou amiga de nenhum; algum dia vou ficar sabendo. Não sou especialista em congressos, só fui a um de filosofia em Salta; éramos cinco palestrantes; havia dois ouvintes, as outras pessoas tinham ido dar uma volta de teleférico. Mas nesse congresso de filosofia éramos todos amigos, íamos em grupo para toda parte e de noite comíamos agrião recém-colhido e tomávamos vinho Torrontés. Para não parecermos mal-educados, para que não pensassem que só nos interessava nossa palestra e mais nada, fomos todos juntos ouvir uma mulher que falava do manto vermelho de Agamenon e de como ele subia com seu manto as altas escadarias do palácio; a subida durou uns quinze minutos. Não pudemos sair, estávamos em bloco. É curioso o poder sagrado e ao mesmo tempo perecível da palavra: ninguém pôde interromper, mas depois ninguém se importou em lembrar-se de nada do que fora dito. Nos congressos, as pessoas querem aproveitar o tempo; as pessoas querem passear sem deixar de parecer responsáveis. É como um trabalho disfarçado de passeio, ou vice-versa: se alguém visita o zoológico do lugar, diante da jaula do puma está pensando que deve voltar ao hotel para aperfeiçoar a comunicação.

Contei a todo mundo que ia para a Alemanha para que fortalecessem minha crença.

— E como é que você vai?

— Não sei.

Diante dessa resposta, tudo se tornava tão irreal para eles quanto para mim: não podiam se alegrar com uma coisa que não entendiam. Eu me sentia como se o convite fosse duvidoso, como se eu tivesse, sem saber, poderes espúrios para produzir esse fato, e, portanto, me sentia suspeita. A carta era bem clara; estava em castelhano, mas toda cheia de "k" em "Kultur" e em "Lateinamerika". "Lateinamerika", escrito assim, parece outra coisa, que não conheço; nós dizemos América Latina, que somos nós, e América do Norte, que são eles. Mas se vê que os alemães olhavam tudo com distanciamento, lá da Casa das Kulturas do Mundo. Tentei me familiarizar com o "k"; havia muitos negócios que usavam a letra aqui: Tabak'os, Tuk'os. Uma vez familiarizada com o "k", me acalmei. Teria de pensar em minha roupa: eu não tinha Kalcinhas, Kasacot, Koturnodumker. O que foi o Sturm und Drang? Costumava saber, vou perguntar lá; e teria de estudar um pouquinho de alemão para pelo menos dizer "café", "vinho", "veja só isso". Aprender também um pouco de pronúncia, pois não sei por que estranha obstinação ou loucura pronuncio as línguas à minha maneira, como me soam melhor; adoro pronunciar à minha maneira, como gosto, e não como devem ser. Aí percebo uma falha grave: não falar um idioma como todos o falam implica não se adaptar às regras, aos usos, ao senso comum. E pior: é não querer submergir no fluxo das gerações que por anos e anos falaram uma língua, patrimônio de todos; conforme meus caprichos, invento uma pronúncia para inventar a mim mesma.

O embaixador da Alemanha nos reuniu no Instituto Goethe para se apresentar, nos dar as boas-vindas e se despedir. Disse que toda a Alemanha estava democratizada, menos Munique, que tinha bolsões de nazistas. Perguntei ao que estava do meu lado o que acontecia com

Munique, e ele me olhou como se olha o último da classe quando faz uma pergunta óbvia. O discurso do embaixador foi amável, fluido; era um discurso padrão para contingentes que partiam. Disse que eles sempre refrescavam a memória do passado e soava como se tivessem uma ordem superior, em todas as instituições, de refrescar a memória. Depois desse breve discurso, cada um foi sozinho para sua casa e ninguém se reuniu para tomar café e comentar o que tínhamos ouvido; não troquei telefone com ninguém. Na saída, eu seguia pela mesma quadra com um escritor que se adiantou e atravessou a rua sem trocar um cumprimento. Era um homem de grandes bigodes em forma de guidão, com cara de homem satisfeito consigo mesmo; parecia especialista em congressos — foi o único que perguntou alguma coisa ao embaixador — e parecia que essa reunião com o embaixador não era um encontro notável em sua vida; devia ser uma pessoa com o tempo contado, com ocupações muito mais importantes que esse trâmite. Então me lembrei de alguns congressos caseiros que faziam em Santa Fé, mas eu não os chamava de congressos; chamava-os de visita a meus amigos santafesinos. Eles vinham nos esperar na rodoviária, depois jantávamos todos juntos e o congresso misturava a leitura com a dança; um pouco de leitura de contos, de poemas e depois canto, sapateado, dança ou o que quer que fosse. Lembro-me do que foi mais divertido: era um prédio para concentrações de jogadores de futebol. Dormíamos num quarto comprido, as mulheres num extremo e, no outro, os homens. Como o banheiro ficava embaixo, as mulheres desciam uma escadinha escondendo a calcinha nas toalhas e a escova de dentes na mão. Antes do banheiro havia um barzinho, com umas mesas de jardim que davam para o campo, onde havia um grande tanque australiano; e aí, com a toalha numa das mãos e a escova de dentes na outra, trocávamos cumprimentos com alguns teóricos madrugadores, que falavam de Hegel e de Sartre havia um bom tempo. E como alguns chegavam mais tarde ao congresso — vinham de Salta, de Santiago del Estero —, acordavam todo mundo com o barulho das malas; a de Salta logo percebeu, no escuro, onde devia se instalar, mas para o de Santiago foi preciso acender a luz às três da manhã e lhe explicar em detalhes qual era a situação. Ele saiu tropeçando com sua mala até onde os rapazes estavam, todos já acordados com o barulho.

Éramos quatro no avião, em assentos separados; um deles, o especialista em congressos, viajava nesse voo como se com sua presença agraciasse os passageiros: viajava como quem não tem outra saída a não ser fazer isso e anunciou que sairia do congresso antes porque tinha de ir a outro na Índia. Ele e a outra mulher que viajava eram especialistas em congressos. Ser especialista em congressos constitui uma sabedoria muito específica: é preciso ter o dom da oportunidade e dizer as coisas adequadas no momento exato e no lugar indicado.

Os membros de um congresso são como náufragos que vão para uma ilha desconhecida, e, quando não se conhecem, devem estudar-se como os animais para saber com quem podem estar, quem é perigoso ou irrelevante. O terceiro membro do grupo era um solitário que ia pesquisar nas bibliotecas de Berlim, e os outros dois sabiam disso e respeitavam seu isolamento. Mas meu isolamento não era desejado; eu queria conversar com meus colegas; aproximei-me dos dois especialistas em congressos e disse que não usava computador para escrever; fazia tudo à mão. A mulher me disse:

— Nesta época, escrever sem computador é como cozinhar com fogão a lenha.

Eu tinha meus argumentos para rebater aquilo, mas eles sempre me ocorriam depois. Diante de tal estocada, fiquei paralisada e sem fala. Porque ela falou rápido e de lado e no mesmo instante sugeriu algo a seu colega especialista. No mesmo instante, comecei a pensar em minha falta de mediações para me conectar com as coisas e as pessoas: eu não tinha computador, não tirava fotos, bah, teria gostado se saíssem bonitas — inclusive assim seu valor poderia ser atribuído à câmera ou ao acaso, orgulho bobo o meu. Também não usava brincos nem bolsa com franjas, nem era capaz de inaugurar uma situação com uma piada ou um sorrisinho; eu me sentia um bicho encapsulado. Gostaria de saber como me aproximar deles, mas não via como. Por isso, quando chegamos a Madri, fui conversar com o estudioso, primeiro com muita cautela, depois acabamos falando de política. Ele se declarava radical e julgava com força o peronismo; e comigo sempre aconteceu de, quando encontro alguém muito radical, ficar com vontade de defender o peronismo, e vice-versa. Em todo caso, se estivéssemos em terra firme, digamos, e não fazendo conexão num aeroporto, ou se eu tivesse tido um vínculo habitual com essa pessoa, nunca teria exacerbado as posições. Mas aí defendia acaloradamente o peronismo, como se minha vida dependesse daquilo; tudo o que eu dizia estava a serviço de uma velha adolescência; ia me metendo numa discussão cada vez mais estúpida, sem conseguir sair dela. Levantei-me e fui sozinha fazer o check-in, sem dizer nada. Quando cheguei ao guichê, estavam lá os dois especialistas. Ela me disse, com azedume:

— Por onde andou? Fez x se perder, ficou te procurando.

"Era só o que me faltava", pensei. "Uma bruxa me dando bronca em terra estranha."

Não respondi nada, não corrigi minha conduta nem me ocorreu inventar nenhuma mentira ou desculpa. Nunca pensei que iriam me procurar, isso me surpreendeu e me lisonjeou um pouco, mas ao me lembrar do tom daquela senhora pensei que devem ter me procurado como procuram um pacote. E também por aquele tom de voz entendi que havia feito algo reprovável, ainda mais reprovável porque eu não tinha consciência da minha falta. Eu sentia, enquanto caminhava pelo interminável túnel que levava ao guichê, que estava fazendo algo estranho, que tinha vontade de ficar na Espanha ou continuar perdida naquele corredor. Viviana Couso, aluna da quarta série que tive, fez algo parecido. Grande desenhista, muito míope e bastante louca; uma vez se esqueceu de ir buscar o irmãozinho; veio a noite, e o frio; ele, chorando na porta da escola porque ela não passou para pegá-lo. Na escola se pode atirar pedras, xingar, mas ninguém jamais pode esquecer o irmão caçula. Eu me senti contagiada por um mal que não compreendia. Se estava contagiada, eu mesma iria me isolar. Peguei a bolsa e fui em silêncio para meu assento. Cada vez que o especialista em congressos ia fumar um cigarro lá atrás com a especialista, passava do meu lado sem dizer uma palavra nem lançar um olhar.

Os alemães são muito organizados porque temem o acontecimento fortuito; vêm dos bosques, do combate com feras, e para isso precisam de força. Por essa razão, no almoço de boas-vindas onde havia comida farta de todo tipo, também havia sopa, a sopa que alimenta para prevalecer. Vi nesse almoço uma cara conhecida, uma argentina que participava do congresso, mas vinha da Espanha. Ela disse:

— O que faz por aqui? — como se me encontrasse num bairro afastado de Buenos Aires.

Sentei-me a seu lado; na mesma hora nos deram umas folhas com toda a atividade futura, designaram nossos guias, prenderam em nós um crachá de membro do congresso e depois nos incentivaram a tomar sopa. Antes de comer, uma senhora robusta, de cabelo curtinho e lavado — parecia tão forte quanto uma árvore recém-podada —, fez um discurso de boas-vindas em alemão: parecia muito longo porque não entendíamos; soava mais ou menos como: "Hans, tribaus, mackaussen, der Katerpiller und generalitá". Apesar de sermos mulheres adultas e, imagina-se, cultas, a duras penas conseguíamos reprimir uma risadinha nervosa diante do desconhecido, como se qualquer linguagem pudesse ser entendida espontaneamente, e o que não se entende se suporta, e depois com certeza virá outro assunto, Raimundo. Lá estávamos, na Casa das Culturas do Mundo, fazendo parte das espécies que povoam a Terra. Nessa Casa das Culturas havia mostras da África, da Índia, e os alemães estudavam as particularidades de cada etnia para que os encontros se realizassem a contento. Pena que a da Espanha não estava em meu hotel, mas meu hotel era bonito, com poucos quartos que eram como os cômodos de uma casa: espaçosos e com cortinas de musselina. Nenhum objeto, nem o telefone, nem a mesa se impunham com destaque: tudo estava meio disfarçado, numa gama de cores; todos os aparelhos necessários estavam lá, sem impor sua presença. A ideia de conforto superava a de qualquer capricho decorativo. Onde será que os alemães põem seus caprichos?

Puseram-nos em hotéis diferentes e a mim coube ficar com os uruguaios; M e sua esposa, e DM, que, apesar de ter muitos livros vendidos em sua terra, parecia mais um turista em férias, com sua máquina fotográfica e sua mulher. Ela lhe disse: "Você me prometeu que iríamos a Postdam amanhã". Pedia como uma menina mimada a um pai paciente, e ele disse: "Sim, sim, A". D é diretor de Cultura em Montevidéu e, já que viajou, para economizar uma viagem, lá de Montevidéu aproveitaram para encarregá-lo de comprar uma zebra. Quando não estava visível, estava atrás da zebra. Eu parecia conhecê-los desde sempre; fiquei contente de estar com eles; falávamos do que víamos sem pressa. Fico feliz que o pessoal do avião não esteja em meu hotel. Cruzo com eles nas leituras do congresso e sempre nos sentamos longe para não nos cumprimentarmos. Os uruguaios me contam que os especialistas em congressos estão alojados no melhor hotel da cidade e que contrataram guias particulares para se deslocarem por conta própria; já nós temos os guias que Deus nos deu.

Os uruguaios me convidaram para ir a Postdam, mas eu não quis: queria ver um pouco como eram o bairro e as pessoas. Por isso andei em linha reta e voltei pela calçada oposta, para não me perder; não sei alemão e não sei inglês. Nesse momento, havia na Kudastrasse um personagem com a cara pintada de verde e uma mecha alta de cabelo, como um moicano. Quando M quis fotografá-lo, ele o repreendeu; pedia dinheiro para que o fotografassem. M não tinha percebido; por fim, o homem da cara pintada estendeu a mão com arrogância, falando aos gritos, destemperado, como quem cobra um pedágio ou a dívida de um sonegador. Na mesma Kuda, dois tchecoslovacos davam voltas ao redor de um franco; sentados no chão, jogavam tava.

Há sempre só um franco no chão. Passou um velho e os xingou em alemão; era algo como: "Under alen simbaud, keter tuller". O que será que ele disse? Ladrões, vigaristas, vadios. Pareciam constituir uma ameaça para o gênero humano aos olhos do velho, como se com o tempo a humanidade inteira se contagiasse e começasse a virar a tava em cara ou coroa. Os velhos estão fortes, vigorosos e insatisfeitos: um deles sacudiu meu braço porque eu estava fumando no cemitério e também rogou pragas. Que será que ele disse? Devem ver as incorreções como se fossem bichos asquerosos. E na sala do café da manhã, um jovem que beijou a mão de uma senhora mais velha e fez uma espécie de reverência ao seu companheiro, quando toquei um pão de um tipo e optei por outro, dirigiu-me um olhar gelado. Fez com que me sentisse indigna daquela bela saleta de café da manhã, como se me coubesse comer num lugar de porcos.

Num café que ficava na esquina do hotel havia todo tipo de tortas e sobremesas numa fartura notável; uma idosa estava sentada junto à janela olhando demoradamente um pedaço de torta. Olhava-a com uma lupa, sem parar, como se estivesse estudando um inseto. O que estaria olhando? Nenhum funcionário prestava atenção, como se ela sempre fizesse aquilo ou como se aquela atividade fosse normal.

E os brinquedos! Uma casa inteira de cinco andares com seus moradores dentro, perfeitos, diminutos, com cadeirinhas de madeira e espreguiçadeiras, tudo tão adequado que tive a impressão de que eles se interessavam por escalas: deviam lamentar que o espaço não permitisse que fizessem casas para gigantes.

Numa vitrine, uma saia; tinha um zíper que se abria de cima a baixo: era um zíper com saia. Se uma mulher tem uma aventura amorosa, não precisa se despir tirando a roupa aos poucos; o mistério se abre abruptamente atrás do zíper. Essa saia parecia preparada para alguém se despir, se necessário, de modo prático e rápido. Gostei dessa saia e também de um sofá, feito para recostar-se totalmente: o sofá seguia a forma do corpo e com seu pelo longo imitava um animal, um leão cor de café com leite. E então a gente seria uma espécie de fera descansando em outra. Somos produtos de uma espécie, as espécies precisam umas das outras, nasci ser humano por acaso, podia ter nascido ornitorrinco. Tão diferente de como pensam nossos conterrâneos do campo, que dizem "cristão" e "bicho". Gostei da ideia de ser um animal recostado em outro: assim se descansa de tanta história, tanta memória, tanto peso. E num cartão-postal os ursos pegam o ônibus, como se fossem pessoas indo para o trabalho. Os países têm flores emblemáticas; o emblema do berlinense é um urso. Uma flor é frágil e distante, um urso é contundente, como são contundentes os balcões dos cafés e a gordura dos alemães gordos; não parece algo que arrastem a contrapelo, mas uma camada protetora de gordura que lhes dá segurança. E voltei ao hotel pensando em como eu achava que os alemães fariam: como seria bonito se numa semana fôssemos todos ursos, na outra liliputianos, e assim por diante, para testar as escalas (claro, sem perder a razão nem a autoafirmação).

Com esses pensamentos, voltei ao hotel ensaiando o discurso para pedir a chave e perguntar se havia algum recado. Eu só sabia francês e tinha um recepcionista que entendia um pouco se eu falasse bem devagar. Mas notei com espanto que eu fazia uma babel de línguas: o francês se mesclava ao português e ao italiano. E saía: "Eu voglio la clef". Como se fosse um destino, sem esperar nenhum uruguaio ou o recepcionista que soubesse francês para me acalmar e falar com coerência, com os olhos cheios de espanto, falei: "Eu voglio la clef". As duas moças que atendiam também me olharam espantadas, como se eu fosse assaltá-las, ou pior, como se eu fosse uma mutação da espécie. Sim, eu devia ser uma mutação da espécie, porque tinha esquecido meu francês e agora estava me transformando nesse ser que falava dessa maneira. E se esse meu estado persistisse por toda a vida? Por sorte o francês da tarde entrou no horário e, sorrindo com paciência, porque podia exercer seu ofício de professor e esclarecedor, me fez recuperar meu francês. As moças do hotel o olhavam como se ele fosse um encantador de serpentes.

É notável o que a gente aprende depois de três dias num lugar. No primeiro dia, o hotel era um mistério; o quarto, um lugar para examinar os aparelhos; e os guias, seres incertos que não se sabe como funcionariam. No terceiro dia a gente já tinha dado chocolate de presente para o guia, um uruguaio e eu já tínhamos sido expulsos da saleta do café da manhã por fumar. Encontramos um lugar ali perto onde todos fumavam e alguns tomavam cerveja de manhãzinha. Esse café parecia dizer: todos os que quiserem se corromper, que o façam logo e para sempre, e, além disso, todos juntos, para facilitar as coisas. Nesse café, um homem levantava seu copo de cerveja e o observava com atenção, como a idosa da confeitaria observava seu pedaço de torta; o homem devia estar estudando as mudanças de coloração conforme a luz ou as micromudanças. A garçonete que nos expulsou da sala do café da manhã tinha um peito volumoso; era feito de Kartoffel, carne de javali e geleia. A unidade na natureza.

Sozinha, caminhando em linha reta até muito longe, comprei meias eternas e uma bolsa também eterna com fecho duplo; essas meias e essa bolsa eram feitas para sobreviver às pessoas. E para que servem os objetos que sobrevivem às pessoas? Para o museu da roupa: no ano 2083, farão um museu da roupa e também do lixo classificado por consistência e procedência. Sim, as espécies morrem para deixar seus rastros nos museus. Esse pensamento sempre me entristeceu, mas aqui não havia tempo para se entristecer porque eu tinha de esperar o guia que ia chegar dentro de uma hora e não podia ir além do meu caminho conhecido, ou melhor, podia ir mas não podia voltar porque não sabia perguntar às moças da recepção se o guia tinha chegado e muito menos dizer que, se o guia chegasse, que me esperasse um instantinho; como gostaria de me perder nessa cidade; também pensava que de repente o guia me esquece e não aparece. Todas essas impossibilidades me causaram um ataque de humildade; sentei-me no hall do hotel como os camponeses de Tacuarembó que esperavam a chegada do ônibus por umas duas horas; fiquei sentada tentando passar despercebida pelas moças da recepção, que não me olhavam, mas com certeza sabiam que eu estava sentada ali já fazia uma hora.

E tinha pensamentos que começavam com "Quem sabe, quem sabe se eu poderia me tornar alemã como eles", agora que pensava entendê-los melhor; "Quem sabe se meu gato estará bem de saúde em Buenos Aires", mas Buenos Aires parecia distante e esse hall, o centro do mundo. Entretanto, dava para ver que não era costume de ninguém permanecer ali por tanto tempo. Chegou um grupo de viajantes com seu guia e conselheiro, que era mais velho. Reuniram-se em três ou quatro poltronas e o orientador dava suas instruções; eles ouviam sem olhar para os lados. Falou por um bom tempo, ninguém dava mostras de tédio ou de cansaço, eram como alunos obedientes com seu professor; nada de ir tomar um café ou de ir ao banheiro ou de ir até a porta: era a hora da instrução. Quando o sermão terminou, saíram todos juntos. E minha humildade se acentuou, porque eles eram capazes de ouvir aquele longo discurso imóveis, sem tomar um café nem falar com ninguém de qualquer coisa para passar o tempo, todos esses desejos próprios de um habitante de um país subdesenvolvido. Não, eu não podia ser alemã: essa impressão foi reforçada pela chegada de uma senhora da minha idade com um cabelo bem curto perfeitamente penteado, que parecia ter cortado por salubridade, para que não tivesse nenhum corpo estranho; parecia tê-lo cortado por alguma razão sazonal, como se poda uma árvore. Sua roupa era impecável, mas ela não estava vestida para agradar — via-se que não lhe interessava agradar a ninguém —, e sim para andar confortável pelo mundo. Certamente ela devia estar expondo para as moças da recepção necessidades tão impecáveis quanto sua roupa, porque as moças correram para fazer algo por ela. Nem minha roupa nem meus desejos eram tão impecáveis quanto os da senhora, nem minha contenção nem atenção eram como as dos viajantes, e todos eles eram de uma prosperidade assustadora. Ainda mais assustadora por não ser ostensiva: era como uma prosperidade autossuficiente. E fiquei pensando no que falávamos em Buenos Aires antes de partir, nas conversas com minhas amigas: "Que roupa você vai levar?". Como se a roupa encerrasse alguma ilusão; eu economizava e depois ia comprar alguma blusinha, que me agradava pela cor; este dinheiro para o gás, este para a luz, vamos levando. Tudo isso me fez pensar que eu vinha de um país mais pobre, mas acima de tudo me senti pobre de espírito, que significa sentir-se como um pacote, como se todas essas ilusões que eu havia tido não tivessem nenhum valor. Fiquei sentada até o guia chegar, sem pensar em absolutamente nada.

Chegou o dia da leitura de contos. Vesti minha saia longa e colorida com a blusa preta. Por sorte, minha conhecida de Madri passou no hotel para me pegar, para irmos juntas. Perguntei-lhe:

— Estou bem assim?

— Sim, sim.

Quando chegou aos pés, ela disse:

— Não, pelo amor de Deus, tire isso.

Eu tinha posto a saia longa de gala com soquetes brancas, dessas que se usam com tênis, para me congraçar com os alemães: pareceu-me que eles usavam bastante as meias brancas. Eu também, então teríamos um ponto em comum. Como é que usar soquetes me pareceu uma boa coisa? De alguma forma eu sabia que não colavam, mas tinha tanta vontade de usar essas meias... Pensei que talvez estivesse meio louca, bah, não totalmente, mas, se fosse sozinha, iria de soquetes. Com os alemães eu não me importava, eles estão acostumados com vestimentas de todas as culturas do mundo, mas os argentinos iam ficar me olhando. Coube-me ler o conto com o estudioso das bibliotecas de Berlim, que estava perfeitamente vestido para o congresso: roupa nova mas não nova demais, para que não pensassem que foi comprada para a ocasião. Por trás de uma espécie de tribuna e diante de cem pessoas, éramos dois compatriotas na Alemanha; cada um ia ler seu conto, o autor em castelhano, e um leitor em alemão. Eu não conseguia pôr direito os fones de ouvido. O estudioso os ajeitou em mim de má vontade e disse para o apresentador:

— Desculpe o subdesenvolvimento.

Mas não pude me deter nessa observação, porque um ator já estava começando a ler meu conto em alemão. Eu não entendia absolutamente nada. Em que ponto do conto ele estaria? Só entendi que dizia "tomates" e por aí percebi em que ponto estava. Que esse conto, escrito numa linguagem tão cotidiana, que falava sobre um amor adolescente não correspondido, fosse lido em alemão não me dava nenhuma satisfação: ao contrário, eu estava perplexa. O que os alemães entenderiam disso? Além do mais, meu colega de leituras, quando ouvisse a versão em castelhano, iria pensar que, além de eu ser subdesenvolvida, nunca ninguém tinha me dado bola.

Quem lia era um ator moreno e bonito, e em sua voz o alemão soava como uma língua angelical; de vez em quando ele levantava o rosto, como se quisesse acompanhar a cadência de uma frase e para que a leitura não se confundisse com nenhuma cumplicidade com o público. Nunca ouvi tal música; não liguei de não entender. Ele levantava o rosto como algum antepassado dele deve ter feito, buscando inspiração no céu. Depois eu li em castelhano, como deu. Ao terminar a leitura, aproximou-se de mim um alemão que falava castelhano e me disse:

— Espero que tenha sorte da próxima vez.

— Obrigada — eu disse. E não soube o que acrescentar.

Em Berlim, separaram todos os escritores do Rio da Prata e nos mandaram dois a dois repetir a leitura do mesmo conto por diversas cidades da Alemanha. A mim coube ir justamente com o estudioso das bibliotecas de Berlim, aquele que abandonei no aeroporto de Madri. O destino era Bad Homburg, um balneário perto de Frankfurt; duas pessoas se encarregaram de nós por um dia; uma me guiava, outra guiava meu colega de leituras, para que cada um cumprisse seus objetivos ou necessidades. Minha necessidade era comprar um relógio cuco da Floresta Negra; em Buenos Aires, tinham me encomendado um; eu queria que não fossem mais fabricados, porque pesam uns sete quilos. Fui acompanhada por uma senhora que não sabia francês e caminhava a meu lado em silêncio. Frankfurt é muito imponente, mas só me lembro dessa caminhada; perguntou em várias lojas e não tinham o relógio. "Sinal de que não o fabricam mais", pensei com alegria. Quando já tínhamos caminhado umas vinte quadras, vi um café e falei:

— Senhora, café.

Ela disse:

— Não café, cuco.

Caminhamos mais umas vinte quadras — eu tinha certeza de que o relógio não existia: a única coisa que me consolava na marcha era não encontrá-lo, para castigar a senhora, mostrando que tudo tinha sido em vão. Então vi outro café e falei:

— Senhora, xixi.

— Não xixi, relógio — disse.

Era um belo café; olhei-o como quem perde um trem para sempre. Nunca mais poderia entrar num café: dali em diante minha vida consistiria em percorrer Frankfurt ao lado dessa senhora.

Depois eu já não me importava nem com o relógio, nem com a senhora, nem com minha vida. Sentia dor nas pernas como a Pequena Sereia quando se transformou em mulher. E eu, em que me transformaria nessa cidade enorme, chegaria viva de volta a... algum lugar? Setenta quadras adiante, descendo por ruas subterrâneas e depois subindo, ela encontrou o relógio cuco da Floresta Negra. Era um aparelho maciço, do qual saía de hora em hora um pássaro estúpido e depenado. Eu não podia me irritar porque não sabia o idioma. Na volta, sempre caminhando com o relógio nas costas, chegamos a um lugar onde havia banheiro, mas ela disse: "Não café", porque era preciso ir ver a casa de Goethe. Eu queria me jogar no chão para que a assistência social me recolhesse, mas não podia deixar meu país em má situação, e, além do mais, fosse a casa de Goethe ou de quem quer que fosse, uma casa é sempre uma casa. É melhor do que ficar andando pela rua. De qualquer forma, foi um interessante teste de resistência do corpo humano; a gente pensa que vai morrer, mas não. Só é preciso pensar que o estado habitual do corpo não é o repouso, mas o movimento.

De Frankfurt nos levaram para Bad Homburg, onde a leitura seria feita. Num quarto luminoso em que eu poderia morar por toda a vida, encontrei na mesa de cabeceira um perfume com um lacinho, uma flor e um cartão-postal que figurava uns caçadores gordos, sentados, de cerca de 1920. No verso do cartão, uma nota de boas-vindas assinada: "Sra. Morgenroth"; seu nome significava "madrugada". Nos raros momentos de conversa com meu colega de leituras, falei: "Sra. Madrugada". Ele me disse, alarmado: "Não vá chamá-la assim! É Alba". Ele me olhou como se eu fosse capaz de fazer ou dizer algo espantoso ou imprevisível. Já me acontecera muitas vezes de algumas pessoas pensarem na possibilidade de coisas insólitas que partissem de mim, e diante desse olhar eu não dizia nem fazia nada: talvez tivessem razão. Mas decidi não obedecer, apesar de saber que Alba era o nome correto; mas Alba me soava a nome do Rio da Prata, Madrugada me soava mais alemão e mais alegre. Quando a conheci, chamei-a de sra. Madrugada (na ausência do meu colega de leituras) e ela nem se incomodou: tinha mais de oitenta anos e preparara todo o encontro; junto à tribuna havia uma mesa enorme com vinho e frutas; ela tinha feito os convites, os presentes; era economista aposentada, sabia castelhano e promovia as artes e as letras em Bad Homburg. Não era Alba, que é um nome triste, era a sra. Madrugada. Veio no primeiro dia em que ficamos no hotel para perguntar se estávamos bem e lhe dei um buquê de flores; ela sorriu, surpresa e contente. Quando cruzamos, ou melhor, topamos com meu colega de leituras, eu disse a ele:

— Comprei um buquê de flores pra sra. Alba em nome de nós dois.

— Aí você acertou — disse, como se eu sempre fizesse tudo errado e por acaso me tivesse brotado uma conduta aceitável; ou talvez ele tenha pensado que eu devia estar pagando por culpas passadas. Estas deviam ser infinitas, porque, nos dois dias em que ficamos em Bad Homburg, foi a única vez que ele se dignou a dirigir-me a palavra. Se me via tomando café da manhã, esperava que eu terminasse para entrar na sala de refeições. Sua conduta me deixava perplexa, me paralisava. Lembrei-me de um episódio muito distante, na infância. Eu costumava me balançar na corrente de um mastro. Uma menina se aproximou e me disse com raiva: "Não!". Continuei me balançando e ela continuava dizendo "Não" diante de qualquer movimento meu; falei alguma coisa e ela respondeu: "Não", com mais força. Tentei fazer um gesto qualquer para ver o efeito e também foi reprovado. Não era uma conduta especial que aquela menina detestava: ela me detestava, eu era a fonte de todas as condutas detestáveis possíveis. Por um lado, achei que aquela menina parecia louca, e por outro tendi a lhe dar razão, como se ela visse em mim coisas que eu não percebia. As duas impressões eram tão fortes que eu passava alternadamente de uma para outra. Nunca tinha visto uma menina louca, e aquele era um espetáculo surpreendente, mas ninguém nunca havia me afrontado com tamanha fúria. Lembro-me de ter descoberto a distância entre as pessoas. Fiquei quieta, não brinquei mais e saí de sua vista. Porém, esse estudioso não estava louco; agia com total credibilidade, mas eu também oscilava entre a observação da distância e o efeito que ela me causava. Então me tornei muito simpática com a sra. Madrugada, que me levou para passear de carro e me mostrou o museu da roupa e da carruagem. Nesse balneário, descobri a cor que me parecia ser a da Alemanha: céu azul-celeste contra gramado claro. Decidi que a sra. Morgenroth gostava de mim, embora soubesse muito bem que ela me levava para passear por obrigação, por eu ser uma convidada estrangeira. Encorajada por essa proteção, quando líamos o mesmo conto diante de umas cem pessoas, pensei: "Vou me vingar dele". Uns mexicanos tocaram um tango; outros latino-americanos chegavam de longe para ouvir o idioma. A conversa que se seguiu à leitura se voltou para o tema da situação latino-americana. Os latino-americanos presentes defendiam a unidade latino-americana. Pareciam desgastados pelo esforço de viver em Frankfurt; usavam xales indígenas de cores intensas, com muito vermelho-escuro e preto. O preto dos cerros e das minas. Usavam alguma jaqueta velha comprada quando chegaram à Alemanha. Com certeza em sua terra teriam outra cor e outro sabor; aqui estavam como convidados cautelosos, que deviam se portar bem para não ser expulsos. Quando a conversa se voltou para a América Latina, meu colega de leituras começou a fazer uma análise legalista, revisando alguns pactos e tratados dos quais tinha sólido conhecimento. Tudo era irrefutável, mas extenso, e ao vê-lo ali, cuidadosamente vestido, alimentado e situado em contraste com a parte latino-americana dos ouvintes, quase todos de aparência furtiva, meio encolhidos, fui rebatendo cada coisa que ele dizia. Fazia isso com uma veemência hipócrita; não sei de onde me brotavam tantos argumentos novos, ou melhor, sei, e é melhor não indagar. Falava com tal calor e poder de comunicação que me aplaudiram demais. Quando terminei, num aparte, perguntei à sra. Morgenroth:

— Senhora, por favor me diga: eu me excedi na polêmica com meu colega?

E ela, sempre em movimento, enquanto passava ponche de uma jarra para uns copos, disse:

— Ah, não; ele falou da perspectiva macro, e você, da micro.

Talvez fosse isso mesmo.

A sra. Morgenroth nos acompanhou de carro até Frankfurt e lá nos obrigou a comer uma salsicha com Coca-Cola antes da partida do trem. Faltavam só dez minutos para ele sair e eu iria correndo pegá-lo: não gostava de carregar a mala junto com o apito de partida. Queria me sentar no trem e sentir que estava partindo. Não dava para desdenhar a salsicha pela qual ela pagara: antes, devia ser a comida obrigatória dos viajantes, um costume de duzentos anos atrás; deviam tomar uma caneca de leite e uma coxa de frango junto da carruagem, mas o cocheiro podia ver se estava faltando alguém. Naquele momento eu a odiava um pouquinho, porque media o tempo em segundos; dizia: "Não vamos pro trem ainda, faltam quarenta e cinco segundos". Era como se para ela um segundo rendesse um século. Com o último apito do guarda, estávamos subindo a bagagem. Quando o trem estava saindo e ela agitava sua mãozinha em despedida, eu me emocionei: nunca mais a veria; talvez ela morresse e eu nunca ficasse sabendo. Mas os congressos são sempre cheios de novidades, e alguma coisa nova encobre o que veio antes. Meu colega de leituras foi para o vagão de não fumantes e eu para o de fumantes, por decisão dele. De repente, o campo apareceu: não era como o campo argentino, que sempre vai além e mais além e quem sabe: estava todo lavrado em retângulos cor de ouro, verde-claro e verde-escuro. As vacas eram como indivíduos perfeitamente identificáveis que tinham um lote destinado para pastar; eram abrigadas em barracões com telhado de duas águas, não como uma pobre vaquinha inundada que eu vi em nosso campo: buscava refúgio junto a uma esquálida cerca de arame. Então compreendi por que no pensamento europeu a noção de causa final tinha durado tanto tempo: o quadrado amarelo era para a vaca Aurora comer, o quadrado verde para contrastar com o amarelo, o trem para eu não sujá-lo com cinza de cigarro, e esse campo era feito para um gigante brincar de jogo da amarelinha. Depois surgiu o castelo do príncipe Siegfried e da princesa Cunegunda.

Chegamos a Eichstätt, rodeada de montanhas e castelos. Ali nos alojaram no hotel Trompete; tinha um letreiro luminoso com um músico tocando trompete. Eu me joguei na cama e percebi um ruído de risadas no quarto contíguo. Se deram um quarto para cada uma das mulheres do congresso, naquele estavam reunidas todas as mulheres do congresso para comentar e rir. Eu não ouvia o que diziam; só o rumor, mas dava para ver que havia animadíssimas passadas de bola: dava para ver que a conversa variava a cada minuto, tudo produzido pela alegria de estarem juntas; embora previsse que não havia nada de muito resgatável naquela conversa, senti uma espécie de abatimento por não estar lá com elas. Como é que não vinham me buscar? Sabiam que eu estava ali? Sim, mas, quando as pessoas estão metidas num bate-papo desses, não lembram que alguém ficou sozinho. Bah, eu também poderia ir bater à porta delas, mas era tão difícil para mim... Quando as pessoas estão metidas numa folia dessas, é muito difícil entrar... Entrar falando o quê? E então tive uma triste impressão de mim mesma, como se eu fosse um produto de má qualidade, uma vaca cansada, um espírito irritável por qualquer coisa; os outros tinham razão quanto a meus movimentos desmedidos: só me imaginava entrando com uma grosseria ou um disparate. Quando estava quase superando esse estado e disposta a bater à porta, ouvi a voz cantante da especialista em congressos: ela falava e as outras se calavam. Fiquei na cama e disse: "Não vou". E me peguei pensando: "Perdeu o trem, perdeu o trem". Eu tinha ouvido, quando era jovem, dois amigos bêbados se provocando mutuamente; um deles dizia "Perdeu o trem", e o outro respondia "Você também". E naquele momento eu pensava: "A que trem eles estão se referindo, ao da história, ao da vida? O que será que querem dizer?". Mas agora eu entendia o que queriam dizer: é estar confinado num lugar do qual não se volta, não se pode voltar.

De noite, sonhei que estava falando animadamente com alguém; de fora, eu me via falar e pensava que durante toda a minha vida desejara aquilo. Mas toda a minha vida estava afastada daquela bela conversa. Nisso consistia a vida e eu tinha me enganado.

Austríacos, italianos, belgas e argentinos que vivem em diferentes lugares da Europa vão chegando de trem; todos devem passar pelo caminho do palácio do príncipe Siegfried e da princesa Cunegunda. Ninguém olha para os palácios porque todos os têm em seus países — menos os argentinos, que só têm o Palácio Pizzurno. Vieram trabalhar, com pastas que têm muitas divisões para guardar papéis e livros. Nessas pastas guardam o que sabem, o que querem e o que devem fazer. O velho Hotel Trompete com seu gaiteiro luminoso no alto é uma usina repleta de estudiosos, jornalistas, entrevistadores, escritores e professores de castelhano que querem exercitar o idioma falando com os latinos; gravadores, fotocópias das declarações dos escritores estão na sala de refeições, antes da hora do almoço. Ali estava a fama; a gente logo percebia que nesse refeitório residia o centro da fama. Eu queria chegar ao centro da fama, claro, mas estava desconcertada, em grande parte porque imaginava a fama de outra forma, num lugar rutilante, digamos, e não nesse velho refeitório de hotel onde alguns alemães, que não eram do congresso, estavam se embebedando alegremente. Mas além disso ninguém me pediu uma entrevista e eu não iria perguntar como fazer para obtê-la. Ademais, nesse congresso se apresentavam comunicações e eu não gostava da minha: começava com uma queixa acerca do calor que fizera em Buenos Aires, que me impedia de me concentrar. Nunca gostei de me desculpar em público, mas dessa vez sim: vê-se que eu queria me queixar na Alemanha. Não a arrumei nem a melhorei. Talvez eu não merecesse a fama, com uma comunicação dessas. Já os demais eram solicitados pela fama; mas, além disso, sabiam que o belga era importante e a italiana vinha em terceiro lugar, no máximo. O suíço? O suíço não. Como sabiam? Não faço ideia. Então me afastei desse centro, do refeitório, e uma mulher me abordou.

— Argentina?

— Sim. E você?

— Romena, moro na Alemanha. Venho todo ano de Colônia pra exercitar meu castelhano.

— Ah — disse eu, e pensei que estava me afastando do centro da fama. Mas, como ela me olhava com uma alegria que beirava uma espécie de ferocidade, com os olhos úmidos de gratidão por encontrar uma irmãzinha perdida com a qual falar castelhano — de vez em quando ela dizia "falar a Castela" —, topei ir almoçar com ela. Olhava-me como se tivesse encontrado, depois de muitos anos, um parente perdido, que devia acolher e fazer desfrutar de todos os benefícios da vida; ela me olhava comer e, se eu não queria mais, dizia alarmada:

— Não gostou?

— Sim, sim, obrigada.

Eram porções imponentes que ela devorava com zelo e entusiasmo. A comida recebia sua palavra de louvor: "deliciosa batata", "deliciosa carne". Mas não só a comida: mostrou-me a foto do seu adorado marido e dos seus idolatrados filhos. Qualquer palavra que saísse da minha boca era ouvida com devoção e valorizada como um oráculo. Para ela, a vida era uma festa permanente e eu me perguntava como ela conseguia — seu nome era Gertre — viver em tal estado de exaltação. Sua exaltação tinha um duplo efeito sobre mim: por um lado, era como se tivesse se apropriado da vida de umas cem pessoas; tanta vitalidade cansava um pouco; por outro lado, eu me sentia confortável, podia dizer ou fazer qualquer coisa, desejar o que quisesse: ela estava atenta ao meu menor desejo, como se eu fosse um hóspede ilustre que chegou a uma pousada, e ela, a dona da pousada que corre a passar o sal, o vinho, antecipando-se aos desejos do hóspede. Mas, por sorte, essa atenção e essa alegria não eram dirigidas apenas a mim: quando os uruguaios se aproximaram para tomar café — não queriam almoçar porque tinham tomado café da manhã tarde —, ela os fez comer, e muito. "Gostosa batata, gostoso vinho", dizia, e M disse: "Ah, por favor, Gertre". M começou a tratar Gertre como se ela fosse sua prima romena. Ela, em seu caráter de local, continuava pedindo mais comida e nomeava todos os lugares da Terra como se fossem maravilhosos e santos. Depois contou que quando estavam sob o regime de Ceauşescu não podiam sair da Romênia. Agora ela podia sair do país, entrar, ir à praia, a toda parte. Tal como ela a descrevia, a liberdade parecia uma coisa tão concreta quanto a comida. E contou que, quando Ceauşescu estava quase caindo, mandou construir um abrigo subterrâneo para se esconder no futuro: lá havia muitos operários e arquitetos que trabalhavam dia e noite. Temendo que algum deles delatasse a existência do túnel, quando viu o que estava por vir, mandou matar todos eles.

Não à toa Gertre era assim.

Um professor alemão de paletó azul e calça cinza, falando um castelhano correto, lia um conto argentino infestado de expressões idiomáticas e de lunfardo. No conto apareciam frases como: "El que te dije", "A la pelotita!", "Qué enfermedad tiene? Tiene la papa". E... também: "Se volvió mishíngene".* Utilizando categorias semânticas, elementos de contexto e autoridades literárias, trabalhava um

* *El que te dije*: "Por falar no diabo"; *A la pelotita!*: "Putz grila!"; *Qué enfermedad tiene? Tiene la papa*: "Que doença ele tem? Tem a doença-ruim"; *Se volvió mishíngene*: "Ele despirocou".

conto absolutamente desconhecido para mim, como também o eram os autores que, supunha-se, seguiriam a mesma linha do relato. Cá estou eu, ouvindo-o dizer "A la pelotita!" com voz átona e em tom correto. No entanto, ele escolheu esse conto, e se o escolheu é porque gostou dele. Do que gostou? Como esse conto chegou à Alemanha? Em que dicionário ele teria encontrado essas palavras? Suponho que mandou trazer ou procurou o dicionário mais completo, ou viajou expressamente a Buenos Aires para averiguar o que queria dizer "A la pelotita!". E depois foi montando sua comunicação, parte após parte, comunicação que supunha árduos anos de estudo. Os que sabiam castelhano usariam essas expressões entre eles? Pois essas palavras, ditas por ele, estavam envoltas num véu nórdico. E em Buenos Aires a linguagem tem sentido segundo os tons de voz, o interlocutor, a ênfase empregada. E "A la pelotita!" pode significar admiração, medo ou qualquer outra coisa. E "Se volvió mishíngene" não quer dizer exatamente "ficou louco", mas, entre outras várias acepções, "Eles nunca vão foder comigo assim".

Depois, uma suíça trabalhou um conto de ambiência caseira: uma relação entre a mãe e a filha, que era chamada de "Cacha".* Era um desses contos em que primam a tristeza da relação, a pobreza dos integrantes da família, o tanque de lavar a roupa e a Cacha que vai ficando velha. Mas em vez de me deter na trama — produto conhecido por mim —, fiquei pensando: "Quando ela diz 'Cacha', como soará? Porque é um apelido feio, que quem pode abandona quando fica grande". E a suíça repetia constantemente e com esmero "Cacha", como se estivesse dizendo "Maria".

E eles, que eram especialistas em literatura latino-americana, aprenderiam todas as expressões idiomáticas peruanas ou porto-riquenhas? (Isso implica, por exemplo, reiteradas viagens a Cusco, e gente para lhes servir de intérprete, porque os índios não largam uma expressão idiomática a pedido nem mortos.) E a gente imagina longas viagens à América Latina, onde tentamos explicar ar-

* *Cacha*: "bunda".

duamente cada coisa — sempre dentro dos limites da decência e do decoro, atenção — para que eles digam: "Iá, iá, entendo". E a gente pensa que devem ter entendido, ou como será que vai soar para eles, se nós, argentinos, para entender algumas palavras peruanas como "lisura" ou "mixtura", as aprendemos através da voz de Chabuca Granda, por exemplo, e depois de um tempo elas por si mesmas se incorporam e se tornam íntimas, mas nunca as usamos: são propriedade dos peruanos.

E depois leu sua comunicação um escritor argentino, especialista em congressos, em Perón e no romance histórico. Tudo isso está relacionado: num congresso é preciso aprender a sintetizar, porque o tempo é tirano; no romance histórico sintetizam-se dados e dá-se a eles uma espécie de ritmo ou tempo no qual a pessoa encaixa o que lhe vem à mente, animando o personagem para que ele siga em frente. E depois ele se concentrou em Perón, que tem ressonância. Sua tese era: se na Argentina inventou-se a história, por que não inventá-la a partir do romance? Ele se queixou para os alemães da necrofilia argentina, da destruição dos arquivos e de que muitas coisas que acontecem correspondem ao realismo mágico. Então divulgou seu romance, que estava para ser lançado, *Santa Evita*, e disse que ali ele indaga "o que acontece com a realidade de um personagem quando ele é pesquisado através da ficção e como um personagem fictício se transforma em ser vivo pesquisando-se 'nos rios de ficção que há do outro lado do horizonte'". Depois despertou entusiasmo porque as pessoas queriam ouvir causos, de Perón e de Eva Perón. Então ele contou, com todas as regras do suspense, de quando teve de se encontrar com uns militares perigosos às cinco da manhã — numa noite de frio e neblina, como as dos filmes norte-americanos, com encontros nas partes mais sujas do porto — para obter dados sobre o cadáver de Eva Perón. Até onde não chegará o heroísmo de um escritor.

No dia seguinte, leram suas comunicações meus amigos uruguaios e minha conhecida que vinha de Madri. O coordenador, que olhava tudo com cara impassível e punha na conta do macro e do micro até os debates mais acalorados, levantou-se e, dirigindo-se aos espectadores, disse:

— Estou contente, hoje é um dia especial: ouvi as melhores comunicações lidas até agora no congresso.

Bingo.

Por que será que quando viajo de avião tenho medo da ida e não da volta? Na volta, tenho uma sensação de destino cumprido, de cansaço. Viajo com os uruguaios; nos tratamos com mais distanciamento porque vamos nos separar. Não é o caso de se apegar a quem não vamos ver mais. Além disso, devem estar como eu, pensando no que têm para fazer quando chegarem em casa. Não, este avião não vai cair. Como iria cair se eu já sofri e aprendi tanta coisa? Além do mais, começo a pensar vagamente no gato que deixei e que está à minha espera; no dia 10, vencem os impostos. O congresso fica distante, como se eu nunca tivesse ido a um. É preciso dormir. De manhã, o avião faz um barulho como o de um escritório, de trabalho; eu também volto a trabalhar. Agora tudo é rotina de café da manhã: ruído de xícaras... O que vão nos dar para comer neste hotel? Tocaremos terra firme algum dia? Parece que nasci num avião e que vou morrer nele, não por acidente, mas de morte natural. Um oizinho para os uruguaios, algumas palavrinhas e de volta ao meu assento. Do congresso da Alemanha não me lembro de nada: só penso na chateação do cuco, que Deus o afogue, e numa boneca Gretchen que eu trouxe de presente: está vestida de camponesa em dia de festa, é pequenininha e adorável. Milagrosamente, o avião começa a descer; não sei como faz isso, mas me alegro: estamos em terra.

Organização de eventos

Eu integrava o comitê de recepção que se ocupava dos artistas e cientistas convidados a San Andrés. Isso depende da universidade, e a ela entreguei vários anos da minha vida sem receber um centavo. Fui escolhido porque tenho alguns conhecimentos de literatura e de pintura e também porque sou muito cauteloso: não falo do que não sei, mas posso disfarçar muito bem que não sei; é notável como as pessoas ficam satisfeitas com um "com certeza", ou um "claro", ou um "possivelmente". Só uma vez um homem com uma cara que parecia talhada em pedra me perguntou:

— Você ouviu bem o que eu disse?

E eu pensei: "Agora ele vai me perguntar o que ele me disse e eu não vou saber repetir". Não me lembro de como me safei, mas consegui. Também me escolheram porque sou bem alto e um ótimo observador à distância: quando o visitante desconhecido desce de um avião ou de um ônibus, preciso saber quem é. Nos últimos tempos, eu tinha tanta experiência que, nem bem ele descia, quando eu via o personagem espichando o pescoço e olhando para todo lado, dizia: "É ele". Nicolás di Marco, desde que me encarregaram disso, passou a me tratar muito secamente e, se puder, não me cumprimenta na rua. Ele achava que era o mais indicado como guia porque tem mais conhecimento do que eu em todas as áreas, mas não consegue enxergar nem até a esquina e tende a fazer amizade com os visitantes; chegou a convidá-los para ficar na casa dele depois do prazo de estadia combinado, o que não convém; a gente se vê com o hóspede ilustre dando voltas por aí e ele quer que o sigamos em seus mais variados repentes: se é uma mulher, quer ir buscar flores no campo; ou inventam de ir ao cassino quando nunca na vida fazem isso em sua cidade, e é preciso explicar-lhes como funciona a roleta. Sempre tive este critério: hóspede que chega, hóspede que deve ser mandado de volta no prazo marcado. Também não posso prescindir totalmente de Nicolás di Marco, porque ele é útil para o debate, depois das palestras; é ele que faz as melhores perguntas, reconheço, mas senta-se no fundo com sua cara atormentada de pobre gaúcho abandonado, e me incomoda vê-lo. Nunca fica para jantar com o grupo de acompanhamento; é verdade que ele não tem dinheiro, mas nunca admitiu que lhe pagássemos nada, nem uma cerveja.

E com toda essa gente que veio dar palestras em San Andrés eu poderia escrever um livro, porque cada um é uma novela; mas me lembro de alguns casos que nunca vou esquecer. Um deles, que vinha falar de novas tecnologias no trabalho do cobre, desceu bêbado do avião. Nosso aeroporto é pequenininho, de tarde chega "o avião" e, quando é necessário esperá-lo, a planície vai até onde a vista alcança; até o último detalhe é nítido. Quando o vi descer e me dei conta de que era meu hóspede, não podia acreditar: saiu por último, com um pé pedindo licença ao outro para descer; se a aeromoça não o pegasse pelo braço, ele ia despencar da escada. Não trazia nenhuma pasta, como é costume trazer para guardar os papéis da palestra; só uma bolsinha velha a tiracolo. Quando desceu, eu lhe disse:

— Se quiser, há tempo de ir para o hotel descansar um pouco, enfim, para dar uma refrescada. Falta bastante tempo; eu ligo para acordá-lo.

Ele parecia não entender nada e eu ia acrescentar "e para se trocar", mas o que ele iria trocar se não tinha nem mala nem nada? Por mim, eu o teria mandado de volta naquela mesma noite, pois tivemos de adiar a palestra para mais tarde: ele não acordava, metade das pessoas foi embora e eu tive de ficar fazendo sala para os que permaneceram no café da esquina, pagando tudo. Ele apareceu com o cabelo todo molhado e esticado e com a bolsa a tiracolo; nem tudo correu tão mal, mas, se fosse por mim, naquela mesma noite câmbio e desligo.

As mulheres são difíceis e as mais velhas são as piores. Às vezes são surdas, perdem a bolsa e a porta do seu táxi emperra; querem ir ver o rio às onze da noite. Uma vez veio uma (não era tão velha) que disse que queria ver os bairros pobres e comer o que eles comiam, porque só assim se pode avaliar realmente uma cidade. Mostrei-lhe um bairro modesto, mas ela disse que com certeza devia haver bairros mais pobres; levei-a à periferia de má vontade, porque também não é o caso de andar mostrando misérias. Eu nunca tinha comido lá e fiz cara de tonto para que ninguém se metesse comigo; ela quis comer numa espelunca onde a porta era uma cortina que parecia feita de lençol. Viu um picadinho que estavam comendo na mesa ao lado — ela mesma não sabia como a comida se chamava — e disse para o dono:

— Eu quero comer a mesma coisa que aqueles senhores.

Era um picadinho repugnante com alguns ossos; o lugar era pequeno, dava para cortar o ar. Fingi que estava comendo e os dois homens sentados do lado me olhavam de esguelha quando não estávamos olhando. Ela viera fazer uma palestra, "Processos de integração nas culturas policlassistas". Quando saímos, nem bem avançamos umas três quadras, levamos uma tomatada no vidro dianteiro do carro. De certo modo eu me alegrei, porque pensei: "Para que aprenda a não ir comer onde não deve". Mas ela não aprendeu e disse:

— Quando não há desenvolvimento dos processos de simbolização, a pregnância dos fatos se impõe como um ímã.

"Que se dane", pensei. "Nunca jamais vou levar alguém lá de novo." Pois a questão é que eu não preciso só ir buscá-los ou levá-los: tenho de ver se o microfone está funcionando direito e vigiar os que estão ensaiando com a banda na sala ao lado, bem na hora da palestra; se falta gente, tenho de ir buscar os garotos do segundo grau (às vezes não querem vir); além disso, as pessoas chegam tarde porque primeiro comem e também por causa da temperatura: se faz calor, elas vêm mais tarde. E os conferencistas me ligam de qualquer telefone público dizendo que foram dar uma volta para percorrer a cidade e que me esperam num café que nem sabem onde fica ou como se chama, e às vezes tenho de farejá-los pela rua como um cão de caça e ainda por cima fazer cara de "que surpresa agradável" quando os vejo comprando rosquinhas porque lhes deu na veneta comer rosquinhas. Uma vez veio uma professora mexicana; decidimos com a comissão diretora que não traríamos só gente do país: de vez em quando podia vir alguém de fora. Essa visita causou meu primeiro atrito com a comissão diretora. Lembro-me do tema, porque o título era extensíssimo: "Diferentes interpretações do *cogito* cartesiano no contexto do processo de globalização". Quando desceu do avião — a distância do avião ao hall central é de vinte metros —, vi que sua anágua estava aparecendo e que tinha pelos nas pernas; sou um homem, não podia lhe dizer nada sobre isso, mas avisei Mimí e Chichi, que colaboram com a comissão na parte de decoração; elas me disseram que não iam avisar nada, pois era muito embaraçoso. E Nicolás di Marco, aquele sabe-tudo, disse que no México as mulheres não depilam as pernas. Conclusão: quando ela deu a palestra e estava sentada com as pernas um pouco separadas, sua anágua aparecia ainda mais, ou foi o que me pareceu.

Então comecei a pensar nas pessoas como em bichinhos que têm certos hábitos e a adivinhá-los: quando via uma mulher com um vestido muito florido, sapatos coloridos, um cabelo que parecia penteado pelo vento e que era lerda para entender as coisas, eu dizia: "Com certeza ela quer ir ao rio". E se via um homem corretamente vestido, mas que parecia usar a roupa só para se cobrir, com a vestimenta um pouco gasta e em tons de cinza e marrom, eu pensava: "Roleta". E quase sempre acertava. Mas o que mais me chamou a atenção foi um sociólogo que veio para falar do tema "Tensões próprias da época atual". Parecia um sujeito bárbaro: pediu para percorrer a cidade, pegamos um táxi e começamos a falar do aumento do consumo de drogas, do poder dos cartéis e de como era necessário que a juventude canalizasse suas energias para o esporte. O sujeito sabia uma barbaridade; agora, olhando-o de outra forma, ele falava um pouco como os políticos, que parecem nascer sabendo tudo e nunca fazem uma pergunta nem têm dúvidas sobre nada. Este sabia de tudo e sabia bem. Quando passamos por uma casa rosada, pequenininha, eu lhe disse:

— Aqui vendem drogas. Chamam o dono de "Chino".

Ele disse:

— Será que tem gente?

— Acho que sim.

— Vou descer um pouquinho.

Desceu, tocou a campainha e o Chino saiu; falou muito rápido com ele. Quando voltou, disse:

— É para uma pesquisa.

Não acredito que fosse fazer uma pesquisa: fez uma transação para ir lá mais tarde. Pena que a Marilú, que mora na outra quadra, estava viajando; se não, eu teria a confirmação do que pensei; para mim, noventa e oito por cento de chances de transação. E desde então eu não acreditei em nada do que me diziam, quase nem ouvia, e fiquei mais cauteloso do que sou; respondia para tudo "Aham" ou "Pode ser".

Mas nem todos os que vieram foram desastres. Depois do sociólogo, veio uma dama ao lado da qual as mulheres locais, que todos nós considerávamos damas, não tinham ponto de comparação: era uma dama da cabeça aos pés; seu cabelo era tingido de um loiro acinzentado, perfeito; usava maquiagem leve em tons de um rosa suave, e seu vestido combinava com tudo, um vestido que não parecia importante à primeira vista, mas que a gente notava que era correto, prático, adequado. E, embora ela não me desse bola, era tão certeira e precisa em tudo, como em sua roupa, que eu poderia me apaixonar por ela, embora fosse uns vinte anos mais velha que eu. Sua fala foi "A vida como obra de arte" e me lembro de toda a palestra, especialmente de uma frase de Goethe: "Não se pode pensar com uma cabeça mal penteada". Sua palestra surtiu grande efeito em todos; como ela disse que só comia produtos macrobióticos (pão de farelo de trigo, glúten de trigo, café de chicória e essas coisas), integramos à comissão Mónica Gaucheron, que era a única que comia essas coisas naquela época e depois foi encarregada de trazer essa comida para qualquer um que quisesse; isso causou uma discussão na comissão diretora, porque aproveitaram para demitir Chichi e Mimí, que ultimamente não faziam nada, nem mesmo as perguntas bobas que costumavam fazer na hora do debate. Essa mulher marcou época: dali em diante, por um tempo as pessoas comeram produtos macrobióticos; depois se cansaram. E eu também fui me cansando, principalmente de ir esperar as pessoas na rodoviária; sempre ficam por lá aqueles cachorros deitados, parece que estão lá há cem anos e, se faz calor, o gari produz ainda mais calor varrendo com uma vassoura suja e, não sei por quê, há moscas. Quando chegam os ônibus do campo, chegam as pessoas com pacotes e mais pacotes, como se carregassem a casa nas costas. Na verdade, tudo começou a me dar raiva, mas principalmente os cachorros e os pacotes. Os cachorros estão quase sempre deitados, e se por acaso se movem fazem isso como se não tivessem saída; não se sabe a quem pertencem. E os pacotes me dão raiva porque seus donos tinham uma cara sonhadora como se estivessem indo para uma cidade grande, Buenos Aires ou Paris, sei lá. Nos últimos tempos, eu aparecia na rodoviária em cima da hora. "Em dois toques", dizia. Depois também comecei a me cansar de ir ao aeroporto, daquele único avião no meio da planície, tudo desolado ao redor. E é um avião pequenininho, parece de brinquedo. E pensar que quando eu era menino queria ir todos os dias ver o avião. Comecei a me cansar de ir buscar as pessoas e as chamava de "aparelhos". "O aparelho disse que ia chegar às dez." E então me levantava apressado, chegava em cima da hora ou um pouco tarde, temendo que tivessem ido embora e, às vezes, desejando que não houvesse ninguém. Também chamava de "aparelho" Nicolás di Marco, que eu, mesmo sem dominar o assunto do qual se falava, já sabia quando ia fazer uma pergunta antes que ele começasse a falar. Como me encarregavam da organização do debate, comecei a cortá-lo; só deixava que ele fizesse duas ou três perguntas, e câmbio e desligo. Então tive um problema com Nicolás di Marco; ele disse: "É autoritário cortar o debate". Claro, se é a única coisa que sabe fazer; uma vez lhe disseram para fazer a palestra e ele não aceitou, pobre imbecil que pensa que uma palestra é uma coisa do outro mundo; perdeu a oportunidade e começou a fazer perguntas cada vez mais longas e complicadas. Eu comecei a me distanciar da comissão diretora: todos passaram a me questionar por cortar o debate e outros babados. Essa briga me caiu como uma luva porque me animou a ir embora; eu estava num vai não vai. Já fazia um tempo que procurava no computador alguma bolsa que tivesse relação com o que faço. E consegui uma bolsa de um ano na Holanda para estudar organização de eventos. Vou embora amanhã.

Do céu à casa

Na verdade, a gente viaja para ver se o Coliseu, o Vesúvio e o papa em sua sacada são reais. Uma vez superada a pequena e caipira emoção do "E pensar que estou aqui!", observam-se algumas coisas: por exemplo, que o papa parece mais jovem lá na sacada; a tevê deixa todo mundo mais velho. Vendo-o pessoalmente, percebe-se que sua bênção faz parte de uma rotina matinal: há gente se movimentando por trás das outras sacadas. O Coliseu fica perto de uma estação de metrô chamada Colosseo. E é um colosso tão grande, tão pétreo e tem tanta história que me deixa atordoada. Como não posso saber toda a sua história, o que aconteceu em dois mil anos ao seu redor, a pouca história que sei eu esqueço e me dedico a olhar detalhes absurdos: por exemplo, dois malandros fantasiados de legionários ou tribunos, que cobram para que os turistas tirem fotos com eles; não caminham como legionários: caminham como miseráveis; um deles não está com o sapato adequado: usa sandálias atuais com meias três-quartos. É uma área em que tudo é vaticano; há um local com um cartaz: "Euroclero"; eu pensava que era um centro financeiro, mas não: era como um supermercado onde vendiam batinas, cálices, mantéis e objetos sagrados para os padres do mundo inteiro; a gente pode ver ali um lojista vaticano medindo um tecido roxo para um sacerdote africano e, adiante, outro vendedor embrulhando um cálice para um religioso coreano. Perto dali ficava a Padaria Benemérita do Bom Gosto, com sua decoração de anjos segurando doces e com pastoras do século 18 entre os bombons. Sem dúvida, sabem muito bem como pôr anjos voando, tanto nos quadros dos pintores famosos como nas decorações da padaria: parecem suspensos no ar com uma leveza que paira acima de tudo, do bem, do mal e dos doces. E todas as pinturas de Fra Angelico têm animais: pombas, alguns corvos, um leão alado; em uma, um homem lendo ao lado de uma vaca deitada; ele apoia o livro sobre os chifres. Sim, gostei muito de tudo, mas não sei diferenciar um quadro original de uma reprodução: isso eu poderia olhar em minha casa, pelo tempo que quisesse. Depois tem o pinheiro europeu e as gralhas; eu sabia da sua existência por minhas leituras; nunca me preocupei em saber como eram. E então vem a tal emoção caipira: "Estou ouvindo as gralhas!". Mas depois vem outra ideia; a gente se despede da praça pensando que não vai voltar nunca mais; então temos de ver muitas coisas que faltam, feito um condenado à morte que come e bebe tudo pela última vez. Por isso queremos ver coisas novas, mas, depois de dois ou três dias, a gente fica mais prático e diz: "Atrás do Coliseu" ou "Ao lado das termas vespasianas", como algo já assimilado e deixado de lado. Mas a gente não viaja para ficar como um peixe dentro d'água, que para isso a gente fica no próprio bairro. Também comecei a pensar que eu poderia ficar e morar aqui, quando me habituei a tomar um café na Mercellina, a estação anterior ao terminal de Nápoles. Lá eu lia e o café ficava logo na entrada e saída de trens; não havia quase ninguém nas mesinhas e do trem desciam um ou dois, por aí. Esses trens com compartimentos que têm cara de sala. E o cartaz da estação dizia "A Reggio Calabria", de onde ele vinha. Tive vontade de voltar a Reggio Calabria para conferi-la direito. Eu poderia morar em Reggio Calabria, trabalhar em Nápoles; e, claro, uma vez por mês, ir a Roma. Não só: poderia fazer todas aquelas conexões de trens para acabar em lugares desconhecidos, sem nem me importar com o destino. E também tem essa inércia que às vezes toma conta de mim, que quando saio quero seguir em frente e não voltar para casa. E casa é qualquer parte do mundo onde a gente se deita para dormir.

No aeroporto, a mente descansa de todas essas explicações e retificações de frases históricas; por exemplo, aquele lance de que não é certo que todos os caminhos levam a Roma, pois na verdade eles saem de Roma. Qual é a diferença? Ora, os caminhos são feitos para ir e vir. Ou aquele lance de que não é certo isso de "Ver Nápoles y después morir", pois se trata de Mori, uma localidade. Mas, na verdade, onde fica Mori? Ninguém, absolutamente ninguém vai a Mori. No aeroporto, ninguém tem vontade de dar explicações históricas ou sociais: não é um lugar para falar de temas importantes (a não ser que a pessoa seja um espião). E todos os viajantes querem as mesmas coisas, fazer o check-in, ir ao banheiro, tomar um café em terra, olhar vitrines, comprar alguma coisa de ar duvidoso só para fazer alguma coisa, e se a gente telefona para alguém, tem a sensação de que está falando lá de Marte. Esse lugar acolchoado que apaga todos os pensamentos e lembranças me fez bem, como se na verdade eu não tivesse viajado. Pela primeira vez na vida, conferi direito todo o aeroporto e comecei a conversar com uma vendedora de passagens de uma companhia aérea qualquer, que me disse: "Como você fala bem o italiano!". E, como se vê, estávamos num lugar de Marte ou em algum sonho; em agradecimento pelo elogio, dei-lhe uns dropes de presente. E tive um ataque de gentileza; quis ajudar a freira uruguaia que tinha comprado roupa para os pobres do Uruguai em Nápoles e estava com excesso de bagagem: não podia pagar o excesso. Falei para a senhora que controlava as bagagens que ela era uma verdadeira freira e uma pessoa de bem. "Eu sei, eu sei", respondeu-me a senhora com um sorriso. E me reconciliei para sempre com os aeroportos pensando que, no fim das contas, são um lugar humano. Sim, eu me sentia gentil e cheia de vida quando fazíamos aquela fila enorme para entrar no avião, como se, em vez de voltar, estivesse iniciando minha viagem. Mas comecei a perceber que estava voltando quando ouvi as vozes dos litígios do Rio da Prata: "A senhora é que entrou na minha frente", dito para outra senhora num tom esnobe. Era uma mulher tão pálida que parecia dessangrada, com seu cabelo tão lambido e liso (ela devia pensar que era um exemplo), mas era um tapa nas ilusões de cachos de todas as outras. E também uma adolescente furiosa, furiosa porque estava viajando com os pais, que tentavam fazer com que ela baixasse o tom; ela não pretendia ser nenhum exemplo: prendera uma única mecha de cabelo para cima, bem alta, como um moicano.

No avião, coube a mim um assento vizinho ao de uma moça de uns vinte e três anos, que era de uma cidade próxima de Arrecife; lá se treinavam cavalos de polo. Ela e o marido (que estava sentado adiante) eram tratadores desses cavalos na Itália, a cem quilômetros de Roma. Um senhor italiano amigo do "patrão" pediu para levá-los e o "patrão" deu permissão. Não, não tinham viajado antes; voltavam para visitar sua mãe e chegavam de surpresa, pela porta dos fundos da casa. Sim, sim, falava por telefone com a mãe uma vez por semana, e agora estavam levando um presente da Itália para ela: uma cadelinha; seu nome era Asteca. Ele a levava na frente, junto aos pés, numa gaiolinha, porque no porão do avião faz muito calor. Não, não tinha visto o Coliseu; ficaram sete meses no campo e nesse tempo todo só foram a Roma uma única vez. Sim, tinha estranhado muito na primeira semana; mas via os teleteatros italianos, porque lhes deram uma casinha, uma tevê e uma motoneta para ir fazer compras na cidade. É claro, tinha grudado em "Santa Madonna". Ele era irlandês, sim, tinha ido até o terceiro ano, mas largou; ela não, não tinha feito o segundo grau nem pretendia fazer; os dois gostavam do campo e de cuidar dos animais. Quando o avião começa a se movimentar, ela pensava em voz alta as mesmas coisas que eu penso: "Só fica taxiando, dá muitas voltas... Será que não consegue decolar?". Depois o avião começou a subir, e eu sempre o pressiono com meus pés para que supere esse momento crucial, em que sobe já sem retorno, para que ele suba como deve. Ela estava pálida e dizia:

— Fico um pouco enjoada.

E eu disse:

— É que eu não entendo como é que ele voa. E você?

Calorosamente, ela me disse:

— Isso, eu também não.

Segurei sua mão enquanto subia; eu me passava por gentil, mas na verdade fazia isso por mim. Quando o avião se nivelou no céu, ficamos tranquilas. Ligaram a tevê e seu marido ficou vendo, bem atento, com a cadelinha a seus pés. Ela o chamou e ele não respondia; disse:

— Está embevecido agora.

Mas não disse isso em tom de censura ou de raiva: ela já sabia que ele ficava embevecido, depois o chamaria novamente, no momento propício. E de tanto ficar olhando a tevê, ele esqueceu que tinha deixado a cadelinha solta, e ela foi andando para a frente, atravessando os sapatos de quase todos, que os descalçam para o conforto dos pés. E naquela escuridão do piso do avião onde não há nenhuma plantinha, naquela mônada onde não há nenhuma luz, só sapatos e algum copo plástico miserável do qual não se percebe sequer o ruído, a cadelinha fez seu caminho e foi trazida de volta ao assento por um comissário de bordo, elegantemente, com um sorriso.

Eu disse a ela:

— Quero segurá-la um pouquinho, peça a ele.

E a levamos no colo por um bom tempo; lhe demos presunto, pasta de bolachinhas embebidas em água e queijo bem cortadinho. E essa comida do avião, que a gente come só para fazer alguma coisa, se mostrou totalmente eficaz para alimentar uma cadelinha faminta e tímida. Depois ele, que tinha o cabelo vermelho um pouco comprido, com grandes cachos, disse:

— Me deem ela.

Ela a entregou — confiava no que ele fosse fazer. Ele nos pediu os copos de café vazios e foi ao banheiro: lá deu banho nela, naquele banheiro do céu, e a trouxe enrolada em seu pulôver; fez também outra provisão de água que não derramou. Pensei: "Quando estiver seca, eu a peço de novo". E ela me contou sua história: sim, tinham se conhecido quando eram crianças, e ele na época tinha o cabelo quase branco. "Que coisa, não?" Sim, os dois tinham três irmãos. Estava tão incorporado à sua vida como sua mãe, como os cavalos de polo, como o patrão que parece que no ano que vem iria mandá-los para a Espanha. Não precisavam se sentar juntos. Provavelmente ela engordasse um pouquinho com o tempo; encararia isso como uma coisa da natureza ou do destino. Sim, ele era muito bonito e ia ficar no ponto quando fosse um pouco mais velho. Sim, as mulheres iriam atrás dele, mas ela pensaria que era uma loucura passageira, como o embevecimento pela televisão, ou talvez se devesse ao fato de ele ser irlandês da Irlanda, ou a outra coisa qualquer. Mas não ia se separar dela; juntos iriam escovar cavalos de polo para todo o sempre na Europa, na Austrália ou na África.

Não trocamos endereços. Nem precisava.

A visita do domingo à tarde

A sra. Emma tinha muitos pequenos hábitos e, em geral, estava muito contente com eles, mas não sabia o que fazer quando era cedo para ser tarde e tarde para ser cedo. Eram tempos mortos e, ultimamente, tinha a impressão de que havia muito e pouco tempo simultaneamente; quando queria iniciar uma atividade, organizar as estantes, por exemplo, dizia para si: "Mas não vai dar tempo". Isso acontecia nas tardes de domingo, quando pensava em organizar as gavetas ou em tirar as folhas secas das plantas, mas sentia uma certa tristeza porque na cidade havia um silêncio absoluto: ficava imaginando aonde é que todos teriam ido, nenhum ruído, nenhum indício. Também descobrira que as plantas se mantêm muito tempo sozinhas, sem que a gente vá dar uma olhada nelas a todo momento, e, quanto às gavetas e estantes, que contenham o que quiserem. Havia tantas exposições, concertos, conferências para ir! Lia isso tudo cuidadosamente no jornal, mas como saber o que era melhor? Tudo parecia igualmente interessante; então pensava: "Sim, eu poderia ir". Tinha tentado ir a alguma exposição, a lançamento de livros, colóquio ou debate, mas o que acontecia é que, uma vez que chegava a seu destino, poderia ficar lá para sempre, sem voltar para casa: no domingo à tarde sua casa se tornava mais igual a si mesma que nos outros dias. Às vezes tinha vontade de fazer alguma coisa extraordinária, mas não sabia o que poderia ser. Então inventou um hábito novo, não muito arriscado. A cada quinze dias, nos domingos à tarde (nenhum outro dia), chamava Paula, a menina do apartamento vizinho. Ela vinha com seu cão, que ia ficar grande como um potrilho e já era um filhote enorme. Seu tamanho parecia incongruente com os saltos e piruetas que dava: com aquele tamanho, já devia estar na idade da moderação. A sra. Emma lhe arrumava um prato vermelho para a água e o cordão velho de uma persiana; o cão ia em busca das duas coisas. Paula amarrava em seu cangote um lencinho elegante, preso por trás, como estava na moda. Nem bem chegava, o cão o tirava e começava a brincar com ele de barriga para cima, enquanto fazia algo assim como bicicleta livre.

— É pela emoção de estar aqui — disse Paula.

Sua época de interesse pela moda, que foi no ano passado (um milênio), quando queria ser catequista e modelo, já passara; ela usava sua echarpe perfeitamente posta, quase oculta, como se quisesse ser uma pessoa prática e funcional. Sim, o cão se emocionava quando vinha: parecia um ator comovido agradecendo com efusão a seu público. Paula era a educadora do cão: todos os festejos do animal contrastavam com o senso de medida daquela filhinha de papai; seu tom seco e de ameaça velada anunciava um temperamento problemático.

— Chega! Estou dizendo chega e não vou repetir.

A sra. Emma lamentava que o repreendesse de modo tão seco; levava o prato com água para ele; o cão bebia um pouco, como se não quisesse fazer desfeita, e voltava na mesma hora ao lugar em que elas estavam sentadas, para não perder nada. Parecia movido por mil desígnios; ia para onde as coisas o demandavam e ficava explorando, lambia as faces e já de volta a explorar.

A sra. Emma deu um livro de astronomia de presente a Paula — ela agora queria ser astrônoma — no qual se falava do buraco de ozônio e da possível vida em Marte. Pediu-o ao vendedor com cautela, explicando que era para uma garota de doze anos; que ele não pensasse que era para ela, transformando-se aos olhos dos outros numa pessoa ainda mais estranha do que deviam pensar que ela era. Como sempre andava muito sozinha, imaginava que no bairro deviam pensar que ela era uma louca mansa.

E lá estavam, lendo as perguntas e respostas apresentadas no livro. Enquanto Paula lia sobre Ganimedes, o cão rasgava um papel em pedaços pequenos e o comia: sua educadora estava distraída. Seguiram-se outros planetas estranhos, e a leitora estava completamente interessada.

— Ele come papel?

— Come de tudo — disse sem parar de ler.

A sra. Emma deu ao cão umas bolachas velhas que ele ia comendo com grandes ruídos de comemoração.

— Procure alguma coisa sobre Marte.

Marte sempre lhe interessara quando era menina, e mesmo mais tarde. E agora, tantos anos depois, era a mesma coisa: que podia ter vida lá, que poderá ter, parece, mas não se sabe. O cão estava deitado aos pés da sua dona e desamarrava os cadarços do seu tênis. O que estava dizendo? Terá vida ou não? *Ma sì*, uma nebulosa. Com muito entusiasmo, Paula disse:

— Tem uma sonda que vai chegar lá em 2004!

— Que fantástico! — disse hipocritamente a sra. Emma. Na verdade, estava pensando em várias coisas ao mesmo tempo. Lembrou com que paixão, aos quinze ou dezesseis anos, desejava que houvesse vida em Marte, como se isso fosse mudar seu destino. Também pensava que sua blusa precisava ser lavada; quando saísse, não devia se esquecer de comprar tangerinas; e esse cão tinha dormido aos pés da sua dona. Por que gostava tanto dessa visita? Se o cão ou a menina tivessem vindo separadamente, não teria gostado tanto. Mas agora essa história de astronomia já estava passando dos limites: apareciam uns planetas de outra galáxia, a uns dez bilhões de anos-luz de distância. Então a sra. Emma falou:

— Me conte da ciganinha.

Paula tinha uma colega cigana no colégio, com mãe ainda mais cigana. Se a ciganinha era um tanto heterodoxa, a mãe era ainda mais, segundo os critérios estéticos de Paula; parece que a ciganinha aprendia pouco e não falava com ninguém.

— Não sejam cruéis com ela — disse a sra. Emma, dando algumas explicações sobre o porquê de os ciganos serem assim.

— Não — disse Paula.

Esse "não" dava a entender que não eram cruéis nem deixavam de ser: não falavam com ela.

— Olhe, o salto do sapato da mãe dela é assim — e desenhou-os lembrando exatamente como eram; parecia debruçada sobre uma tarefa científica. Desenhava torneando muito o calcanhar; separava o salto de uma espécie de suporte e com uns cordõezinhos. O sapato parecia um bicho estranho; parecia vivo. — E os pentes no cabelo dela são assim — e desenhou-os. — Tem um viveiro de pássaros na cabeça: verdes, azuis, vermelhos.

Queria reproduzir no desenho a realidade exata; de repente se esqueceu de um detalhe e disse:

— Espere. Você não tem caneta hidrocor ou purpurina?

— Não. A ciganinha vai pra escola de salto alto?

— Nããо, a mãe.

O cão dormia e de repente suspirou.

— Não dá pra acreditar em tanta mistura junta; misturam lilás com vermelho, que quando é suave, vá lá, mas...

E então Paula se estendeu sobre seus critérios estéticos, que também eram éticos, como os dos gregos: a mesura, a moderação e a harmonia são boas e ao mesmo tempo belas. De repente, como que movida por um impulso, deixou de lado a reflexão e começou a abrir a boca do cão.

— O que está fazendo? Deixe o cão em paz — disse a sra. Emma.

Em tom de desculpa, ela disse:

— É que é a única hora em que dá pra ver como os dentes dele estão crescendo.

O cão estava adormecido e deixava que ela tocasse seus dentes: eram perfeitos, brancos e enormes.

Já era noite; havia passado essa hora feia entre as sete e as oito da noite que, quando estava sozinha, controlava. Primeiro se via uma leve camada cinza, como se o céu estivesse meio velado; havia um sol prudente, em retirada, que dourava tudo. A noite chegara sem que ela percebesse. Nos últimos tempos, ela não só tinha a sensação de que era tarde para ser cedo, e vice-versa, mas também que, por momentos, tudo parecia congelado. E quando o tempo ficava congelado, a sra. Emma sentia prazer quando avançava, embora percebesse algo inconveniente nesse prazer. Mas agora o tempo tinha se portado bem, tinha andado num bom ritmo, e o cão acordara. Com certa apatia, perguntou a Paula:

— O que você o ensinou a fazer?

— Deitado, sentado e dar a pata. Me dê a pata.

O cão olhava para Paula como quem diz: “O que será que ela quer agora?”. Deu uma pata morna, apática.

— Não o force mais, deixe-o.

Quando ouviu isso, o cão foi lamber a sra. Emma.

O cão sempre sabia antes dos humanos quando a visita estava terminando, quando a conversa esmorecia: buscava a coleira e se aproximava da porta.

— Bem — disse a sra. Emma. — Vou comprar uma bola pra você, desta vez vou me lembrar.

Num segundo estavam na porta e ela ficou pensando em novos objetivos: devia comprar uma bola bem resistente, umas canetas hidrográficas coloridas para desenhar ciganas e ciganinhas, umas purpurinas. Talvez ela devesse saber algo sobre Marte ou Vênus? Quem sabe...

Obra editada no âmbito do Programa Sur de Apoio
às Traduções do Ministério das Relações Exteriores,
Comércio Internacional e Culto da República Argentina.

*Obra editada en el marco del Programa Sur de Apoyo a
las Traducciones del Ministerio de Relaciones Exteriores,
Comercio Internacional y Culto de la República Argentina.*

Programa Sur

Título original: *Cuentos completos* [seleção]

Edição **Laura Di Pietro e Juliana Bitelli**
Curadoria (literatura latino-americana) **Belén Carballo**
Projeto gráfico **Bloco Gráfico**
Assistência de design **Lívia Takemura**
Preparação **Silvia Massimini Felix**
Revisão **Isabel Jorge Cury e Marina Waquil**

Imagem de capa **Ana Cartaxo [*Quer um café?*, 2023]**

Dados internacionais de Catalogação na Publicação (CIP)
Uhart, Hebe (1936–2018)
O bolo fofo e outros contos, Hebe Uhart
Tradução: Josely Vianna Baptista
Título original: *Cuentos completos*
Rio de Janeiro: Roça Nova, 2023
304 pp.

ISBN 978-65-87796-27-7

1. Contos argentinos. I. Título.

CDD Ar863

Índices para catálogo sistemático:
1. Contos: Literatura argentina Ar863

[Eliane de Freitas Leite – Bibliotecária – CRB 8/8415]

+55 21 99786 0746
editora@rocanova.com.br
www.rocanova.com.br

FSC
www.fsc.org
MISTO
Papel | Apoiando o manejo florestal responsável
FSC® C051266

Este livro foi composto em Guyot,
fonte desenhada por Ramiro Espinoza,
e impresso em papel Pólen Bold 70 g/m²
pela gráfica Exklusiva em setembro de 2023.